Petits Meurtres
à
Mangle Street

M.R.C. Kasasian

Petits Meurtres
à
Mangle Street

Traduit de l'anglais
par Hélène Tordo

ÉDITIONS FRANCE LOISIRS

Publié en Grande-Bretagne par Head of Zeus Ltd. sous le titre *The Mangle Street Murders*

Édition du Club France Loisirs,
avec l'autorisation de City Éditions

Éditions France Loisirs,
123, boulevard de Grenelle, Paris
www.franceloisirs.com

ISBN : 978-2-298-12962-5

Pour Tiggy,
avec toute mon affection.

Introduction

Cela fait soixante ans que je connais Sidney Grice. À l'époque, il était encore assez jeune, même s'il n'en avait pas l'air, et déjà célèbre en Angleterre, mais il n'avait pas encore atteint la notoriété internationale qu'une série de films hollywoodiens ridicules (et erronés) allait lui offrir.

Dans l'ensemble, c'était un personnage assez orgueilleux qui aimait les feux des projecteurs, mais il était capable de s'indigner de certaines des anecdotes scandaleuses qui circulaient à son sujet. Par exemple, il n'avait jamais fait l'ascension des chutes du Niagara à la poursuite d'un loup-garou (il n'était ni assez fascinant ni assez sportif pour cela) et ce n'était pas plus le monstre sadique dont les biographes ont récemment dressé le portrait. Seule sa santé fragile l'empêcha de porter plainte contre E. L. Jeeveson pour diffamation dans ses ouvrages calomnieux et, il faut l'avouer, plutôt nébuleux en matière de documentation, qui affirmaient que Sidney Grice avait assassiné son propre père.

C'est la crainte de nuire aux innocents et des poursuites (légales ou illégales) de la part des coupables qui a censuré mes premiers comptes rendus des investigations de Sidney Grice parus dans le *Monthly Journal*, mais, puisque pratiquement tous les protagonistes sont désormais six pieds sous terre et que ma propre vie s'approche de sa conclusion naturelle, j'ai pensé qu'il était temps de rétablir la vérité.

Lorsque j'y suis arrivée pour la première fois, la ville de Londres florissait sur son fertile fumier d'humanité ; le Londres d'aujourd'hui est mis à sac, réduit à un tas de gravats par un ennemi dont la sauvagerie n'a pas connu de précédent depuis que les hordes barbares ont balayé l'Empire romain.

Que l'Empire britannique soit également réduit en cendres comme beaucoup le prédisent, cela reste encore à voir, mais je sais que Sidney Grice n'aurait jamais abandonné sa ville (en dépit de tous ses défauts, il n'a jamais été lâche) et je ne me laisserai pas intimider, bien que les lampes s'éteignent et que la terre tremble, alors même que j'écris ceci dans la cave glacée et ruisselante d'humidité du 125, Gower Street.

M. M.
3 octobre 1941

1

Les meurtres de Slurry Street

Lizzie Shepherd fut découpée à la hache
Au-dessus de la taverne où on sert du vin.
Janie Donnell connut le même destin.
Retourne-toi. Ce pourrait être toi.

ANONYME

Eliza Shepherd fut assassinée. Son corps fut découvert sur son lit, à huit heures du matin le lundi 28 janvier, par sa sœur et colocataire Maria. Elles vivaient au dernier étage d'un empilement de mauvaises chambres, au-dessus du pub du Lion rouge, dans Slurry Street, dans le quartier populaire de Whitechapel.

Deux heures plus tard, on découvrit le corps de Jane O'Donnell dans une autre mansarde plus loin dans le couloir.

Les deux femmes avaient été massacrées, leurs membres et leur torse, lacérés et tailladés quarante fois exactement. Il n'y avait aucun signe de cambriolage et, bien que le mobile ait pu être d'ordre sexuel, ni l'une ni l'autre ne se livrait à la prostitution. Eliza Shepherd était couturière et Jane O'Donnell avait depuis peu pris un emploi de serveuse dans le bar du rez-de-chaussée.

Dans les deux cas, la porte était verrouillée de l'intérieur et il fallut la forcer pour entrer. Néanmoins, il n'y avait pas grand doute quant au moyen que l'assassin avait utilisé pour pénétrer dans les lieux : les fenêtres avaient été brisées de l'extérieur. La manière dont le meurtrier avait atteint les fenêtres était une autre question, dans la mesure où elles se trouvaient à une dizaine de mètres au-dessus de la rue, sans gouttière ni autre moyen d'accès.

En outre, il aurait été impossible de porter, d'installer et de retirer une échelle sans se faire remarquer dans ce quartier si animé. Quant au toit, il n'était guère accessible et était de toute manière si instable et délabré qu'il ne supporta même pas le jeune garçon que la police envoya pour l'inspecter.

Il était difficile d'imaginer quel genre d'individu aurait pu accomplir des actes d'une telle sauvagerie, au point que tout le monde se mit à évoquer la présence d'un animal, notamment d'un gorille échappé d'une foire ambulante. Les rumeurs allèrent jusqu'à mentionner un lion assoiffé de sang qui aurait rôdé dans le quartier, mais, après une poursuite acharnée, on finit par coincer chez un équarrisseur de Knackers' Yard ce qui s'avéra n'être qu'un vieux poney Shetland édenté qui attendait patiemment son destin.

Les histoires de Jack Talons-à-Ressort, le démon légendaire, refirent surface et on trouva moult témoins qui affirmaient qu'ils l'avaient vu en train de bondir d'un toit à l'autre. Au fil des années précédentes, nombre de respectables jeunes filles avaient d'ailleurs prétendu le voir se matérialiser devant elles pour leur arracher leurs vêtements de ses mains crochues. Elles allaient jusqu'à expliquer qu'il avait osé poser ses lèvres de mort-vivant sur les leurs, mais on n'avait jamais entendu dire qu'il ait tué qui que ce soit.

Dans le quartier du East End de Londres, la mort était monnaie courante, la violence et le crime n'étaient pas rares, mais la férocité de ces meurtres était telle que la police même en fut choquée, et le tollé général fut à un point que des parlementaires allèrent jusqu'à intervenir dans les deux chambres du palais de Westminster.

L'événement donna également lieu à une rafale de pamphlets sinistres à deux sous rapportant des événements macabres qui n'avaient qu'un lien ténu avec les deux meurtres, et la presse ne tarda pas à publier des affirmations sensationnalistes à propos de l'identité du tueur.

On prétendit que *rivincita*, le mot italien pour « vengeance », avait été inscrit en lettres de sang sur les murs, et un article évoquait un mystérieux Napolitain aux cheveux roux que l'on aurait vu se livrer à des actes louches dans le quartier, ce qui résulta en une vague d'agressions contre les immigrants qui travaillaient sur les quais.

Une chanson sinistre, *Le carnage de Slurry Street*, remporta brièvement un grand succès, de même qu'une production mélodramatique intitulée *Meurtre au Lion rouge*, mais, sans suspects dignes de ce nom et en l'absence de nouveaux rebondissements, l'intérêt du public finit par s'étioler.

Le meurtrier ne fut jamais appréhendé. Cependant, il ne devait pas seulement inspirer les auteurs de ballades et de pamphlets. Il allait stimuler l'imagination d'au moins une personne qui n'hésiterait pas à lui emboîter le pas.

2

L'étrangleur de Chelsea

C'était mon dernier jour. M. Warwick, l'agent immobilier, se présenta ponctuellement à neuf heures et je lui remis les clefs avant de partir en voiture à cheval sans un seul regard en arrière. Ma famille avait vécu à la Grange pendant trois cents ans et je ne doutais pas que la bâtisse demeure aussi longtemps debout sans nous.

George Carpenter, le vieux garde-chasse, me conduisit avec Oignon, son tout aussi vieil âne, peinant sur la côte de Parbold Hill et cahotant dans la descente à un rythme si précaire que je craignis un moment de manquer mon train, mais nous arrivâmes en avance et George porta mon sac de voyage en tapisserie jusqu'au quai.

– Madame Carpenter vous a préparé ça.

Il me tendit un petit paquet en papier brun noué d'une ficelle et ajouta :

– Elle a pensé que vous auriez peut-être faim.

Je le remerciai et il dansa d'un pied sur l'autre.

– Nous avions beaucoup d'estime pour le colonel, me dit-il.

Je mis une pièce de cinq shillings dans sa main noueuse. Le train siffla et s'ébranla avant de quitter la gare. Je me demandai alors si je le reverrais un jour, lui ou la silhouette pointue et très laide d'Ashurst Beacon, ou la peu profonde Douglas, rivière empoisonnée qui serpentait tel un fil safran juste au-dessous du canal rectiligne qui allait de Leeds à Liverpool.

Je changeai de gare à Wigan Wallgate, au milieu de nulle part, patientant la tête baissée sur le bord du chemin devant une procession de familles de mineurs qui suivaient quatre cercueils. Cela ne faisait que trois jours que l'explosion de la mine avait eu lieu et, en ville, la colère n'était pas encore retombée.

À Wigan North Western, j'achetai un livre chez W. H. Smith & Son et je m'installai dans un compartiment sans couloir réservé aux dames. C'était une voiture non-fumeurs, mais, comme elle n'était pas occupée, je dévorai entièrement le pâté de viande de Mme Carpenter et m'octroyai trois cigarettes et une petite gorgée de gin de la flasque de mon père avant que le train ne s'arrête en grinçant à Rugby.

Malgré les nombreux cris et claquements de portes, je commençais à penser que j'allais pouvoir continuer à jouir de ma solitude lorsque, juste au moment où le chef de gare soufflait dans son sifflet, la porte s'ouvrit à la volée et une dame d'âge moyen, à la tenue élégante, grimpa à bord et s'assit juste en face de moi. Elle affichait une expression sévère et hautaine. Pendant un moment, nous ne dîmes mot, mais alors, la dame huma l'air.

– Avez-vous fumé ?

– Non.

Elle retira son gant gauche, le posa avec son chapeau sur le siège à côté d'elle et me regarda droit dans les yeux.

– Que lisez-vous donc ?

Elle se pencha vers mon livre.

– *L'étrange affaire de l'empoisonneur de Primrose Hill*. Quelles sornettes ! Vous devriez essayer *L'étrangleur de Chelsea*. Affreusement macabre et bien plus amusant.

Elle huma l'air de nouveau.

– Si, vous avez fumé !

– C'est possible, répondis-je.

La dame sourit. Elle avait de petites dents blanches et un menton pointu comme celui d'un enfant.

– Alors, vous ne verrez pas d'inconvénient à ce que je fume aussi.

Elle sortit un porte-cigarette en argent de son sac à main.

– Voulez-vous une turque ?

Elle frotta une allumette rouge et alluma nos deux cigarettes en inspirant profondément.

– Ah ! cela va mieux. J'en mourais d'envie depuis ce matin. Charles n'approuve pas. C'est pour cela que je garde mon gant droit : pour que mes doigts ne jaunissent pas. Fumer est mon grand secret. Avez-vous de grands secrets ? Bien sûr que oui ! Et vous devez me confier le plus scandaleux avant que nous quittions ce train.

Il y a longtemps, j'ai tué un homme – l'un des meilleurs êtres qui aient jamais vécu –, mais on ne me pendra jamais pour cela.

– Charles affirme que cela entrave la croissance, disait la dame. Comme si j'allais croître dans une direction souhaitable à mon âge. Je vais avoir quarante-deux ans demain. Il ne s'en souviendra cependant pas. Il est capable de mémoriser tous les scores de cricket du docteur Grace, mais il a du mal avec le nom de ses propres enfants. Il oblige les petits garçons à apprendre le grec. Une langue morte ! Quelle chose sinistre !

La dame reprit son souffle.

– Joyeux anniversaire, dis-je en lui tendant ma flasque.

Elle avala l'équivalent d'un verre en une seule gorgée.

– Harriet Fitzpatrick, dit-elle. Appelez-moi Harriet.

– March Middleton. March.

– Vous allez à Londres, March ?

– Oui, c'est la première fois.

– Les meilleures boutiques et les pires êtres au monde.

Elle écrasa sa cigarette sur le sol, avant de reprendre :

– Vous y trouverez peut-être les robes les plus ravissantes, mais il vous faudra d'abord passer par-dessus des enfants mourant de faim pour entrer dans les magasins. Séjournerez-vous chez des parents ?

– Je n'ai aucun parent, dis-je. Le cœur de ma pauvre maman n'a pas tenu lorsqu'elle m'a mise au monde il y a vingt et un ans, et mon pauvre papa est mort en juillet dernier, en tombant dans une cascade, en Suisse. J'ai passé les trois mois suivants à rédiger sa biographie, qui a été publiée juste avant Noël : *Le colonel Geoffrey Middleton – sa vie et son temps*. Vous l'avez peut-être lue ?

Harriet secoua la tête et demanda :

– Où allez-vous vous installer ?

– Chez mon parrain, qui a gentiment proposé de devenir mon tuteur légal.

– Oh ! ma pauvre petite.

Elle avait un nez minuscule dont j'étais affreusement jalouse.

– C'est sans doute la meilleure solution.

Je laissai tomber ma cigarette sur le sol et je l'écrasai du bout du pied.

– Papa a perdu beaucoup à la Bourse l'an dernier et il avait hypothéqué la maison. Il ne m'a laissé qu'un tout petit capital, dont je ne peux bénéficier que lorsque j'aurai vingt-cinq ans. Avec un si faible revenu, je ne peux entretenir la maison de famille. En outre, dans la mesure où la fleur de ma jeunesse est en train de se faner à grande vitesse, je ne risque pas de conquérir un mari avant d'être trop vieille.

Harriet éclata de rire.

– Pardonnez-moi. Je vous en prie, continuez.

– Si mon parrain ne s'était pas manifesté, continuai-je, je ne sais pas ce qu'il serait advenu de moi. Je n'ai appris aucun métier et je suis trop fière pour devenir domestique. Alors, j'ai été vraiment soulagée lorsqu'il m'a écrit pour offrir ses condoléances et qu'il a déclaré que mon père lui avait autrefois rendu un fier service et qu'il était soucieux d'honorer sa dette.

Harriet me regarda d'un air pensif.

– Puis-je vous demander quand vous avez vu ce gentilhomme bienveillant pour la dernière fois ?

– Oh ! mais je ne l'ai jamais rencontré, répondis-je. D'ailleurs, je ne me souviens même pas que mon père ne l'ait jamais mentionné.

Harriet prit une nouvelle gorgée de ma flasque avant de me la rendre.

– Êtes-vous sûre que votre héritage soit si anémique ? demanda-t-elle en me regardant comme si j'étais un chien errant blessé. Je n'aimerais pas que vous soyez dépouillée de votre fortune par une canaille sans scrupules.

– Il s'agit de bien peu, dis-je, et je vous assure que j'y ai pensé. C'est pourquoi, avant d'accepter sa proposition, j'ai demandé à l'avoué de mon père de procéder à quelques recherches. Quoi qu'il en soit, il semble que monsieur Sidney Grice soit issu d'une bonne famille. On dit que sa réputation est sans tache.

Harriet émit un toussotement.

– Sidney Grice, le détective privé ?

– Vous le connaissez ?

– On pourrait dire cela, déclara Harriet. Il suffit d'ouvrir un journal pour lire un article concernant ses exploits. Rien que la semaine dernière, il a déjoué le kidnapping de l'archiduc de la Thuringe, à Hyde Park, et la rumeur affirme qu'il a sauvé le prince de Galles du scandale en d'innombrables occasions. Oh ! vous avez une chance folle ! J'aimerais tant qu'un homme aussi intelligent, aussi héroïque et aussi fougueux prenne soin de moi !

Nous fumâmes deux autres cigarettes pour célébrer ma chance et terminâmes le gin. Harriet finit par se taire et je tournai les yeux vers la fenêtre pour regarder les collines qui se faisaient de moins en moins hautes, tandis que la végétation cédait la place à des constructions en briques de plus en plus hautes et de plus en plus rouges. Il me sembla que quelques minutes s'étaient à peine écoulées que nous entrions déjà dans la gare d'Euston.

– Tout ira bien ? demanda Harriet.

Je hochai la tête.

– Je viens toujours en ville par le même train, le premier mardi de chaque mois, ajouta-t-elle. Si vous avez besoin d'une amie.

– Je suis sûre que je vais me faire des tas d'amis, dis-je.

Harriet me jeta un regard intense.

– On peut se sentir si seule à Londres !

Elle se leva et se pencha pour regarder son reflet dans le petit miroir situé au-dessus de ma tête et rajuster son chapeau. Je me levai à mon tour, jetai un coup d'œil dans le miroir qui me renvoya un teint trop brun dû aux longues promenades sans parasol, sans parler de mes cheveux châtain terne qui évoquaient le poil d'une souris, et je pensai à Edward pour la centième fois ce jour-là.

– Faites attention aux pickpockets, me dit-elle, et aux étrangers. Vous avez encore un peu de gin ?

– Je crains que non.

Un porteur s'approchait et Harriet descendit le store.

– Avez-vous déjà été embrassée ? demanda-t-elle.

– Non, répondis-je alors qu'elle se penchait vers moi avec son odeur de lavande.

Je fermai les yeux.

– Voilà qui est fait, dit-elle, alors que le store remontait d'un coup sec.

Le porteur ouvrit la porte et nous descendîmes. Harriet me fit un clin d'œil.

– Prenez soin de vous ! lança-t-elle en disparaissant dans la foule.

3
Le cochon et le parfum

Je trouvai mon chemin assez facilement jusqu'à cette monstrueuse arche connue sous le nom de « portail du Nord », où je me mis à attendre.

J'étais entourée de bruit et de confusion, mais ce qui me frappa le plus fut l'odeur. La fumée, le crottin de cheval et les corps sales qui se conjuguaient pour créer une puanteur dominant tout. Des centaines de voitures, depuis les majestueux broughams jusqu'aux petits landaus, accompagnés de fiacres, d'omnibus et de charrettes qui progressaient dans une circulation des plus chaotiques le long d'Euston Road, sans parler des innombrables piétons en tenue élégante ou en loques, qui se faufilaient, poussant des cris pour dominer les hurlements des vendeurs de rue. Une jeune fille crasseuse dans une robe noire froissée se tenait contre un pilier, regardant autour d'elle comme si elle cherchait quelqu'un.

– Seriez-vous Molly ? demandai-je.

– Va au diable ! répondit-elle avant de s'éloigner.

– Je suppose que je me suis trompée ! lançai-je après elle.

J'attendis quelques minutes en observant les alentours. Un garçon en costume de marin était en train d'essayer de monter un cochon attaché à une gouttière.

Les bâtiments étaient noirs de crasse, et un voile gris semblait peser sur tout. L'air était si sale que j'avais l'impression que les immondices me recouvraient tel un voile. Une jeune fille potelée en uniforme noir de soubrette et petit tablier amidonné s'approcha d'un pas vif et s'adressa à deux jeunes femmes avant de se tourner vers moi.

– Mademoiselle Middleton ?

– Oui.

Sa masse de cheveux rouge feu était nouée sous une coiffe blanche empesée. Elle avait un nez renflé et son visage rose était taché de son.

– Je suis Molly, la femme de chambre de monsieur Grice. Je suis vraiment désolée de vous avoir fait attendre, mais nous avions une duchesse sur les bras et elle nous a créé bien plus d'ennuis morte que lorsqu'elle était en vie. Puis-je prendre votre sac ? Suivez-moi, je vous en prie.

Lorsque nous franchîmes l'arche, il y eut un cri et un couinement, et je me tournai pour découvrir que le garçon était tombé et que le cochon se tenait sur lui.

– N'ayez pas peur, déclara Molly. Ce n'est qu'un cochon.

Nous traversâmes la chaussée suivies par une dizaine de va-nu-pieds.

– Dégagez ! leur cria Molly, mais ils se pressèrent contre moi en réclamant des pièces jusqu'à ce que je n'en aie plus une seule à leur donner.

– Faites attention où vous mettez les pieds, prévint Molly. Qui pourrait croire que les chevaux transforment le foin en quelque chose d'aussi dégoûtant ? Vous avez des chevaux, à la campagne ?

– Bien sûr.

– À Londres, nous en avons tout plein, reprit-elle, et ils mordent.

Lorsque nous atteignîmes l'autre côté de la rue, Molly se fraya un chemin dans un groupe d'hommes coiffés de casquettes qui se tenaient devant une taverne.

– Faites attention aux pickpockets ! lança-t-elle par-dessus son épaule. Les voleurs à la tire, les marins et les étrangers. Ces...

Au son d'une plainte aiguë, je me tournai vers un homme vêtu d'un manteau en peau de phoque qui dominait une femme recroquevillée et qui frappait avec une longue canne le bras qu'elle avait levé pour se protéger.

– Cessez immédiatement ! m'exclamai-je.

Il se retourna vers moi.

– Qui c'est qui m'dit c'que je dois faire ? lança-t-il dans un souffle rance.

– Nous-mêmes, rétorquai-je.

– Moi, j'ai rien dit, annonça Molly en reculant d'un pas.

– Pas elle, précisai-je. Moi et monsieur Parquet.

Les yeux du type balayèrent les lieux.

– J'vois pas aucun étranger par ici, dit-il en agitant la canne sous mon nez.

– Monsieur Parquet est l'inventeur du parfum synthétique du nom de Fougère, continuai-je. Vous ne le connaissez sans doute pas, mais...

Je m'essuyai la joue avec mon mouchoir.

– ... j'en emporte toujours un peu avec moi et..., si vous voulez bien m'excuser un moment. Je plongeai la main dans mon sac de voyage avant d'ajouter :

– Nous y voici.

L'homme jeta un regard à mon flacon avant d'éclater d'un rire moqueur.

– Bon Dieu, c'est quoi ce... ?

– Je vous prierais ne pas jurer, monsieur, dis-je.

Je lui jetai deux giclées dans les yeux.

– Damna... !

L'homme laissa tomber sa canne pour se prendre le visage à deux mains. La femme baissa le bras, et un large sourire ensanglanté envahit son visage.

– Y va sentir meilleur, maintenant.

Elle se releva et fila sans demander son reste.

– Je t'aurai plus tard ! hurla-t-il en se frottant violemment les yeux. Et vous aussi ! ajouta-t-il tandis que nous nous éloignions vivement.

– Une femme avertie en vaut deux, commença Molly. Il vaut mieux éviter de se mêler des affaires entre un homme et une femme.

– Auriez-vous préféré que je le laisse la frapper ?

Molly fronça le nez.

– Qui dit qu'elle ne le méritait pas ? Les hommes sont plus raisonnables que nous, les femmes. Elle a dû le regarder de travers ou quelque chose comme ça.

Nous prîmes à gauche dans Gower Street, où l'agitation, toujours importante, se fit cependant de moins en moins envahissante.

– Autre chose, dit Molly. Je ne parlerais pas de cet incident à monsieur Grice si j'étais vous. Il n'aime pas les dames qui s'exhibent.

Une charrette à eau nous dépassa en brinquebalant.

– Pourquoi les pavés sont-ils en bois ? demandai-je.

– C'est pour pas qu'on entende le tintement des fers à cheval, expliqua-t-elle, de manière à ce que les malades puissent se reposer et que les mourants fassent leur affaire en paix. Là, c'est l'hôpital universitaire. Monsieur Grice m'a tout expliqué. C'est un homme très intelligent, monsieur, et très gentil. Et c'est pas lui qui m'a dit de dire ça.

Le numéro 125 était une haute maison jumelée de style géorgien, avec une façade blanche au rez-de-chaussée et tout en briques rouges dans les étages. Il y avait un balcon en fer au premier. La propriété était séparée du pavement par des grilles et un espace qui donnait sur le sous-sol. Nous grimpâmes les quatre degrés jusqu'à la porte peinte en noir, et Molly sortit une clef qui pendait à une ficelle qu'elle portait autour du cou. Elle me fit entrer dans un long vestibule étroit.

– Un moment, je vous prie, dit-elle avant d'ouvrir la première porte sur la droite pour aller m'annoncer.

– Il était temps ! lança une voix d'homme. Cela fait quarante-deux minutes et demie que j'attends mon thé.

Sur ce, le porteur de la voix sortit de la pièce pour me tendre la main.

4

Les tireurs embusqués

Sidney Grice n'était pas du tout comme je m'y attendais. Bien qu'il se tînt très droit, il n'était guère plus grand que mon mètre soixante-dix et était de corpulence mince. Il avait d'épais cheveux noirs ramenés en arrière et un front haut. Son nez était long et fin, et il y avait quelque chose de presque efféminé dans son allure, avec ses lèvres en arc bien dessiné, son teint lisse et clair, et une fossette sur son menton délicat.

– Mademoiselle Middleton.

Son accueil était poli, mais guère enthousiaste. Si sa main était menue, avec de longs doigts effilés, sa poignée était puissante.

– Comme vous ne ressemblez pas à votre chère mère ! dit-il d'une voix douce mais claire.

Ses yeux bleu clair, presque vitreux, ne cillaient pas, et ses cils étaient aussi longs et recourbés que ce que j'aurais pu en rêver.

– Vous la connaissiez ?

– J'ai eu ce privilège, répondit-il. Il est bien dommage que cela n'ait pas été votre cas. Vous n'avez pas de bagages ?

– Seulement ce sac de voyage. Mes malles suivront.

– Nous prendrons le thé sans attendre, Molly.

Entrez, mademoiselle Middleton. Permettez-moi de vous faire visiter votre nouvelle demeure.

Je le suivis par la porte ouverte dans un salon où deux fauteuils en cuir à haut dossier flanquaient la cheminée. À droite, six chaises droites entouraient une table basse en acajou. Plus loin, au-delà d'un paravent en bois ajouré, de hautes fenêtres ouvraient sur la rue.

– Le paravent me permet de me protéger des éventuels tireurs embusqués, expliqua-t-il.

– On vous a déjà tiré dessus ?

– De nombreuses fois.

Il toucha son épaule gauche avant de poursuivre :

– Mais ils ne m'ont atteint qu'une seule fois. Je préfère qu'ils me ratent.

Je ne pus me retenir de rire, et Sidney Grice m'adressa un regard sévère.

– Ce n'était pas une plaisanterie, commenta-t-il. À terre !

Il se jeta sur le sol et je m'empressai de m'agenouiller à côté de lui.

– Lamentable. Il vous faudra être un peu plus rapide au cas où une réelle urgence se présenterait.

– Si vous aviez un corset... Oh !

Je regardai avec frayeur par la fenêtre.

– Attention !

Sidney Grice se jeta à nouveau à terre tandis que je me relevais.

– Quelle barbe, n'est-ce pas ? Je ne pense pas que nous jouerons de nouveau à ce petit jeu.

Sidney Grice s'épousseta.

– C'est un jeu qui peut bien vous sauver la vie un jour.

– Je préférerais mourir de manière moins ridicule, déclarai-je.

Il mit la main sur son œil droit.

Derrière nous s'ouvrait la bibliothèque, dont les portes à quatre battants se repliaient pour transformer les deux pièces en une seule. Les murs étaient garnis de rayonnages bourrés de livres et de documents, et une rangée de classeurs en chêne de quatre tiroirs chacun s'alignait sur un côté.

– Ces deux pièces composent mon cabinet de travail, le cœur et l'esprit de la maison.

– Vous avez beaucoup de dossiers, commentai-je.

– Je suis à l'heure actuelle en train de compiler un catalogue de tous les crimes commis dans ce pays au cours du siècle, expliqua-t-il. Une tâche herculéenne, s'il en est, mais je suis convaincu qu'il s'agit d'un labeur qui en vaut la peine. Il est un fait avéré que les criminels ne font que répéter leurs propres actes et ceux de leurs semblables. J'ai donc conçu un classement qui permet de retrouver n'importe quel crime et sa solution, avec le modus operandi et son auteur. Est-ce donc de l'alcool que je décèle dans votre haleine ? interrogea-t-il d'un ton sec.

– Je ne me suis pas sentie très bien à l'arrivée, prétendis-je, mais un pasteur qui passait m'a gentiment proposé une petite gorgée de brandy pour me revigorer. Je crois qu'il avait ce que l'on appelle une flasque.

– C'est du gin, déclara Sidney Grice.

– Oh ! vraiment ? Je ne saurais faire la différence.

Il plissa les yeux et retourna dans le vestibule.

– Quand même, il doit y avoir des crimes entièrement nouveaux, insistai-je, mais Sidney Grice pouffa.

– L'esprit du criminel est perverti et tortueux, certes, mais il manque invariablement d'imagination, dit-il, tandis que Molly entrait tout émue.

– Oh ! monsieur, dit-elle en rosissant, c'est un désastre ! Nous n'avons plus du tout de thé d'après-midi. Nous avons du thé pour le breakfast et du Coteaux du crépuscule, mais pas une seule goutte de thé d'après-midi.

Sidney Grice grimaça.

– Eh bien, allez en chercher sur-le-champ et veillez à ce qu'il soit correctement pesé ! Quelle bécasse ! commenta-t-il alors que sa servante se précipitait dehors. Voilà le monde des domestiques, continua-t-il en montrant les marches. Je tremble à l'idée de ce qui se passe là, en bas.

Au premier étage, un petit salon donnait sur les bâtiments de l'université. Sur l'arrière, la salle à manger, avec un monte-plats, exhalait un léger relent de chou.

– Puisque nous sommes seuls, je pense que le moment est venu d'aborder un sujet que vous allez trouver plutôt embarrassant. Vous portez des chaussures brunes, déclara Grice en grimaçant.

– Je le sais.

– Le brun est réservé à la campagne. En ville, on porte du noir.

– Je n'ai quitté la campagne que ce matin, répliquai-je. À quel moment aurais-je pu changer de chaussures ?

Sidney Grice fronça les sourcils.

– Je vois que vous avez de l'esprit, une qualité moderne, mais pas féminine. Quant à votre question, je suppose que Kilburn est généralement considéré comme l'extrême frontière de la civilisation. Pour ma part, je ne m'aventure jamais au-delà de la banlieue de Londres.

Il huma l'air avant d'ajouter :

– Je sens une odeur de fumée.

Je reniflai à mon tour, mais tout ce que je décelai fut son savon au goudron de houille.

– Dans le sens métaphorique ?

– Non, littéral. Je n'apprécie pas les métaphores.

– Et les chaussures brunes, dis-je. Votre demeure serait-elle en feu ?

– Ma demeure n'est jamais en feu, rétorqua-t-il. Il s'agit de fumée de tabac. Je suppose que vous ne vous adonnez pas à la nicotine, mademoiselle Middleton.

– Le train était bondé au point que je n'ai eu d'autre choix que de voyager dans un compartiment fumeurs, affirmai-je.

L'œil droit de Sidney Grice disparut, ses paupières tombant en une cavité rouge sang de bœuf. Je ne pus retenir un cri et le vis ramasser son œil pour le remettre en place.

– Quel ennui ! dit-il en ramenant sa paupière supérieure vers le bas. Dire que j'ai fait le voyage jusqu'à Égérie, en Bohême, pour le faire souffler à la main par le professeur Goldman selon des dimensions précises et qu'il ne me convient toujours pas.

– Comment avez-vous perdu le vôtre ?

– Je ne l'ai pas *perdu* ! répondit-il en ramenant ses cheveux en arrière d'un mouvement sec du cou. Cela impliquerait une négligence totalement étrangère à ma nature. Il fut arraché à sa cavité par un renégat prussien alors que je m'interposais dans sa tentative de prendre la vie du prince régnant. Le monde n'a pas encore pleinement apprécié la dette qui m'est due pour cet acte. Lorsque le Kaiser Guillaume II sera sur le trône des États unifiés d'Allemagne, nous pourrons envisager une ère de paix en Europe qui durera cent ans.

– Le monde vous tient déjà en très haute estime, dis-je. Mes amis vous comparent souvent au détective de monsieur Edgar Allan Poe, Auguste Dupin.

Sidney Grice retroussa les lèvres.

– Quelle merveille d'être comparé à la fantaisie stupide d'un écrivaillon doublé d'un colonial toqué ! déclara-t-il, notamment lorsqu'on voit qu'il a, de toute évidence, lu mes accomplissements et s'est lancé dans une tentative maladroite pour les imiter !

Je remarquai qu'il avait une posture étrange ayant tendance à pencher vers la droite, bien qu'il ne semblât avoir aucun mal à monter une nouvelle volée de marches.

Au deuxième étage, il y avait deux chambres : la sienne sur le devant de la bâtisse et celle qui serait la mienne en face du bâtiment en briques rouges de l'hôpital. Entre les deux, il y avait une petite pièce.

– C'est la fierté de ma demeure.

Sidney Grice s'effaça pour me montrer ce qu'il appela la salle d'eau. Les équipements étaient superbes, avec une baignoire en émail blanc sur des pieds fourchus en cuivre, un lavabo en porcelaine blanche sur une colonne haute à facettes et un cabinet assorti avec une citerne au-dessus.

– Nous disposons de l'eau courante, froide et chaude, tant que Molly maintient la chaudière allumée.

– Quel luxe !

Je ne lui dis pas à quel point je trouvais répugnante la présence de cabinets d'aisances dans la maison même. Je n'étais pas surprise alors de toutes les rumeurs qui couraient sur la pestilence régnant à Londres si toutes les habitations étaient aussi peu hygiéniques.

Grice m'expliqua que le dernier étage était mansardé et qu'il contenait une pièce pour entreposer les malles ainsi que les quartiers des domestiques.

– Vous employez combien de personnes ?

– Uniquement Molly et la cuisinière. La cuisinière ne loge pas dans la maison et elle ne sort pas de la cuisine. Je ne crois pas l'avoir vue depuis qu'elle a eu l'impertinence de venir me présenter ses vœux pour la célébration de Noël il y a deux ans. On me dit qu'il vient de temps en temps une femme de journée, mais cela ne m'intéresse pas.

Il fit une pause avant de poursuivre :

– Visiblement, Molly n'est pas encore revenue. Il semblerait que nous soyons contraints de répondre à la sonnette nous-mêmes.

– Je n'ai rien entendu, dis-je.

Sidney Grice claqua la langue.

– Vos oreilles sont plus jeunes et probablement plus sensibles que les miennes. Vous entendez, mais vous n'écoutez pas. De toute évidence, la visite est urgente si j'en juge par la vivacité avec laquelle on a tiré la cloche. Gardons le silence un moment et vous me direz ce que vous entendez.

– Ne devrions-nous pas plutôt répondre à la porte d'abord ? demandai-je.

Grice haussa les épaules en expliquant :

– Le visiteur pressé patiente toujours. Écoutez.

Nous nous tînmes dans le corridor et, très loin, j'entendis une sonnette, sèche et basse, qui retentissait sans s'arrêter.

– Je l'entends.

– Quoi d'autre ?

J'écoutai.

– Rien.

– N'entendez-vous pas la circulation au-dehors, le cliquetis des roues, le claquement des sabots sur les pavés, les cris des marchands ambulants et des mendiants dans la rue, les battements des ailes des pigeons sur le toit, le vent d'ouest qui siffle entre les cheminées ?

Je tendis l'oreille.

– J'entends un vague brouhaha, et la sonnette est en train de devenir folle, répondis-je.

– Une sonnette étant un objet inanimé, elle ne peut pas plus devenir folle qu'elle ne pourrait formuler un théorème d'algèbre.

Sidney Grice examina une petite tache d'encre sur son auriculaire.

– Mais on dirait que notre visiteur, lui, est bien en train de devenir fou.

Nous redescendîmes l'escalier.

– Allez répondre à la porte, dit-il avant d'aller dans son cabinet de travail.

La dame que je découvris derrière la porte était grande et élégante, avec des traits délicats et un teint de marbre, sauf ses joues qui s'empourpraient comme si elle venait de faire un effort. Je lui donnai une quarantaine d'années. Elle était correctement vêtue, rien de luxueux, d'une tenue noire, et ses cheveux châtain foncé étaient soigneusement épinglés sous un chapeau simple à bord de gaze qui lui retombait juste au-dessus des yeux.

– Suis-je bien chez monsieur Grice ?

Elle avait de la difficulté à reprendre son souffle.

– Absolument.

– Je dois voir votre maître.

De toute évidence, elle était dans un état de grande agitation.

– Je n'ai aucun maître, précisai-je en la conduisant malgré tout jusqu'à Grice.

Il était en train de faire mine de feuilleter un journal de géologie, mais il se leva de son fauteuil et guida notre visiteuse dans celui qui se trouvait en face de la cheminée éteinte. Incertaine de ce que j'étais censée faire, je demeurai debout au milieu de la pièce.

– Vous ne pouvez pas savoir combien je suis heureuse de vous voir, commença la femme en s'installant. J'ai entendu dire un si grand nombre de fois que vous n'étiez qu'un personnage fictif !

Le cou de Sidney Grice rougit légèrement, ses joues palpitèrent et il plaça la main sur son œil droit.

– Ce mensonge est dû aux comptes rendus éclatants d'inexactitudes de mes affaires dans les périodiques bon marché, rétorqua-t-il. Comme vous le voyez, madame, me voici devant vous en chair et en os.

La dame mit ses mains sur sa bouche et son nez. Le majeur de sa main droite s'ornait d'une bague de rubis.

– Il y avait tellement de sang, dit-elle.

Je regardai ses yeux verts : ils étaient écarquillés sous l'effet de la terreur. Je tournai les miens vers Sidney Grice et, bien que cela ne fût pas possible, on aurait dit que ses deux yeux à lui brillaient.

5
Un meurtre sanglant

– C'est vraiment trop atroce, dit Mme Dillinger avant de reprendre son souffle. Ma pauvre petite fille, déglutit-elle. Poignardée... Poignardée à mort, et mon gendre qui a été arrêté pour son meurtre. Monsieur Grice, aidez-moi, il le faut !

Sidney Grice laissa échapper un soupir.

– Je tiens à préciser que je n'ai aucune obligation, madame, mais, puisque vous êtes là et que je m'ennuie, dites-moi votre nom et celui des personnes concernées.

– Je m'appelle Grace Dillinger.

– Je suppose que vous êtes veuve.

– Oui, mon époux est décédé il y a trois mois.

– Et vous attendez un heureux événement ?

– Tout à fait. Pour le mois d'août.

Sidney Grice agita la main.

– Poursuivez.

– Mon gendre, William Ashby, est l'époux de...

– Était..., corrigea Sidney Grice.

– ... était l'époux de ma fille Sarah.

Sidney Grice prit un petit calepin relié de cuir sur la table placée à côté de son fauteuil et nota les détails sur la première page avec un portemine en argent pendant que Mme Dillinger plongeait dans son sac à main pour en tirer une enveloppe blanche rectangulaire. Je remarquai que ses ongles étaient nets et qu'elle portait à la main gauche une lourde alliance en or rose entrelacé d'un fil noir très fin.

– William vous a écrit un message.

Elle tendit l'enveloppe que Sidney prit comme si elle était souillée, l'ouvrit d'un geste vif et en sortit un feuillet plié en quatre qu'il laissa tomber sur ses genoux.

– Quelles sont les preuves contre votre gendre ? demanda-t-il.

– Il n'y en a pas.

Mme Dillinger croisa ses doigts fins.

– Dans ce cas, il n'a rien de plus à craindre que moi, déclara-t-il, car il n'y a pas de preuves contre moi non plus.

Mme Dillinger tira sur le revers de son manteau.

– Il était dans la maison, dit-elle, mais il dormait dans la pièce voisine.

– A-t-il le sommeil lourd ?

– Plutôt l'inverse. En général, il se réveille au moindre bruit. C'est le son d'une porte qui s'ouvrait et qui se refermait qui l'a dérangé.

– Quelle porte ?

– La porte extérieure de la boutique située à l'avant de la maison. Il y a une cloche qui tinte quand le haut de la porte la heurte.

Elle avait un léger parfum de rose de Damas.

Sidney Grice joua avec sa chevalière.

– La cloche est-elle suspendue par une charnière ou par un ressort ?

Mme Dillinger se toucha le front du bout des doigts de la main droite, et le rubis lança un éclair sombre.

– Quoi ? dit-elle. Une charnière, je suppose. Quelle importance ?

Mon tuteur l'observa pendant un moment.

– Sur une charnière, la cloche ne sonne que deux fois, alors que, lorsqu'elle est montée sur un ressort, elle résonne plusieurs fois, jusqu'à cinq à sept fois en moyenne en fonction de la force avec laquelle la porte la heurte.

Mme Dillinger reprit contenance.

– Je vois.

– Mais rien d'autre avant cela ?

– Non.

– Et où se trouvait votre gendre ?

– Dans la pièce située à l'arrière. Dans la cuisine.

Ses bottines avaient été soigneusement nettoyées et cirées, en noir, mais elles étaient éclaboussées de gouttes de boue récente.

– Et votre fille ?

– Dans la pièce entre deux. Le salon.

– Ces pièces communiquent-elles ?

– Oui.

Ses vêtements étaient de bonne facture, mais plutôt usés. Ils avaient été raccommodés par endroits et avaient, de toute évidence, été teints pour son deuil, car on discernait à peine le motif floral initial.

– Et sans autre accès à la pièce du milieu ? Une fenêtre peut-être ou un vasistas ?

– Non. Rien de cela.

Sidney Grice se pencha vers elle.

– Donc, votre gendre au sommeil léger a continué à dormir pendant que son épouse était sauvagement assassinée à quelques mètres de lui ?

Mme Dillinger se leva d'un bond et posa la main sur le manteau de la cheminée.

– Vraiment, monsieur Grice, dis-je en m'approchant d'elle.

Sidney Grice me fit signe de reculer.

– Y avait-il du sang sur les vêtements de votre gendre ?

– Il en était couvert.

Mme Dillinger ferma les yeux.

– Il l'a prise dans ses bras.

Sa voix était à peine audible tant elle haletait.

– Était-elle déjà morte ?

– Oui. Je pense que oui.

Sa voix se fit plus forte.

– Je n'en sais rien.

Sidney Grice écrivit autre chose dans son calepin. Je remarquai qu'il avait une petite cicatrice sur l'oreille droite.

– Et il n'y avait personne d'autre dans la maison ?

– Non. Personne.

Sidney Grice l'observa pendant un moment.

– Où étiez-vous pendant que tout cela avait lieu ? finit-il par demander.

– À l'église.

– Un lundi soir ?

– Il y avait une réunion de la Société pour la conservation des enfants sauvages en Afrique.

– Londres ne manque pas de sociétés de ce genre, dit Sidney Grice. Votre fille était-elle heureuse en ménage ?

Mme Dillinger éclata en sanglots tandis que Sidney Grice se tapotait les dents avec le bout de son portemine. Il avait les dents blanches et bien alignées.

– Comment pouvez-vous lui infliger cela ? coupai-je.

– Ce n'est rien en comparaison de ce que la police

et le ministère public leur feront subir, à elle et à son gendre.

– Je croyais que vous étiez censé être de mon côté, dit Mme Dillinger.

– Je ne sais pas ce qui vous a conduit à cette conclusion erronée, déclara Sidney Grice. Je ne me souviens pas d'avoir exprimé mon soutien à votre cause.

Mme Dillinger lâcha le manteau de la cheminée et vacilla. Je m'avançai, prête à intervenir si elle s'écroulait.

– Alors, je dois vous quitter et trouver quelqu'un qui sera de mon côté.

Sidney Grice haussa les épaules, mais Mme Dillinger demeura où elle était.

– Je répète ma question, dit-il. Le ménage était-il heureux ?

– Très... Ils étaient dévoués l'un à l'autre. Il appelait ma Sarah la prunelle...

Incapable de continuer, Mme Dillinger s'interrompit.

– Voulez-vous un verre d'eau ? demandai-je.

Mme Dillinger chuchota :

– Non, je vous remercie.

Je lui pris le bras pour la reconduire à son fauteuil et je tirai l'une des chaises droites pour m'asseoir à ses côtés.

Sidney Grice claqua les pieds et insista :

– Avaient-ils des difficultés d'ordre financier ?

– Pas plus que n'importe qui. Ils gagnaient suffisamment pour vivre.

Mme Dillinger s'éclaircit la gorge.

– Ils ?

– Sarah travaillait également à la boutique.

– Exercez-vous une activité ?

– Je donne des leçons privées de piano et de conversation française. Et je prends parfois des enfants lorsque leurs parents ne peuvent se charger d'eux.

– Pour de l'argent ?

– Oui. J'en ai encore plus besoin depuis le décès de mon époux.

– Comment est-il mort ?

Mme Dillinger frissonna.

– Il a été tué par un détrousseur sur le pont de Westminster. On lui a volé la montre de son père qui ne fonctionnait même plus. Cela a-t-il un rapport ?

Sidney Grice pinça les lèvres.

– Je n'en sais encore rien. Votre fille avait-elle contracté une assurance sur la vie ?

La porte d'entrée claqua et un bruit de pas résonna dans le vestibule.

– Pour un très petit montant, je crois, mais je n'en connais pas les détails.

Le visage de Mme Dillinger se serra.

– Je ne comprends pas ce que cela a à voir avec le reste.

– La cour pensera peut-être que cela a un rapport avec le reste. Quel âge avait... ?

Sidney Grice consulta ses notes...

– Quel âge avait Sarah ?

– Dix-neuf ans.

– Elle était plus jeune que moi ! m'exclamai-je.

– Je vous prie de ne plus nous interrompre, mademoiselle Middleton, coupa M. Grice. Quel âge a votre gendre, madame Dillinger ?

– Trente-quatre ans.

La pendule posée sur la cheminée sonna le quart.

– Soit une grande différence.

Sidney Grice se rencogna dans son fauteuil.

– Votre fille était peut-être lasse de vivre avec un homme plus âgé ?

– Quinze ans de différence, ce n'est rien, affirma Mme Dillinger. Et, je vous l'ai dit, ils étaient dévoués l'un à l'autre.

– Il l'a peut-être surprise avec un autre homme et l'a tuée dans un accès de rage.

Mme Dillinger se redressa.

– Ma fille était une personne loyale et convenable. Elle n'aurait jamais trompé son mari. Et mon gendre est un homme doux et gentil. Il n'aurait jamais pu se montrer si cruel.

– Où est-il en ce moment ?

Sidney Grice fit jaillir un segment de mine de son crayon.

– Il est retenu au poste de police de Marylebone.

– Quelle est l'adresse de l'accident ?

– 13, Mangle Street, Whitechapel.

– Mangle Street, songea mon tuteur. Voilà un lieu qui a une histoire. Je peux citer six autres meurtres dans cette rue, le premier ayant eu lieu en 1740, si je m'en souviens bien, et le plus récent étant celui d'une certaine Matilda Tassel et ses deux filles qui ont été assassinées à la hache.

– Quelle tragédie ! m'écriai-je.

– Je vous remercie pour votre judicieux commentaire médicolégal, mademoiselle Middleton.

Il se gratta la joue.

– William les a peut-être tuées également.

– Ou leur meurtrier a tué Sarah.

– Je crois me souvenir que le mari est mort de consomption en attendant le jugement, expliqua Sidney Grice, mais je vérifierai plus tard dans mes dossiers. Une dernière chose...

Il n'avait pas cessé d'écrire.

– Mes services sont extrêmement onéreux, et vos moyens, de toute évidence, sont plutôt réduits. Comment vous proposez-vous de me dédommager ?

Mme Dillinger prit un petit mouchoir bordé de noir dans une poche de son manteau.

– Voyons, votre première préoccupation est sans nul doute de voir justice rendue ?

Ce à quoi Sidney Grice esquissa un sourire déplaisant.

– Cela pourrait être une distraction inédite, dit-il, mais s'il venait à se savoir que je suis prêt à abaisser mes honoraires extravagants pour les pauvres vertueux, je verrais tous les vauriens de Londres camper devant ma maison.

– Mais je n'ai pas d'argent.

Mon tuteur releva son sourcil gauche.

– Alors, comment envisagez-vous de régler cette consultation ?

Mme Dillinger me regarda avant de tourner ses yeux sidérés vers lui.

– Je pensais...

– Je n'ai que faire de vos pensées, insista Sidney Grice. Je veux votre argent.

Les yeux de la femme se remplirent de larmes.

– N'avez-vous aucune compassion ? dis-je.

– Je ne suis ni stupide ni sentimental, si c'est ce que vous voulez dire.

Mme Dillinger se frotta le front.

– Je paierai ce que vous demandez.

– Voilà, déclara Sidney Grice en relevant son portemine à la verticale, un Mordan Mechanical, le plus récent modèle à ressort, plaqué argent et gravé de mes initiales. Il s'agit d'un présent de l'un de mes nombreux clients reconnaissants et il a dû lui coûter au moins vingt-quatre guinées. Je doute que vous possédiez autant.

Mme Dillinger replia son mouchoir et tamponna ses larmes avec un coin.

– William vous paiera. Il dispose d'un revenu régulier.

– Revenu qui a été suspendu depuis son arrestation et cessera au moment où la trappe s'ouvrira, dit Sidney Grice pendant que Mme Dillinger s'enfonçait lourdement dans son siège.

– Vous êtes un monstre.

– Tous deux, nous gagnons notre vie à protéger les innocents.

Il tourna la mine pour l'enfoncer dans le portemine.

– Toutefois, dans mon cas, les enjeux et par conséquent la rémunération sont plus élevés.

– Mais je n'ai rien à vous donner.

Sidney Grice haussa les épaules.

– Alors, je n'ai rien à vous donner non plus, et votre gendre sera certainement pendu.

Il ferma son calepin d'un coup sec.

– Je vous souhaite une bonne journée, madame Dillinger. Je vous enverrai ma note par le prochain courrier.

Molly entra avec un plateau de thé en laque noire.

– Dois-je ajouter une tasse, monsieur ?

– Cela ne sera pas nécessaire. Notre visiteuse est sur le point de partir.

Mme Dillinger se releva comme si elle rêvait, espérant quelque chose qu'elle ne possédait pas. Je me levai aussi pour l'aider à reprendre pied.

– Veuillez reconduire madame Dillinger à la porte, Molly.

Je ne sais pourquoi, Molly se tourna alors vers moi et je détournai les yeux.

– Je vous en prie, madame.

Une mèche de cheveux s'échappait de la coiffe de Molly et se balançait sur son oreille.

– Non, dis-je.

Sidney Grice leva brusquement les yeux.

– Que voulez-vous dire ?

– Madame Dillinger n'a peut-être pas d'argent, dis-je, mais j'ai un petit portefeuille d'actions dans mon héritage Je ne sais pas si vous suivez la Bourse.

– Je ne joue jamais.

– Je possède un millier de parts dans la Compagnie minière du lac Bleu de la Colombie-Britannique, qui sont actuellement évaluées à deux shillings et six pence chacune, ce qui correspond à une valeur totale de cent vingt-cinq livres. Je ne sais pas quel est le montant habituel de vos honoraires, mais vous pouvez obtenir le tout si vous acceptez de vous occuper de ce cas.

Le visage de Sidney Grice était imperturbable.

– J'y songerai.

Il avait parlé avec une telle désinvolture que je compris que cela se montait à bien plus que ce qu'il exigeait normalement.

J'inspirai légèrement.

– Toutefois, il y a une condition.

– C'est-à-dire ?

– Que je vous assiste.

Au moment même où je lâchai ces mots, je savais qu'il allait me répondre que c'était hors de question.

– J'aimerais vérifier comment est dépensé l'argent de mon père, insistai-je, et je pourrais être de quelque utilité.

Sidney Grice fit un sourire sarcastique.

– Je ne puis imaginer de quelle manière, conclut-il, mais cela pourrait être amusant. Parfait, mademoiselle Middleton. Considérez que vous avez engagé mes services.

6

Le drapeau vert

Lorsque Mme Dillinger sortit de sa bibliothèque, Sidney Grice eut un petit sourire.

– Vous constaterez bientôt que votre petit legs s'évaporera si vous prenez en pitié tous les chiens errants qui viennent gratter à ma porte.

Je luttai pour garder mon calme.

– N'avez-vous donc pas de cœur ? Le mari et la fille de cette femme lui ont été brutalement enlevés, et son gendre risque la potence. Sans compter qu'il ne lui reste rien si ce n'est l'enfant qu'elle mettra au monde, mais qu'elle ne pourra probablement pas entretenir.

– Si elle cherche la charité, c'est à l'hospice qu'elle doit s'adresser.

Il jeta son calepin sur la table.

– Ou bien à la soi-disant église chrétienne qu'elle fréquente. En outre, comment savez-vous qu'elle n'est pas coupable ?

Je m'assis en face de mon tuteur pour réfléchir à une réponse, mais je n'en trouvai pas.

– Il y a plusieurs précédents pour ce genre de crime, expliqua-t-il, dont le plus récent est celui de Jonathon Carvil, le Sabreur de Sidmouth, comme l'a si poétiquement baptisé la presse populaire. À première vue, les détails sont remarquablement similaires. Lui aussi affirmait dormir dans la pièce voisine pendant que son épouse était découpée en morceaux – littéralement dans ce cas puisque son corps fut précisément disloqué et troussé comme pour le crochet du boucher, et on ne retrouva jamais ses mains. Il apparut que l'homme avait intercepté un message de sa femme à l'amant de celle-ci ce même jour. J'espère que vous n'êtes pas trop sensible, mademoiselle Middleton.

– Je ne crois pas, dis-je. Et appelez-moi donc March.

– Très bien, March. On me considère souvent comme une personne quelque peu anticonventionnelle, mais, étant donné ma responsabilité à votre égard, je ne pense pas qu'il soit convenable que vous m'appeliez par mon prénom.

– Loin de moi cette idée !

Je m'emparai de la théière à motifs de feuilles de saule et versai du thé dans nos tasses.

– Stop ! s'écria mon tuteur alors que je levais le pot à lait.

– Pardon ?

– Je ne bois pas les sécrétions mammaires des ovins, expliqua-t-il. L'odeur même me donne la nausée.

– Vous donnez l'impression qu'il s'agit de quelque chose de répugnant.

– Je donne l'impression de ce que c'est. Notamment lorsqu'on sait que la vache produit du lait parce que son petit veau n'est pas là pour le boire étant donné qu'on le lui a arraché pour lui couper la gorge. Si je n'étais pas l'hôte excellent que je suis, je ne tolérerais pas de lait dans cette maison. Le mot même caille sur ma langue.

Je reposai le pichet et demandai :

– Qu'est-il arrivé à Jonathon Carvil ?

– Il affirma lui aussi avoir été dérangé par une porte qui se refermait. Le jury ne l'a pas cru.

– Avez-vous participé à cette affaire ?

Je remarquai qu'il n'y avait aucun tableau sur les murs ni photographie sur la table de travail.

– Carvil me consulta.

Il renifla son thé d'un air suspicieux.

– Je lui conseillai de fuir le pays, mais il ne tint pas compte de mon avis et il dut en assumer les conséquences fatales. Je n'aime pas perdre un client, mais cela me permit d'en tirer une leçon essentielle : toujours insister pour un paiement à l'avance.

Il plissa le visage et tira d'un coup sec sur la cordelette de la sonnette. L'extrémité s'ornait d'un crâne en ivoire qui se balança lorsque Sidney Grice le relâcha.

– Ce thé est froid et trop infusé.

– Vous pensez que l'affaire Ashby va évoluer dans le même sens ?

– Presque certainement.

Il me lança la lettre.

– Jetez un œil là-dessus.

Sur l'enveloppe, on avait écrit au crayon en grosses capitales maladroites :

MR GRISE DITECTIVE

La même écriture grossière apparaissait sur le feuillet, et les mots avaient tendance à pencher vers la droite :

CHER MR GRISE
AIDÉ MOI SI VOUS PLÉ PASSEQUE JE SUI INOSSENT

Lorsque Molly entra, mon tuteur ordonna :

– Remplissez mon flacon, Molly, et, lorsque la cloche sonnera, je répondrai personnellement.

– Oui, monsieur, dit-elle en ressortant.

– Qu'en concluez-vous ? me demanda mon tuteur.

– L'homme n'est pas cultivé.

– Évidemment ! Mais pourquoi écrire ce mot ?

– Pour vous demander de l'aide, répondis-je.

Il émit un grognement désapprobateur.

– Je ne pense pas que ce soit le cas, dit-il. Pourquoi envoyer ce gribouillis bourré de fautes par le biais d'une femme aussi élégante et éloquente pour plaider votre cas ?

– Vous semblez vous être forgé une excellente opinion d'elle.

Sidney Grice tira sur son oreille.

– L'une des femmes les plus intelligentes que j'aie rencontrées, répondit-il.

Je terminai mon thé et demandai :

– Quelle autre raison aurait-il de l'écrire ?

Sidney Grice mit le doigt sur son œil.

– Je ne connais pas encore la réponse à cette question.

Il poussa l'œil vers son nez.

– Mais je ne peux m'empêcher de penser que la clef de tout le problème pourrait résider dans cette lettre.

Il se leva.

– Assez perdu de temps. Je dois hisser le drapeau.

Nous allâmes dans le vestibule où, sur le mur, se trouvait un petit volant en cuivre actionné par une poignée, et il fit tourner le volant une douzaine de fois dans le sens contraire des aiguilles d'une montre.

– Ce dispositif me permet de hisser le drapeau vert à l'extérieur, expliqua-t-il. Les voituriers du quartier savent que je les dédommage largement pour le guetter.

Molly se précipita pour lui remettre un flacon brun qu'il prit sans dire un mot avant de le glisser dans une sacoche en cuir éraflé qui reposait sur la console. Il décrocha un pardessus sur la patère du mur opposé.

– Où allons-nous ?

Un bras dans une manche, Sidney Grice répéta :

– Nous ?

– Avez-vous déjà oublié mes conditions ?

– Je n'oublie jamais rien, dit-il en enfilant son manteau, encore moins les conditions, et je vous emmènerai à tous les rendez-vous qui pourront avoir lieu pendant cette investigation. Toutefois, je me rends à présent à la morgue et je ne pense pas que ce soit un endroit divertissant pour une jeune dame.

– Je n'ai pas demandé à être divertie, rétorquai-je. Si vous ne m'emmenez pas, je dois vous annoncer que notre accord est rompu.

Il sélectionna une canne en ébène à pommeau d'argent dans un antique porte-canne en chêne.

– Vous seriez capable de décevoir si cruellement madame Dillinger simplement parce que vous ne pouvez agir à votre guise ?

– Ce n'est pas moi qui romprais le contrat.

La sonnette retentit.

– Il n'y a pas de place ici pour la susceptibilité féminine.

Il tourna la poignée vers la droite et mit la lanière de la sacoche sur son épaule.

– Je suis peut-être féminine, dis-je, mais personne ne m'a jamais accusée d'être susceptible. Vous ne me laissez pas d'autre choix que de retirer mon offre.

Il fronça les sourcils et ouvrit la porte.

– Je suis à vous tout de suite, dit-il au cocher avant de se retourner vers moi. Je ne me laisserai pas dicter ma conduite par qui que ce soit, encore moins par une femme, dit-il en s'emparant d'une paire de gants en cuir. En outre, il fait extrêmement froid à la morgue et vous aurez besoin de votre manteau.

7
Dans le fiacre

Une fois que nous fûmes installés dans le fiacre, Sidney Grice expliqua :

– Les preuves se détériorent, certes, mais à des vitesses différentes. Par exemple, on peut encore voir la main de l'homme sur les pyramides d'Égypte des milliers d'années après leur construction, mais si un papillon venait à se poser sur ce rebord, la preuve de sa présence disparaîtrait au moment où le premier souffle l'emporterait.

– Sauf si quelqu'un réussissait à en faire une photographie, dis-je.

Mon tuteur laissa échapper un claquement agacé.

Le fiacre fit une embardée autour d'un monticule de bois et Sidney Grice poursuivit :

– Dans cette affaire, il y a trois grandes catégories de preuves. La première est la victime, ou plus précisément son corps, qui doit constituer notre première préoccupation, car les corps et les indices qu'ils renferment se détériorent rapidement. La deuxième est la scène du crime. Plus on laisse passer le temps, plus les preuves risquent de disparaître, qu'elles soient retirées ou détruites accidentellement ou délibérément. La troisième est le suspect lui-même. En l'occurrence, nous pouvons le réserver pour la fin parce que nous savons qu'il n'ira nulle part. Cela peut lui laisser le temps de peaufiner son histoire, mais, d'après mon expérience, plus un criminel demeure sous la garde de la police, plus il est susceptible d'être désorienté et de perdre son sang-froid, ce qui l'incite à passer aux aveux. Une fois que nous aurons examiné ces trois points, la victime, la scène et le meurtrier, il suffira de les relier et nous pourrons alors rentrer prendre une bonne tasse de thé en attendant tranquillement la pendaison.

Sidney Grice sortit le flacon de sa sacoche, le déboucha et avala une lampée de liquide.

– Voici le flacon à rétention de chaleur Grice, me dit-il. Je l'ai fait fabriquer selon mes instructions par un souffleur de verre de l'île de Murano.

Nous rebondîmes sur un nid-de-poule, et ma tête alla heurter la fenêtre.

– Quelle en est l'utilité ?

– Il maintient mon thé chaud, bien sûr ! Pendant trois heures, soit suffisamment longtemps pour le déguster agréablement.

Il reprit une gorgée.

– Le flacon renferme un autre flacon plus petit, et l'espace entre les deux est garni de laine de mouton qui, comme vous ne l'ignorez pas, est excellente pour conserver la chaleur. C'est la raison pour laquelle nous l'utilisons pour tisser nos vêtements et nos couvertures.

Il but encore une fois et replaça le bouchon en le tapotant fermement de la pulpe du pouce.

– Un jour, je ferai breveter et fabriquer mon invention, et je pourrai me retirer dans mon domaine du Dorset, où j'écrirai mes mémoires, je soignerai mes ruches et je procéderai à des forages pour découvrir du pétrole.

Le cheval trébucha et le fiacre faillit verser.

– Puis-je vous proposer une amélioration ?

J'attrapai la sangle pour me retenir.

– Vous pourriez concevoir une tasse que vous poseriez sur le col en la pinçant par exemple sur le flacon.

– Quel bénéfice en tirerais-je ?

– Eh bien, vous seriez alors en mesure d'offrir un rafraîchissement à votre compagnon de voyage.

Sidney Grice réfléchit un instant avant de secouer la tête.

– Cela ne ferait qu'ajouter aux difficultés déjà considérables et augmenterait le prix de manufacture. D'ailleurs, lors de mes voyages, je ne suis jamais accompagné de personnes avec lesquelles j'ai envie de partager mon thé. Si c'était le cas, il en resterait moins pour moi, et quel intérêt alors ?

– La générosité, dis-je en le regardant lever les yeux au ciel.

– Les pauvres, me dit-on, sont généreux entre eux. Mais ce n'est que parce qu'ils n'ont rien à perdre. Les riches ne peuvent se le permettre. Que pensez-vous de madame Dillinger ?

Il rangea son flacon.

– Elle m'a paru tout à fait charmante, dis-je.

– Certes, mais qu'avez-vous remarqué à son sujet ?

Je lâchai la sangle.

– Elle a vécu dans l'aisance, puis connu des temps difficiles, mais pas désespérés.

– Comment en êtes-vous parvenue à ces conclusions ?

Un homme juché sur un cheval à robe tachetée nous dépassa et m'envoya un baiser.

– Sa tenue était de bonne qualité, mais, comme elle ne pouvait se permettre d'acheter de nouveaux vêtements de deuil, elle l'a fait teindre, dis-je, et elle avait exécuté quelques reprises. En outre, elle portait une bague de rubis, un bijou de prix qu'elle n'a pas encore été contrainte de vendre. Et vous, qu'avez-vous observé ?

– Tous ces détails et les plus beaux yeux verts que j'aie jamais vus. Je ne serais pas surpris qu'elle ait également du sang bleu dans ses veines, elle aussi.

– Elle aussi ?

– Comme moi, dit-il. Charles Le Grice se tenait aux côtés du Conquérant à Hastings et il aurait régné en seigneur sur tout le royaume médiéval de Northumbrie s'il ne s'était pas brouillé avec Guillaume au sujet de la flèche qui avait abattu le cerf de Colchester.

– Je ne peux imaginer un Grice capable de se brouiller avec qui que ce soit, répondis-je.

Mon tuteur me fixa d'un air pénétrant. Un gamin des rues courut après le fiacre et grimpa d'un bond sur le marchepied.

– Un sou, patron, s'iou plaît.

Sidney Grice se débarrassa du garçon en lui donnant un coup de canne sur les phalanges.

– Qu'est-ce qui vous a conduit à devenir détective privé ? demandai-je, tandis que nous contournions un étal de fruits.

– Détective *personnel*. La chambre à coucher est un endroit privé. Je suis détective personnel.

– À quand remonte votre première affaire ?

– J'étais encore à l'école, expliqua-t-il. Je fus en mesure de prouver que l'élève qui avait reçu le premier prix de latin avait triché avec l'aide de son surveillant.

Une amitié que je ne peux que décrire comme parfaitement inappropriée.

– Quel noble geste !

Nous avancions plus rapidement dans une rue droite, et le claquement des sabots sur les pavés se réverbérait sur les hauts murs des immeubles qui bordaient la chaussée.

– Un geste lucratif. Le père du garçon qui reçut finalement le prix me donna deux shillings pour mes services. C'est alors que je compris que je pouvais exploiter ma vivacité d'esprit, mes sens aigus, mes pouvoirs d'observation superlatifs et mon prodigieux intellect pour la poursuite profitable des criminels.

Le fiacre ralentit.

– Cela doit être extrêmement gratifiant de contribuer à rendre la justice, commentai-je.

Sidney Grice souffla.

– Il est plus satisfaisant de voir les délinquants punis, mais j'aime être sûr que les innocents ne risquent rien. Bien entendu, plus vous vous élevez dans la société, plus cela est important. On peut se permettre quelques petites erreurs avec des prostituées, par exemple, mais vous devez être absolument sûr de votre fait avant de faire pendre un évêque.

Nous tournâmes dans une ruelle étroite avant de nous arrêter et nous eûmes juste assez d'espace pour sortir du fiacre et nous faufiler le long d'un mur élevé.

– Attendez-nous ici ! lança Sidney Grice au cocher.

L'homme secoua la tête.

– Pas ici, coassa-t-il. Ça m'donne la chair de poule, ici, et ça effraie mon ch'val. Et tout l'monde sait bien qu'un ch'val effrayé ne vaut pas plus que les mites mortes d'un mendiant aveugle, dans c'coin. Je s'rai au bout d'la ruelle.

– Faites attention au caniveau, prévint Sidney Grice, alors que nous passions devant le fiacre. Et aussi au cheval. Les chevaux ont la fâcheuse habitude de mordre.

Il frappa à une porte noire toute simple pendant que le cheval reculait avec réticence.

– Les chevaux aiment voir où ils vont, déclara Sidney Grice.

– Nous avons des chevaux à la campagne, précisai-je.

– Exact, mais, ici, ce sont des chevaux londoniens.

Il laissa tomber le heurtoir une seconde fois, et un judas coulissa dans la porte.

– Bonjour, Parker.

– Monsieur Grice.

La porte s'ouvrit sur un petit homme en blouse de laboratoire tachée.

– Entrez, dit-il.

Comme nous nous avancions, il nous arrêta.

– Qu'est-ce que c'est que ce micmac ? Vous savez que les dames ne sont pas autorisées à entrer !

Sidney Grice se tourna vers moi.

– Ne vous avais-je pas prévenue, mademoiselle Middleton ? Vous feriez mieux d'attendre dans le fiacre.

Je plongeai la main dans la poche de mon manteau pour en sortir une fiche cartonnée.

– Savez-vous ce qu'est ceci ?

Parker plissa les yeux.

– Non.

– Il s'agit d'une autorisation du Bureau des inspecteurs du bâtiment de Sa Majesté pour pénétrer et examiner tout établissement du royaume sur simple demande, et vous commettriez un acte de trahison si vous m'en refusiez l'accès.

– Doux Jésus ! s'écria Parker en s'effaçant.

Nous pénétrâmes dans un hall carré doté de cinq portes.

– Sur quelle affaire êtes-vous ? demanda Parker. Cela ne peut pas être le vicaire empoisonné. Monsieur Cochran a déjà pris les choses en main. Ni cette double noyade de Duke Road, j'espère. Sont un peu gluants, si vous voyez ce que je veux dire.

– Madame Sarah Ashby, annonça Sidney Grice.

– Ah ! les morceaux ! Elle est dans la quatre.

Parker tira un trousseau de clefs de sa poche et les essaya une par une dans la serrure.

– Il s'agissait d'un billet de train, murmura Sidney Grice.

– Possible, acquiesçai-je.

Parker finit par trouver la bonne clef, poussa la porte et ajouta :

– Vous êtes sûre de tenir le coup, mamzelle ? J'ai vu des roussins aguerris tourner de l'œil dans cette pièce. L'un d'eux est tombé, sa tête a heurté un objet, et il s'est retrouvé sur la table à son tour.

Je hochai la tête.

– Poursuivez, je vous en prie.

– Prenez mon bras, dit Sidney Grice, et prévenez-moi dès que vous vous sentez mal.

Je me sentais déjà mal, mais je ne l'aurais pas admis pour tout l'opium du Bengale. La puanteur de la mort avait envahi mes narines.

8

La maison des morts

J'hésitai un peu. Je connaissais bien cette odeur et les horreurs qui l'accompagnaient.

– Je serai parfaitement à l'aise, dis-je en repoussant son bras, tandis que nous entrions.

La vaste pièce était basse de plafond, sommairement chaulée de blanc et éclairée par des becs de gaz à manchon incandescent évasé, sur des murs aveugles. Au centre s'alignait une dizaine de tables étroites en pin.

Elles étaient recouvertes de linges blancs constellés de taches, mais on devinait parfaitement les formes, sans parler de l'odeur par trop identifiable des corps écartelés, de la chair pourrissante et du phénol qui me piquait les yeux et me brûlait les poumons.

Au fond, le drap avait glissé sur la moitié supérieure du corps d'un jeune homme. De toute évidence, il avait été pris dans un incendie, car sa peau était couverte d'ampoules, et ses cheveux entièrement, brûlés. Mais ce fut son visage qui me fit un choc. Il était carbonisé jusqu'à l'os. Troublée, je balayai la pièce du regard en quête d'un appui, mais je n'avais que moi-même. Et le bras de mon tuteur.

Nous allâmes jusqu'à une table située au milieu de la rangée.

– Nous y voilà.

Parker retira le drap à la volée pour faire apparaître brusquement le visage torturé d'une vieille femme édentée.

– Oh ! désolé ! C'est madame Ashton. Écrasée par une charrette pressée... Voilà ce qui lui est arrivé.

Nous passâmes à la table suivante.

– Cette fois, c'est bon.

De toute évidence, Parker se sentait moins fier cette fois parce qu'il releva délicatement le linge pour vérifier le visage. À première vue, Sarah Ashby semblait dormir. Ses yeux étaient clos, et son expression, celle d'un repos paisible. Elle avait le teint pâle et la figure entourée d'un halo de longues vagues dorées, les lèvres entrouvertes comme si elle esquissait un sourire de contentement.

Elle aurait pu être en train de faire un rêve merveilleux sans l'entaille. Celle-ci partait de son petit nez retroussé pour remonter sur toute la joue, pratiquement jusqu'à l'oreille, une entaille si profonde et si large qu'elle lui faisait un horrible sourire, comme si elle possédait une seconde paire de lèvres qui laissaient voir ses molaires blanches entre les muscles rouge sombre.

Sidney Grice s'approcha sur le côté et retira le reste du drap en le laissant tomber au pied de la table. Sarah Ashby était nue. Sa peau d'une blancheur surnaturelle était éclaboussée de sang rouge foncé, et son corps était perforé de nombreuses entailles noires.

– Très jolie, n'est-ce pas ? siffla-t-il à voix basse.

– Il l'a pas ratée, commenta Parker avec satisfaction.

– Pauvre, pauvre petite, dis-je.

– Où sont ses vêtements ? demanda Sidney Grice.

– Jetés dans l'incinérateur, expliqua Parker.

Grice le regarda d'un air sévère.

– Quoi ? Tous ses effets ?

– Bien sûr. À quoi ils auraient pu servir vu l'état dans lequel ils se trouvaient ? Tout déchirés et souillés de sang, qu'ils étaient.

Sidney Grice ferma brièvement les yeux.

– Cet homme est un imbécile, dit-il sans faire mine de vouloir baisser la voix.

– Holà, monsieur Grice...

– Est-ce vous qui avez retiré ses vêtements ?

– Bien sûr.

– Que portait-elle ?

– Une robe grise avec des boutons en nacre au dos.

– Attachés ?

– Oui.

– Col haut ou ouvert ?

– Haut, pourquoi ?

Le sol était revêtu d'un carrelage irrégulier, et des flaques épaisses s'étaient formées dans les creux. Je découvris que Parker portait des galoches en caoutchouc vulcanisé.

– Avait-elle quelque chose dans les poches ?

Une araignée à longues pattes fila sur le bras de Sarah et se coula sur sa toile jusqu'au sol.

– Rien de valeur.

– Certes, mais plus précisément ?

– Qu'est-ce que j'en sais, moi ? Un mouchoir, un morceau de réglisse. Je l'ai mangé. Cela ne lui servait plus à rien et je l'ai d'abord essuyé.

– Vous n'avez jamais entendu parler des microbes ? demandai-je.

Parker sourit.

– Oui ! Ben, j'ai aussi entendu parler des fées, mais je n'ai jamais rencontré quelqu'un qui en avait vu une.

– Portait-elle des dessous ? demanda mon tuteur.

– Oui.

– En haut et en bas ?

Parker baissa les yeux vers le sol.

– Je vous en prie, monsieur Grice, il y a une dame.

– Vous avez peut-être du mal à le croire, intervins-je, mais je suis parfaitement consciente que les femmes portent des dessous.

Sidney Grice grommela et insista :

– Les deux ?

– Oui, les deux.

Parker traîna les pieds avant d'ajouter :

– Mais elle avait pas de corset, quand même.

– Et les déchirures des vêtements correspondaient à ses blessures ?

– Pour ce que je me souviens, oui, mais je...

Il garda la bouche ouverte, mais ne termina pas sa phrase.

– Donc, lorsque vous lui avez retiré ses vêtements, vous n'avez pas trouvé d'autres entailles que vous n'attendiez pas ?

– Non, je ne pense pas.

– Non, vous ne pensez pas.

Sidney Grice reporta son attention sur Sarah Ashby et prit sa main gauche dans la sienne.

– Elle avait des doigts de poupée, dit-il en se penchant et en les redressant d'un seul coup avant de les tordre légèrement un par un et de les balancer de droite à gauche.

Les ongles de Grice étaient courts et soigneusement limés. Il semblait perdu dans ses pensées. Je remarquai que les ongles de Sarah étaient ébréchés, mais propres. Quelque chose n'allait pas.

– Où est passée son alliance ? demandai-je.

– Elle n'en portait pas, répondit Parker.

– Mais il y a une marque plus claire autour de son doigt.

– J'y peux rien, moi. Si elle avait eu des bijoux, je les aurais remis comme dit le règlement. Monsieur Grice me connaît assez bien pour le savoir.

– Qu'est-ce donc ?

Sidney Grice leva la main droite de Sarah.

– Vous voyez ?

L'ongle de son index droit était fissuré et quelque chose s'y était accroché.

– On dirait un cheveu, dis-je.

Sidney Grice chaussa son pince-nez.

– Ce n'est pas un cheveu.

Il reposa la main et, en quête d'une fine paire de pinces métalliques et d'une enveloppe blanche, fouilla dans sa sacoche, reprit la main de Sarah et tira sur le fil qui dépassait.

– Regardez, dit-il en levant les pinces dans la lumière.

– Un fil jaune, dis-je, tandis qu'il déposait l'indice dans l'enveloppe, léchait le rabat et le fermait avant d'inscrire quelques mots au dos.

Il s'agenouilla et releva la chevelure blonde pour examiner l'horrible lacération de la gorge de Sarah Ashby. La blessure allait jusqu'à sa mâchoire gauche.

– Cette question est d'une extrême importance, Parker, dit-il. Le corps a-t-il été lavé ou essuyé de quelque manière que ce soit ?

– Non, c'est pas mon boulot et les femmes ne lavent que les gens que leurs proches réclament et tout.

– En êtes-vous bien sûr ?

Parker hocha la tête.

– Voilà une belle blessure, dit Sidney Grice.

– Oui, mais ce n'est pas ce qui l'a tuée, dis-je.

Sidney Grice se tourna vers moi.

– Continuez.

– J'ai déjà vu quelque chose de semblable à Bombay, dis-je. Deux sentinelles de la caserne se sont battues à propos d'une fille indigène. J'ai aidé mon père à suturer le blessé. Pour qu'une telle entaille soit fatale, il faut trancher jusque dans les cartilages et atteindre l'artère carotide ou la veine jugulaire. Celle-ci n'est pas assez profonde.

– Exact. Alors, qu'est-ce qui l'a tuée ?

– Je n'en suis pas sûre, répondis-je. Les coups sont si nombreux.

– Quarante, intervint Parker. Je les ai comptés.

– Je suis surpris qu'il en soit capable, marmonna Grice.

Il montra une blessure sous le sein gauche de Sarah Ashby, un cratère ovale d'environ cinq centimètres de long.

– C'est ce coup qui est responsable de la mort. Passez-moi ma sacoche, mademoiselle Middleton.

Il en sortit une fine spatule en acier aplatie aux deux extrémités et il la glissa délicatement dans l'orifice.

– Vous voyez jusqu'où elle s'enfonce ? Cela correspond à près de quinze centimètres. La lame aura pénétré la paroi abdominale en remontant à travers le diaphragme droit dans le cœur, ce qui aura provoqué une mort instantanée. En outre, l'entaille est légèrement inclinée sur la gauche, ce qui indique que nous cherchons un assassin gaucher. Parker, aidez-moi à la retourner.

Les deux hommes ramenèrent Sarah Ashby sur le côté gauche.

– Vous me cachez la lumière, mademoiselle Middleton.

– Je vous demande pardon.

Je m'éloignai jusqu'à une tache graisseuse au bas de la table, et il passa à nouveau les doigts dans les cheveux de la morte.

– Exactement comme je le pensais, dit-il. Une légère dépression du lobe occipital due à un coup porté sur le crâne, mais pas de blessures au niveau de la nuque.

Ils la laissèrent reposer de nouveau sur le dos.

– Bien, qu'avons-nous donc ? Une blessure sur le visage et une au cou, et trente-huit sur la poitrine et le ventre, dont une fatale. Êtes-vous frappée par un détail étrange au sujet des blessures, mademoiselle Middleton ?

Je secouai la tête.

– Elles sont de deux catégories différentes.

Il indiqua avec la spatule ce qu'il voulait dire.

– De longues lacérations et des blessures plus courtes. Celles-ci sont assez inhabituelles. Nous savons que la peau a tendance à s'écarter pour revenir spontanément en place ensuite lorsqu'on la coupe, mais j'ai l'impression que ces estafilades ont des bords dentelés. Regardez, c'est plus clair sur les tissus plus fermes des épaules. On dirait presque une forme en « s ».

Grice alla jusqu'aux pieds de Sarah.

– Voilà qui est étrange, commenta-t-il. Son gros orteil est meurtri. Portait-elle des bottines, Parker ?

– Ni bottines ni bas.

– Vous en êtes bien sûr ?

– Sûr comme l'œuf n'est pas une pomme de terre. Que faites-vous ?

Sidney Grice avait posé les mains sur les genoux de Sarah pour écarter ses jambes. Il se pencha et examina l'entrejambe.

– Vous pourriez au moins montrer un peu de respect.

Parker retroussa les lèvres de dégoût tandis que Grice se déplaçait légèrement d'un côté.

– Pas de signe de pénétration traumatique, observa-t-il.

– Pour l'amour de Dieu ! s'exclama Parker en se couvrant la bouche de sa main sale et en reculant.

– Vous savez ce que je pense ? demanda Grice en redressant le dos.

– Non, dis-je.

– Je pense qu'il est temps de partir.

– Je ne peux pas être plus d'accord ! lança Parker en essuyant ses paumes souillées sur sa blouse encore plus sale.

– Pour Mangle Street ? demandai-je.

– À la maison.

Mon tuteur sortit un morceau de savon et une petite serviette de son sac.

– Il sera trop tard lorsque nous arriverons à Whitechapel et, dans l'obscurité, nous risquons surtout de manquer, voire de détruire les indices. Non, mademoiselle Middleton, je pensais à une bonne tasse de thé et je suis sûr que vous ne seriez pas contre un en-cas.

Il alla jusqu'au robinet monté sur le mur.

– Je s'rais pas contre boire un coup, moi aussi, dit Parker.

– Bien, alors, je ne vais pas vous retenir plus longtemps, dit Sidney Grice tout en se séchant les mains et en rangeant ses affaires.

– Non, je voulais dire...

– Je sais parfaitement ce que vous vouliez dire.

Sidney Grice mit quelques pièces dans la main de Parker.

– Ben, merci, monsieur Grice.

– Et si cet imposteur de Cochran se montre, ne le laissez pas s'approcher d'elle !

Il se tourna vers moi avant de continuer :

– Rien que le mois dernier, il m'a dépossédé de mon architecte décapité et a obtenu deux pages dans l'*Evening Standard* pour une affaire que vous-même auriez pu résoudre.

– Cela a dû être un jeu d'enfant, dans ce cas, commentai-je.

Mon tuteur releva le drap pour en recouvrir Sarah Ashby en faisant une pause avant de dissimuler le visage.

– On dirait un ange, dit-il en laissant enfin retomber le linge.

– Est-ce qu'on a réussi l'inspection ? demanda Parker tout en nous reconduisant à la porte.

À l'extérieur, la lumière baissait déjà et j'étais heureuse du froid qui régnait parce que mes frissons pouvaient avoir l'air naturels.

9
La même lune

À chaque extrémité de la table de la salle à manger, nous formions un couple très silencieux.

– Dînez-vous habituellement seul ? demandai-je.

– Non, répondit Grice, je dîne avec un livre. Mon favori est *Brève étude des vers parasites d'Afrique*. Il comporte de superbes illustrations en couleurs.

– Cela ne vous empêche-t-il pas de savourer votre repas ?

– Pour quelle raison ? Je n'ai pas l'intention de les manger.

Je dégustais ma soupe, mais je n'ai jamais aimé la tomate. Pour moi, cela évoque la couleur du sang et l'odeur de la sueur.

– Si j'avais été mieux informé à ce sujet il y a trois ans, continua Sidney Grice, j'aurais peut-être pu prouver que lord Jennings était remonté en Côte d'Ivoire bien plus loin que ce qu'on prétendit à l'époque. J'aurais pu laver ses compagnons de l'accusation de l'avoir abandonné et ils n'auraient pas été dégradés de leur régiment.

Je tentai d'avaler encore un peu de soupe. Mon tuteur avait terminé la sienne et il tourna une page, sortant un portemine en ivoire, qu'il plaça parallèlement à son couteau.

– Comment avez-vous fait la connaissance de mon père ? demandai-je.

L'œil de Grice tomba. Il l'attrapa rapidement et le mit dans sa poche de gilet.

– Je ne dévoilerai aucune information à propos de votre père.

Il sortit un bandeau noir de sa poche, un peu comme un magicien avec son foulard, et l'attacha autour de son œil borgne. L'effet était légèrement comique, mais son expression ne l'était pas du tout.

– Si ce n'est que je lui sois profondément redevable, ce qui explique que je règle partiellement ma dette en tolérant votre présence dans ma demeure.

– Vous êtes trop bon.

– Cela n'a rien à voir avec la bonté, mais j'aime honorer mes obligations.

Il essuya son assiette avec un morceau de pain.

– Comment était ma mère ?

– Une beauté célèbre.

Mon tuteur étala quelques miettes sur la nappe blanche amidonnée.

– Et l'héroïne à peine voilée d'un roman de gare. On disait que ses yeux brillaient comme des saphirs dans le soleil et que ses cheveux étaient d'or poli.

– Et pas ternes comme les miens ?

Il s'essuya les lèvres avec sa serviette avant de la replacer sur ses genoux.

– Non, les siens n'étaient pas ternes. Et elle n'était pas non plus décharnée comme vous l'êtes.

Je posai ma cuiller.

– Et son caractère, comment était-il ? Mon père ne parlait jamais d'elle.

– Ce n'est pas à moi de le dire.
– Quand même...
– Je vous prie de ne plus me poser de questions à leur sujet. Pour des raisons que je ne peux divulguer, cela n'a pas lieu d'être.
– Mais...
Il leva la main et revint à son livre en marmonnant dans sa barbe et en inscrivant une note dans la marge.
– Qui est monsieur Cochran ? demandai-je alors.
– Qu'importe.
Il dirigea la partie émoussée de son crayon vers moi.
– Je vais vous dire ce qu'il est. C'est un fanfaron cupide, incapable, étourdi, parvenu, arrogant, avide de publicité, vaniteux et pompeux.
Un peu essoufflée, Molly entra pour débarrasser les assiettes.
– La soupe était tiède, déclara Grice sans même lever les yeux de son livre.
– Merci, monsieur.
– Il ne s'agit pas d'un compliment, dit-il. Rien ne devrait être tiède. Le thé doit être bouillant, et l'eau, fraîche. Connaissez-vous seulement le sens de « tiède » ?
– Bien sûr, monsieur, répondit Molly. La cuisinière me disait que c'est comme ça qu'elle se sent envers vous. Alors, ça doit être bien.
Mon tuteur lâcha un « Tss tss » pendant que Molly sortait les trois plats couverts du monte-plats et les plaçait sur la desserte pour nous servir de pommes de terre, de chou et de carottes bouillies. Je m'attendais à un commentaire de la part de mon tuteur, mais il se précipita sur les aliments avant même que Molly ait refermé la porte.

– N'avez-vous donc pas faim, March ?

– Si, beaucoup, mais j'attendais la viande.

– N'avez-vous pas vu assez de viande aujourd'hui pour vouloir en mettre dans votre bouche ?

Je repris mon couteau avant de le reposer.

– Qu'est-ce donc encore ?

– Comment pouvez-vous évoquer les restes humains d'une jeune femme en parlant de « viande » ?

– De la peau, des muscles, des os.

Il s'empara de la salière pour saler ses légumes.

– De la viande dans toutes les définitions. Jetez un gigot d'agneau ou la jambe d'un homme dans la fosse aux lions et observez : les animaux font-ils la différence ?

Il piqua un morceau de carotte avec sa fourchette et la jeta dans sa bouche.

– Comment pouvez-vous être si peu sensible ?

– Pleurez les vivants, dit-il en s'essuyant la bouche. Quant à votre accusation de manque de sensibilité, ce n'est pas moi qui me nourris des morts.

– Si c'est ce que vous pensez, vous ne mangeriez jamais de viande.

– Ce qui est le cas.

– Pas même du jambon ?

– Surtout pas du jambon. J'ai connu des cochons aussi sages que des juges et bien plus intelligents que des jurés, et certainement plus parfumés.

Avec notre dîner, nous buvions de l'eau, chacun disposant de sa petite carafe gravée avec un gobelet en cristal.

– Tiède, déclara Grice. Vous devriez vous présenter à dîner avec un livre, March. Cela m'éviterait de devoir entretenir la conversation. Que lisez-vous en ce moment ?

– Je n'ai pas de livre dans mes affaires.

– Alors, je vais vous prêter Swinburne.

– Je vous remercie, répondis-je. J'adore son *Ode à Sappho.*

– Je ne faisais pas allusion à ces âneries décadentes de ce simplet dégénéré qui se prend pour un poète.

Il s'essuya la bouche sur sa serviette en étoffe.

– Je parlais du *Traitement des égouts de Londres* de Samuel Swinburne. Ses chapitres sur la manière de disposer des déchets humains sont extrêmement intéressants et amusants.

– Aurons-nous un dessert ? demandai-je, encore affamée.

– Le sucre noircit les dents, c'est pourquoi je n'en consomme qu'une fois par semaine.

J'éclatai de rire.

– Comment une chose aussi pure et blanche que le sucre peut-elle noircir les dents ?

Puis, toutes les images me revinrent en force.

– Oh ! comment puis-je rire un jour pareil ? dis-je.

– L'esprit humain n'est pas capable de mesurer ou de recéler toute l'agonie du monde, déclara Sidney Grice, ou nous perdrions la raison.

Je pris une gorgée d'eau.

– Quel que soit celui qui a massacré cette pauvre fille, il doit certainement être un dément.

– Au cours de mon activité professionnelle, j'ai vu cent quatre-vingt-six cadavres.

Mon tuteur écrasait ses pommes de terre avec sa fourchette.

– Mais je n'ai jamais vu un meurtre si froidement perpétré que celui d'aujourd'hui.

– Je ne comprends pas.

– Je ne suis pas sûr de comprendre non plus, dit Sidney Grice. Pas encore.

Je remontai dans ma chambre et je jetai un coup œil par la fenêtre. La lune était aussi pleine que celle que j'avais contemplée au-dessus de Hunger Hill la nuit précédente, mais elle brillait maintenant au-dessus d'une vaste métropole que quatre millions de personnes et moi appelions notre foyer. Il m'était difficile de croire que j'avais commencé cette journée à trois cents kilomètres de là, dans une demeure qui avait été la mienne. Je fis mes ablutions, brossai mes cheveux cent fois, enfilai ma chemise de nuit en coton et mes chaussettes de lit, car l'air de la nuit était frais, et je m'installai devant le secrétaire pour rédiger mon journal. Puis, je remis le journal dans mon écritoire et appuyai sur le bouton situé sous l'encrier pour ouvrir le compartiment secret.

Elles étaient encore là, vos douze lettres, soigneusement nouées par un ruban noir avec un liseré doré. Je lus la première.
N'oubliez jamais..., écriviez-vous, mais je fus incapable de continuer. Je rattachai le ruban et touchai le liseré.

Puis je me mis à lire la Bible. *Ô mort, où est ton aiguillon ?*

Qu'en était-il de Sarah Ashby ? La victime d'une telle sauvagerie connaissait-elle désormais la paix ? Je m'agenouillai près du lit et je priai pour elle et pour ceux que j'avais aimés et perdus, pour la mère que j'espérais connaître un jour et, pour la première fois, je priai pour l'âme de Sidney Grice, car il devait bien en avoir une.

10

Les lieux du crime

Mangle Street était une petite rue perpendiculaire qui reliait deux avenues plus fréquentées. Il ne fut guère difficile de repérer la boutique qui se tenait entre deux maisons accolées, l'une condamnée par des planches et l'autre qui servait d'étable à un troupeau d'ânes dont deux jetèrent un regard triste à notre passage.

– Ils n'ont même pas assez d'espace pour se retourner, dis-je.

Mais Sidney Grice était déjà accroupi pour inspecter un rat mort sur le trottoir.

– Empoisonné, déclara-t-il, comme le vicaire de Cochran.

En face, il y avait une boutique de curiosités.

– La seule curiosité à propos de ce genre de boutiques est leur existence même, dit mon tuteur en se relevant. Elles ne sont rien de plus qu'une étape entre la boîte à ordures et la décharge.

Sous un auvent en métal, à côté de la porte d'entrée, assis sur un baril de bière vide, un policier en tenue enveloppé dans sa cape, la moustache flasque couleur paille, était en train de fumer une pipe de bruyère. Lorsque Sidney Grice se présenta, il se leva péniblement.

– L'inspecteur Pound m'avait dit que vous enverriez un télégramme, dit-il en tapotant sa pipe contre le mur. Et il n'a pas parlé de la fille.

La cendre s'envola vers moi et je secouai ma robe.

– J'assiste monsieur Grice, déclarai-je.

– Qui le croirait ? murmura mon tuteur.

La porte de la boutique était garnie d'une grille et ne possédait ni rideaux ni stores. Au-dessus, une pancarte blanche s'ornait de l'inscription LASHBY QUINCAILLERIE peinte en noir.

– Que Dieu préserve l'apostrophe, indiquai-je. Elle va finir dans l'oubli.

– Ce n'est qu'un inesthétique gribouillis, rétorqua Sidney Grice en frissonnant. Plus vite nous en serons débarrassés, mieux cela vaudra.

– Je devais prendre mon petit-déjeuner il y a une heure, annonça le policier en agitant la main pour nous laisser passer comme s'il réglait la circulation.

– Des habitudes régulières sont essentielles pour la digestion, intervint Sidney Grice. Si je supposais que vous savez lire, je vous prêterais volontiers un ouvrage sur le sujet.

– Comme je me sens, je crois que je le mangerais, plutôt.

Le policier se laissa retomber sur son baril.

– Pourquoi vous montrez-vous toujours si grossier avec les personnes ? demandai-je.

– Ce n'est pas une personne, c'est un policier.

Grice tourna la poignée de la porte.

– Il ne peut pas plus se permettre d'avoir des sentiments que moi. Observez la cloche.

Elle tinta deux fois lorsque j'ouvris la porte et deux fois encore lorsque je la fermai. Je levai les yeux.

– Montée sur charnière, comme nous l'a dit madame Dillinger.

Nous nous retrouvâmes dans une pièce étroite et peu profonde, face à un comptoir à plateau en bois qui comportait un rabat.

– Observez le sol, indiqua Grice.

– Il y a tellement d'empreintes de boue, dis-je.

– Pas de boue, non.

Il gratta une trace du bout du pied.

– Du sang. Et ce sol a été récemment balayé et lavé avec soin, ajouta-t-il en le tapotant de la pointe de sa canne.

J'examinai les lieux. Sur les côtés, les murs étaient couverts de boîtes de clous et de vis, ainsi que de toutes sortes d'outils de charpentier ou de menuisier. Il y en avait aussi qui étaient pendus à des crochets derrière le comptoir, d'autres dans des corbeilles directement posées au sol, des marteaux, des haches et une vitrine pleine de couteaux.

– Ce ne sont pas les armes qui manquent, ici, remarqua Sidney Grice.

Nous passâmes derrière le comptoir pour franchir la porte qui donnait sur l'arrière de la boutique. C'est là que se trouvait la scène du meurtre. Le salon était de petite taille et sans fenêtre. À notre gauche, il y avait un lit et, à droite, un fauteuil défoncé. En face de nous, devant une cheminée éteinte, deux chaises en pin accompagnaient une petite table carrée.

– Seigneur ! murmurai-je.

– Je ne crois que vous trouviez un seul signe de lui ici, déclara mon tuteur.

Je compris alors ce que Mme Dillinger avait voulu dire par « Il y avait tellement de sang » : les murs et les meubles en étaient tout éclaboussés, des gouttes sèches et sombres, et noircies, et le sol nu s'ornait d'une flaque coagulée et de dizaines d'empreintes de bottes. La puissante odeur métallique caractéristique entre toutes, celle du bloc opératoire de mon père au lendemain d'une bataille. Dans le silence pesant, la pièce résonnait des hurlements des blessés.

– Pas vraiment de place pour se mouvoir ici non plus.

Grice fit un mouvement ample de sa canne.

– Et, cependant, il n'y a aucun autre signe de désordre. Pas une seule chaise renversée, pas un ornement brisé. Comment cela peut-il coïncider avec votre idée d'une agression d'une extrême violence ? Holà, ajouta-t-il en s'approchant pour inspecter le mur sur la gauche de la cheminée, qu'avons-nous là ?

Je m'approchai pour regarder à mon tour et je vis que ce que j'avais pris pour une autre tache de sang était en réalité un mot. Il était inscrit avec du sang, au niveau des yeux sur le mur, à côté d'un bec de gaz brisé. Les lettres étaient grossièrement tracées et étalées sur près de trente centimètres de hauteur, et moins nettes à la fin, mais le sens ne laissait aucune place à l'équivoque.

– *Rivincita* ou « vengeance » en italien, lus-je.

– Comme c'est décevant, dit Grice. J'espérais quelque chose de plus subtil. Un nom, par exemple, aurait été plus utile.

– N'est-ce pas le mot que l'on a retrouvé sur les scènes de crime de Slurry Street ?

– Possible.

Il se tourna.

– Il y a beaucoup de sang sur la table.

Il montra une large flaque séchée, s'agenouilla et leva les yeux.

– Mais rien dessous sauf le sang qui a coulé par les fissures du bois.

Il inspectait le sol du bout de sa canne.

– Voilà le seul endroit assez vaste où elle aurait pu tomber : entre la table et la porte d'où nous venons. La carpette est imprégnée de sang, et ces balourds ont marché dessus et laissé leurs empreintes partout. Si sa tête a heurté cette vieille machine à coudre en tombant, cela expliquerait la fracture du crâne. Regardez, il y a une croûte de sang et quelques cheveux pris dans le volant de la machine, les mêmes cheveux que les siens.

Il se pencha et plaça quelques fils dorés dans une enveloppe qu'il scella avant d'écrire dessus. Il se releva ensuite et continua à examiner les lieux.

– Qu'y a-t-il dans l'âtre ?

– Pas grand-chose. Juste de la cendre, répondis-je.

– Il n'y a rien de tel que « juste de la cendre ».

Il s'empara du tisonnier en fer pour ratisser ladite cendre.

– Sur cette planète inutilement immense et absurdement variée, chaque substance produit, en se consumant, sa propre cendre. Il s'agit de cendre de papier. Alors, March, pourquoi brûlerait-on du papier ?

Il tapota le mur.

– Pour démarrer un feu.

– Ce papier était le feu même.

Il s'accroupit tout à côté.

– Et pourquoi faire du feu avec du papier lorsque cela ne fournit qu'une faible chaleur et pour un court laps de temps, alors que vous disposez d'un plein seau de charbon à portée de main ? D'ailleurs, il fait relativement chaud ici. Nous savons tous les deux que le papier n'est pas bon marché et qu'il reste précieux, même lorsqu'on a écrit dessus. Pour allumer un feu, comme vous le dites, mais aussi pour envelopper des objets, d'autant plus dans une boutique où on tente de faire des bénéfices en vendant quelques clous, par exemple. Non, ce papier n'a été brûlé que pour une seule raison : pour dissimuler ce qui était inscrit dessus. Regardez combien la cendre est fine.

Il fouilla sous la grille.

– Pas même un morceau lisible. Qu'est-ce que c'est que tout cela ?

Il écarta les cendres et quelques morceaux de charbon.

– Pour moi, on dirait des os.

Il ramassa un morceau calciné de la taille d'une phalange.

– Un fémur de patte de lapin, dirais-je. Oui, il y a aussi une dent de lapin et, là, cet anneau noirci...

Il tira un mouchoir de sa poche et essuya l'objet.

– ... est une alliance. À qui pensez-vous qu'elle appartienne ?

– À Sarah Ashby, bien sûr.

– Si j'étais homme à jouer, je parierais une fortune considérable là-dessus.

Il fronça les sourcils.

– Mais que fait-elle ici ?

– C'est peut-être le meurtrier qui l'a jetée dans le feu.

– Pour quelle raison ? Il n'a pas pu espérer la détruire dans un feu si faible. Pourquoi vouloir la détruire ? Pourquoi ne pas l'emporter pour la revendre au mont-de-piété ? Comme elle n'est pas gravée, elle aurait été difficile à retrouver, mais elle aurait rapporté au moins une livre.

Il plaça l'anneau dans une enveloppe dans sa sacoche et se releva en s'essuyant les mains.

– Que devons-nous conclure de tous ces éléments ? Qu'un criminel atteint de démence a poignardé madame Ashby sans réveiller son mari ni bousculer le moindre objet, qu'il a pris le temps d'allumer un feu avec du papier à écrire, de retirer l'alliance de la morte pour la jeter dans ledit feu avant de disperser les cendres, sans parler d'inscrire un message cryptique en langue étrangère sur le mur avec son sang à elle ?

– Que croyez-vous qu'il se soit passé ?

– Je l'ignore, dit Grice en regardant autour de lui, mais je le découvrirai. Allons jeter un œil par là.

11
La dague

Une porte ouverte, en planches des plus ordinaires, conduisait directement dans la pièce du fond. Il s'agissait d'une cuisine équipée d'un poêle piqué de rouille, d'un tabouret en bois et d'une chaise droite peinte en marron. La pièce était éclairée par une fenêtre nue, dont quatre carreaux étaient fendus, au-dessus d'un évier en pierre et d'une pompe à eau en fonte, le tout monté sur une paillasse branlante. Sidney Grice tapota le sol et les murs, et se pencha en arrière pour examiner le plafond.

La porte de derrière donnait sur une petite cour pavée avec les cabinets d'aisances sur la droite. Sidney Grice prit le temps de jeter un regard à l'intérieur avant de se diriger vers un haut portail en bois plein au fond, à gauche. Le sol était jonché d'ardoises brisées et de vieux clous.

– Ce portail n'a pas été verrouillé depuis longtemps. Le loquet est couvert de rouille.

Il baissa les yeux vers ses doigts.

– De rouille et de sang.

Il tira le portail pour l'ouvrir.

– Il y en a aussi sur la poignée extérieure. Merveilleux ! Une canalisation a dû céder quelque part.

Il s'essuya les mains sur le linge qu'il tira de sa sacoche et qu'il suspendit à la poignée.

La venelle sur laquelle donnait le portail était transformée en un véritable caniveau, où s'écoulait paresseusement une eau alourdie par les immondices. Je mis mon mouchoir sur ma bouche et mon nez et m'aperçus que mon tuteur faisait de même. Il se pencha en se retenant au montant du portail. Finalement, il se redressa.

– Alors, qu'avons-nous ? Partons du principe que le meurtrier est entré par le portail pour traverser la cour jusqu'à la maison. Vous voyez ces traces ? Plutôt légères, mais des empreintes suffisamment claires dans la boue pour distinguer l'extrémité du talon.

Nous suivîmes les pas jusqu'à la porte de derrière.

– Cependant, il n'y a pas de traces jusqu'à la maison. En fait, la cuisine est la seule pièce dont le sol est net. Quelle en est la raison ?

– Le meurtrier a peut-être retiré ses chaussures pour ne pas réveiller William Ashby, dis-je.

– Où les aurait-il posées ? insista Sidney Grice. Je n'ai pas remarqué de boue dans la maison alors qu'il est de mon devoir de tout remarquer.

– Il les a peut-être posées sur du papier qu'il a ensuite jeté dans le feu.

– C'est possible.

Mais Sidney Grice n'avait pas l'air convaincu.

– Dans ce cas, William Ashby dort tranquillement dans l'un de ces deux sièges pendant que le meurtrier se tient à un mètre de là, dénoue ses bottes en laissant la porte grande ouverte. Si mes souvenirs sont bons, la soirée de lundi était plutôt venteuse. Ensuite, il se rend dans l'arrière-boutique, où il tombe sur la malheureuse madame Ashby, pose ses bottes sur du papier et la poignarde quarante fois.

Nous retournâmes vers le sang qui brillait faiblement dans la lumière que laissait passer la porte ouverte.

– Personne ne pourrait espérer poignarder une femme sans qu'elle émette au moins un halètement audible. Il a donc dû fermer la porte. Si vous voulez bien vous en charger, je vous en prie, March.

Les gonds grincèrent tandis que je tirais la poignée en fonte, mais le chambranle était trop gauchi pour que la porte se ferme complètement. Elle laissait un espace de près de vingt centimètres entre l'encadrement et le battant.

– De plus en plus étrange.

Sidney Grice tira aussi la porte, mais elle ne se referma pas davantage.

– Donc, il allume le feu, jette l'alliance dedans, disperse les cendres et sort par la boutique. Et ce n'est qu'à ce moment-là que William se lève et va voir ce qui a causé le bruit qui l'a dérangé.

Nous retournâmes dans la boutique, et mon tuteur ouvrit le double battant en verre d'une vitrine située derrière le comptoir. Il y avait là tout un éventail de couteaux soigneusement suspendus sur des vis de laiton, depuis des canifs en ivoire jusqu'à une machette à l'allure menaçante.

– Regardez donc.

Grice agita la main pour chasser une mouche qui passait devant son visage.

– On pourrait abattre un bœuf avec cette hache. Ha ! voilà qui est intéressant.

Il montrait un couteau qui ressemblait à une dague orientale, dont le manche était incurvé et incrusté de fausses pierres de verroterie rouges et vertes. La lame, en revanche, possédait quelque chose de mauvais : elle ne mesurait pas plus de quinze à vingt centimètres de longueur, mais l'acier poli, effilé jusqu'à l'extrémité en pointe, arborait un bord ondulé aussi acéré que le fil d'un rasoir.

– Cela ne peut être l'arme ! m'écriai-je.

– Quelle meilleure cachette pour un fétu de paille que dans sa botte de foin ?

Il tira un mouchoir pour soulever la dague et la détailler.

– Si c'est bien l'arme, elle a été soigneusement nettoyée, mais cela vaut la peine de mieux l'observer.

Il enveloppa la dague et la glissa dans sa sacoche.

– Comme nous l'avons déjà constaté, votre ouïe est plutôt faible. Nous allons procéder à une petite expérience. Vous allez vous asseoir dans la cuisine en fermant toutes les portes intérieures. La seule chose que vous aurez à faire sera de m'indiquer tous les bruits que vous entendrez, quels qu'ils soient, même s'ils vous paraissent dénués d'intérêt. Pensez-vous en être capable ?

– Je peux essayer.

Je retournai dans le petit salon, les yeux fixés sur le tapis trempé de sang, où Sarah Ashby avait dû rendre son dernier soupir, et je pris place sur la chaise à côté du poêle. Je fis de mon mieux pour ne plus imaginer la lame qui pénétrait encore et encore dans son corps, tranchait sa fine gorge blanche et ses petites joues pâles.

– J'entends la circulation ! lançai-je. Les roues des voitures et les sabots des chevaux qui proviennent de la rue principale, je crois... Et il y a un chien qui aboie ; un petit chien, je pense... La cloche d'une église... qui marque le quart... Quelqu'un crie, deux personnes, des femmes..., mais je n'entends pas ce qu'elles disent. La clochette de la boutique... Un pigeon roucoule.

Toujours la circulation en fond, mais un peu plus étouffée, à présent... Un plancher qui craque... Un froissement.

La porte du salon s'ouvrit en grinçant, et Sidney Grice apparut sur la pointe des pieds.

– J'ai pu sortir par la porte d'entrée sans faire de bruit en plaçant simplement ma main sur la clochette, dit-il en rabaissant ses talons. Pourquoi le meurtrier n'aurait-il pas fait la même chose ? Il est absolument impossible d'entrer sans la faire tinter, cependant. L'entendiez-vous bien ?

– Oui, très nettement.

– Et, lorsque j'ai traversé la pièce à pas de loup, vous avez quand même entendu quelque chose.

– Oui, mais si j'avais été endormie...

– Pensez à toute l'activité qui a dû avoir lieu ici.

Il tapota le mur au-dessus du lit.

– Pourquoi ne cessez-vous pas de cogner partout ? demandai-je.

– Cette boutique fait, de toute évidence, partie d'un plus grand bâtiment. Souvent, ces structures sont subdivisées par des murs bien minces et de faux plafonds, mais, ici, les murs sont solides et il n'y a ni trappe ni porte secrète. Ce qui signifie qu'il n'y a que deux manières d'entrer et de sortir, et nous les avons essayées toutes les deux.

Sidney Grice gonfla les joues et souffla.

– Venez, March, retournons dans la rue.

12

La petite fille aux allumettes

Lorsque nous sortîmes, le policier était déjà debout.

– Je t'ai dit de circuler ! hurlait-il à l'adresse d'une petite fille en haillons qui vendait des allumettes.

Elle s'éloigna en toute hâte en grattant le sol de son long bâton.

– Laissez-la tranquille, dit Grice posément. Elle pourrait être notre premier témoin.

Le policier s'esclaffa.

– Un témoin ? Elle est myope comme une taupe !

– C'est encore moins une raison pour la malmener, dis-je.

– C'est un policier et c'est son travail de malmener les gens, dit Sidney Grice. Excusez-moi ! lança-t-il en direction de la fille qui contournait le cadavre du rat.

Elle s'arrêta et se retourna. Elle avait les yeux recouverts de bandages déchirés dans de vieux sacs. Nous nous approchâmes d'elle.

– J'ai rien fait d'mal, dit-elle.

Je constatai qu'elle n'était pas plus âgée qu'un enfant : onze ou douze ans. Elle ne portait pas de souliers, avait les jambes arquées et les bras à peine plus épais que son bâton. Elle avait l'air de pouvoir à peine soutenir son propre corps, sans parler du plateau en bois suspendu à une ficelle autour de son cou.

– Je ne le pense pas, dit Sidney Grice, mais nous souhaitons simplement te parler.

– C'est qui *nous* ?

– Voici monsieur Grice et je suis mademoiselle Middleton. Nous ne te voulons aucun mal.

Quelqu'un avait dû lui briser la mâchoire gauche parce que son visage présentait une dépression angulaire.

– C'est quoi qu'vous voulez, alors ?

– Simplement te poser quelques questions, commença Grice, et je te paierai pour tes informations.

– Combien ?

Je remarquai qu'il lui manquait des dents en haut et en bas, et qu'elle avait des taches rouges tout autour des lèvres.

– Cela dépendra de la véracité de tes réponses.

Grice lui releva le menton avec le pommeau de sa canne.

– Et tu peux être sûre que je saurai si tu mens.

– V'z'êtes de la police ?

– Je suis un gentleman.

Elle protégea son plateau de ses mains.

– Ma sœur m'a dit de pas m'approcher des gentlemen.

– Monsieur Grice est un gentleman respectable, intervins-je.

Elle inclina la tête.

– C'est ceux qu'elle m'a dit qu'ils étaient mauvais.

Sidney Grice gloussa.

– Travailles-tu toujours dans ce quartier ?

– Ça s'pourrait.

– Et où étais-tu lundi dernier, la veille d'hier ?

La fillette aux allumettes s'écria :

– Vous pouvez pas m'accuser d'ça.

– Nous ne t'accusons de rien, dis-je.

– Ouais, pas pour l'moment.

Sidney Grice se pencha comme pour mieux l'examiner.

– J'étais assise là à mon endroit toute la journée. Demandez à qui vous voulez. Beaucoup de gens qui passent par là. Y avait un roussin et y m'a donné une pomme.

– De quelle couleur ?

Elle parut déconcertée.

– C'était cruel, murmurai-je.

– Et « ton endroit » se situe généralement juste devant la boutique du quincaillier ? demanda Sidney Grice sans sourciller.

– Là où qu'est le roussin, juste là, acquiesça-t-elle. C'est un monsieur, que le quincaillier. Y m'laisse rester là toute la journée, passque c'est à l'abri de la pluie et que les affaires se mouillent pas. Sinon, je prends une raclée. Y m'apporte de l'eau et un truc à manger, des fois. Y m'a donné une tasse de lait juste après la cloche de huit heures.

– Comment allait-il ?

– Comme pareil. C'est un gars tranquille. Rien de bizarre et pas de grands airs. C'est un gentil, que ce monsieur Ashby.

– Comment était madame Ashby ? demandai-je pendant que Grice claquait sa langue.

La fille aux allumettes mâchouilla ses joues avant de parler.

– Ben, comme beaucoup, qu'elle était.

– C'est-à-dire ?

– Comme une pauvre bouse de vache, j'dirais. Toujours en train de me bousculer lorsqu'il était pas là. Une fois, il l'a vue me pousser dans la neige. Et on peut dire qu'ils ont eu une prise de bec, là. Y s'disputaient tout l'temps, oui.

– À quel propos ? demandai-je.

Mon tuteur grommela :

– Nous ne sommes pas dans un club de couture féminin !

La jeune fille s'essuya le nez sur sa manche.

– Tout et rien, j'pense.

Sidney Grice passa derrière elle.

– Alors, comment étaient les affaires lundi ? demanda-t-il.

Elle tourna à demi la tête.

– J'ai pas rien vendu. Ben pire que rien. Y a une saleté de morveux qui m'a piqué une de mes boîtes et j'ai eu droit aux coups et j'ai été privée de dîner et fallait que j'paie pour ça.

– Qui a donc volé tes allumettes ? demandai-je.

– Je...

– Peu importe, coupa mon tuteur. Je ne vais certainement pas enquêter là-dessus. Comment se passaient les affaires de monsieur Ashby ?

– Il n'avait pas grand-chose d'affaires. Personne ne venait. Ni la nuit ni le jour.

– En es-tu sûre ?

– Aussi sûre que je vous vois.

Grice revint face à elle.

– À quelle heure es-tu partie ?

– Vers minuit. P'têt après.

– Pourquoi travailles-tu si tard ? demandai-je.

– Y a des gars qui sortent des pubs à c't'heure et qui veulent une allumette.

– Tu n'as rien entendu ?

La fillette ramena son manteau en loques sur elle pour le serrer sur ses épaules aussi minces que des os d'oiseau.

– Ben, oui, qu'j'ai entendu queque chose. Suis p'têt' aveugle, mais pas sourde. Faudra que ça soit valable, m'sieur.

Elle baissa la voix :

– J'ai poussé la porte pour remettre la tasse vide du lait qu'i m'avait donnée comme j'le fais toujours quand j'ai entendu l'meusieur Ashby qui hurlait : « Mon Dieu, Sarah, à l'aide ! »

– Et ensuite ? demanda Sidney Grice.

– Ben, rien.

La fille cracha à ses pieds.

– Me suis taillée et c'est tout.

Sidney Grice tira deux pièces de sa poche.

– Bien, dit-il, ces pièces sont à toi si tu me racontes ce qui s'est réellement passé.

La fille aux allumettes retira quelque chose de ses cheveux et l'écrasa entre son index et l'ongle noir ébréché de son pouce.

– Ben, comment que j'le saurais, hein ?

– Utilise tes yeux, dit-il.

– Quelle cruauté ! dis-je.

– Fais comme tu as fait lorsque tu as réussi à contourner le rat mort sans même le tâter avec ton bâton.

La fillette se gratta la tête.

– L'était déjà là quand je suis arrivée.

– Je l'avais déplacé sur le côté avec ma canne.

– J'l'ai senti.

Sidney Grice éclata de rire et lança les pièces en l'air. La fille les attrapa sans hésiter.

– Ce n'est pas elle qui est aveugle, c'est notre ami en uniforme qui l'est. Je pense que nous en avons terminé, mademoiselle Middleton.

– Pourquoi jouer avec elle ? demandai-je tandis que nous reprenions l'allée. Si les gens comprennent qu'elle n'est pas aveugle, elle perdra son travail et elle est déjà en train de mourir de faim.

– Je voulais vérifier à quel point elle était capable de mentir.

Sidney Grice fouilla de la pointe de sa canne le corps d'un clochard qui dormait sur le bord de la chaussée.

– ... et, comme tous les membres du sexe cruel, elle s'est avérée une médiocre menteuse.

Nous passâmes devant la taverne dont la fillette avait parlé : le Duc de Marlborough. Les vapeurs de gin et de bière qui en sortaient étaient délicieuses.

– Et à présent ? demandai-je, tandis que mon compagnon poussait un pot brisé.

– Eh bien, March, que pensez-vous d'un rafraîchissement liquide ? Je crois que nous méritons une bonne boisson forte, déclara-t-il. Un bon thé.

J'aimerais qu'il s'agisse d'un coup de foudre.

Tu es entré avec une blessure sanglante à la tête, parce que tu avais voulu sabrer une bouteille de champagne pour relever un pari. Il était trois heures du matin et tu nous dérangeais. Tu avais sorti mon père du lit alors qu'il avait eu une dure journée et qu'il devait se lever tôt. Il a dû recoudre ton crâne. D'une main, je tenais la lampe à pétrole et, de l'autre, je faisais de mon mieux pour que tu restes calme. Je t'ai dit de ne pas faire d'histoires, et, lorsque tu as vomi dans le bassin, je t'ai réprimandé à nouveau.

Le lendemain matin, tu es venu t'excuser. Tu étais si pâle et tu avais l'air vraiment désolé. Tu ressemblais bien plus à un garçon contrit qu'à un soldat de l'Empire. Lorsque tu m'as tendu une rose presque fanée, je n'ai pas réussi à continuer à faire mine d'être fâchée, d'autant que, lorsque tu as reculé, tu as heurté une boîte de pansements et ta blessure s'est rouverte. Après le premier coup de foudre, le second prouve que l'amour sera éternel. C'est ce que tu m'as dit. Que notre amour était authentique.

13

Le poste de police de Marylebone

Le poste de police de Marylebone était beaucoup plus calme que ce à quoi je m'attendais. Il n'y avait qu'une famille en haillons installée à contrecœur sur un banc. La police s'était déjà occupée des ivrognes et des agressions de la soirée de la veille, expliqua Sidney Grice, et la plupart des policiers seraient en train de patrouiller dans les rues ou de se faire payer à boire dans la cuisine des hôtels.

Le sergent préposé à l'accueil posa sa plume et nous regarda de ses yeux larmoyants.

– Les hôtels, c'est là qu'y a des informations, monsieur Grice, dit-il, et même les amateurs comme vous dussent en comprendre la nécessité.

– Si le fait d'assassiner la langue était considéré comme un délit, vous seriez en train de casser des cailloux en ce moment, rétorqua Grice. Je suis là pour m'entretenir avec William Ashby.

– Vous avez l'autorisation de qui ?

Il trempa sa plume dans un encrier et essuya le manche.

– La mienne.

Je me retournai pour voir qui avait parlé. Dans l'entrée se tenait un homme de grande taille dans la trentaine, mince, aux cheveux bruns avec une raie tirée au millimètre. Il portait des moustaches tout aussi nettes et un élégant complet gris anthracite.

– Bonne après-midi, monsieur Grice.

Les deux hommes échangèrent une poignée de main.

– Inspecteur Pound, annonça mon tuteur, puis-je vous présenter mademoiselle Middleton, mon assistante sur cette affaire.

L'inspecteur Pound glissa ses pouces dans ses poches.

– Depuis quand avez-vous besoin de l'assistance d'une jeune femme ?

Ses yeux d'un bleu délavé étaient froids comme de la glace.

– J'assure sa formation de manière à ce qu'elle me soit utile dans des affaires plus féminines.

Malgré ma surprise, je lui rendis son regard froid et déclarai :

– Je suis enchantée de faire votre connaissance, inspecteur Pound, d'autant que j'ai suivi nombre de vos investigations dans la presse.

En réalité, je n'avais jamais entendu parler de l'inspecteur, mais il me sembla que le gel de son regard fondait légèrement pendant qu'il rajustait sa cravate.

– Tant qu'elle ne s'évanouit pas à la moindre grossièreté !

– Si vous le supportez, je suis capable de faire de même.

L'inspecteur renifla.

– Je réponds de son attitude, dit Grice en glissant sa canne sous son bras.

– Vous arrivez au bon moment, dit l'inspecteur Pound. Nous allions justement interroger le prisonnier.

– A-t-il fait une déclaration ? demanda Sidney Grice tandis que nous longions un corridor où nos pas résonnaient.

– Uniquement ce à quoi nous nous attendions.

L'inspecteur marchait à vive allure et je dus me hâter pour rester à sa hauteur.

– Il aimait sa femme. Il dormait. Il ne sait rien.

– Que pensez-vous de lui ?

Tout en essayant de garder le rythme, Sidney Grice s'était mis à boiter très nettement.

– Je ne saurais vous le dire ! lança l'inspecteur par-dessus son épaule.

Nous nous arrêtâmes devant une porte et je sentis qu'il était troublé.

– Le diable, monsieur Grice, c'est qu'il a l'air d'un bon garçon, très doux et modeste.

– Souvenez-vous de Libby Jacobs, dit Sidney Grice en reprenant son souffle. La jeune fille la plus adorable qui soit. Elle a étranglé ses quatre sœurs avec un fil à beurre juste pour disposer d'un lit à elle, cependant.

– Quoi qu'il en soit, dit l'inspecteur Pound, on en vient à avoir du nez pour ce genre de choses, et le mien me dit que cet homme est innocent.

– Avec tout le respect que je dois à vos narines (Sidney Grice lissa ses cheveux en arrière), je préfère entendre ce que l'homme a à dire avant de me faire une opinion.

– Moquez-vous, si vous voulez (l'inspecteur posa la main sur la porte), mais mon flair se trompe rarement.

– Avant d'entrer, dit Sidney Grice en plongeant la main dans sa sacoche pour en sortir deux fiches cartonnées fixées par une ficelle qu'il dénoua. Avez-vous déjà vu cela ?

L'inspecteur jeta un coup d'œil.

– C'est le message qu'Ashby vous a envoyé pour vous demander votre aide.

– L'avez-vous vu l'écrire ?

– Oui, et je l'ai vu le glisser dans l'enveloppe et écrire dessus avant de remettre le tout à sa belle-mère.

– Comment était-elle ?

– Très perturbée. Elle pleurait et, à un moment, elle a perdu connaissance.

– Comment est-elle tombée ? demandai-je.

– À terre, bien entendu.

L'inspecteur roula les yeux.

– Non, je voulais dire...

– Quand je l'ai vue, elle faisait preuve d'un excellent sang-froid, coupa Sidney Grice.

L'inspecteur Pound grommela :

– Elle venait de perdre sa fille et on lui annonçait que son gendre était accusé du meurtre.

– Mais elle en a pris son parti, n'est-ce pas ?

– Absolument. Elle lui a dit de ne pas s'inquiéter et qu'elle lui trouverait la meilleure assistance possible.

– Et me voici ! dit Sidney Grice pendant que la porte s'ouvrait lentement.

14
Les chiens de l'Enfer

L'homme était assis devant une table, sous une haute fenêtre grillagée, de profil face à nous, il se tenait la tête sur une main et fermait les yeux. Il était vêtu d'un complet gris minable avec une chemise ouverte sans col. Un policier en uniforme était debout derrière lui.

– Salut, Ashby, dit l'inspecteur Pound. Vous avez de la visite.

L'homme ouvrit les yeux et, en nous voyant, son visage parut s'éclairer un peu. Il commença à se relever, mais le policier posa la main sur son épaule pour le forcer à se rasseoir.

– Monsieur Grice, dit le prisonnier, je vous reconnais d'après vos photographies dans les journaux. Vous avez dû recevoir ma lettre. Je vous remercie tellement d'être venu.

– Je suis mademoiselle Middleton, dis-je, et je suis là pour vous aider.

Il esquissa un bref sourire compassé.

– J'en ai bien besoin.

Il eût été difficile de deviner son âge tant son visage était assombri par le chaume de sa barbe qui tranchait avec la pâleur de son désespoir, mais il conservait quelque chose d'enfantin. C'était peut-être à cause de la masse de cheveux jaune foncé qui lui tombait en longue frange sur le front ou parce que ses yeux marron étaient si grands, mais un peu rougis. Si je n'avais pas su son âge, je lui en aurais donné six ou huit de moins.

– Allez chercher deux autres chaises, dit l'inspecteur Pound au policier.

– Et une tasse de thé ne serait pas de refus, ajouta Sidney Grice.

Mon tuteur examina ensuite l'homme pendant un long moment.

– Laissez-le se lever une minute, demanda Sidney Grice à l'inspecteur. Il n'est guère convenable de serrer la main d'un homme assis.

William Ashby se dressa d'une allure raide.

– Votre poignée est forte, et votre regard, droit, lui dit mon tuteur, mais j'ai vu mon compte de scélérats avec un visage des plus francs.

– Tout le monde me considère comme un honnête homme, dit William Ashby d'une voix ferme et claire. Je ne pense pas que vous puissiez trouver quiconque qui ne soit pas de cet avis.

Après un silence, Sidney Grice lança :

– Pourquoi écrire ce message ?

William Ashby eut l'air déconcerté.

– Pour vous demander de m'aider, monsieur Grice.

Mon tuteur ricana.

– Il va falloir trouver mieux que ça.

– Je ne peux faire mieux que la vérité.

– Combien mesurez-vous ? demanda Grice en le regardant de la tête aux pieds. Un mètre quatre-vingt-cinq ?

– Cela me paraît correct.

– Et vous êtes droitier ou gaucher ?

– Gaucher.

– Toujours ?

– Pratiquement.

– Alors, vous écrivez de la main gauche ?

– Oui.

Quelqu'un passa dans le couloir en sifflant.

– Et vous tiendriez un couteau avec votre main gauche ? Quand vous mangez, je veux dire.

– Oui, toujours.

Le sifflement se fit plus fort avant de s'évanouir.

– Asseyez-vous, je vous prie.

Sidney Grice posa sa sacoche sur le sol, arrangea soigneusement son pardessus sur le dossier d'une chaise et s'installa en face du prisonnier en plaçant son calepin sur la table entre eux.

– Quel âge avez-vous, monsieur Ashby ?

– Trente-cinq ans en juillet.

Grice inscrivit quelque chose dans son calepin, mais le barra aussitôt.

– Si vous souhaitez fêter cet anniversaire, vous feriez mieux de dire la vérité.

– Vous pouvez me faire confiance, monsieur.

Il me lança un regard.

– Malheureusement, je ne le pense pas, martela Grice, parce que vous m'avez déjà menti une fois. Vous ne mesurez pas plus d'un mètre quatre-vingt-un.

William Ashby arbora une expression sidérée.

– Je ne me suis pas mesuré depuis des années, monsieur Grice.

– Ce n'est qu'un minuscule détail, intervins-je.

– Ce sont les plus petits détails qui déterminent si un homme sort libre ou monte à la potence, déclara Grice. Je ne pense pas qu'il s'agissait d'un mensonge délibéré, mais, quoi qu'il en soit, le manque de précision engendre la confusion, quel qu'en soit le mobile.

William Ashby posa les mains, paume dessous, sur la table et inspira profondément.

– Je ferai de mon mieux pour être plus précis.

– Vous n'êtes pas originaire de Londres.

– Non. Je viens du Lancashire.

– Wigan, dis-je.

William Ashby eut l'air surpris.

– Je reconnais l'accent, expliquai-je, et, même si vous avez réussi à...

– Merci, mademoiselle Middleton, coupa Grice.

Le policier revint en se débattant avec deux chaises. Il ferma la porte d'un coup de pied.

– Pas de thé, alors ? demanda Sidney Grice tandis que le policier reprenait son souffle.

– Je n'ai que deux mains.

– Bien que je ne possède pas votre formation dans la police, je l'avais remarqué, dit Grice, mais je remarque également qu'elles sont désormais libres.

L'inspecteur Pound hocha la tête en direction du policier.

– Un bon thé bien chaud, précisa Grice, tandis que le policier repartait en traînant les pieds.

L'inspecteur Pound s'assit à l'extrémité de la table, et je pris place entre mon tuteur et le mur.

– Quel âge avait votre épouse ?

– Sarah venait d'avoir dix-neuf ans.

– Si jeune, dis-je.

– Avez-vous fêté son anniversaire ? demanda Sidney Grice.

– Je lui ai acheté une paire de gants en coton.

– De quelle couleur ?

– Marron, mais je ne vois pas...

– Ce n'est pas à vous de voir, siffla Sidney Grice d'une voix chargée de colère. Le procureur qui aura recours à toute sa ruse professionnelle pour vous envoyer au cimetière ne prendra certainement pas la peine de vous expliquer le but de son interrogatoire. Depuis combien de temps étiez-vous mariés ?

William Ashby plongea ses yeux dans les miens d'un air suppliant.

– Je suis désolé... Cela faisait un an en avril dernier.

– Heureux en ménage ?

William Ashby s'éclaircit la gorge.

– Très.

– Jamais un mot plus haut que l'autre ?

– Mais si, souvent, dit William Ashby, et tous regrettés et oubliés. Avez-vous déjà été amoureux ?

– De mon travail, dit Sidney Grice, et je possède un révolver à crosse d'ivoire auquel je suis très attaché. Était-ce votre premier mariage ?

Le policier revint avec une chope de thé.

– Oui, bien que j'aie été fiancé à l'âge de vingt-trois ans.

William Ashby fit une pause.

– Elle est morte des fièvres.

– Et personne n'a pu la sauver, se moqua Grice.

– Quelle affreuse chose à dire ! fis-je.

– La vie de votre femme était-elle assurée ? demanda mon tuteur comme si je n'avais pas ouvert la bouche.

– Oui, pour cent livres auprès des Assurances Jonah. J'ai pris la police juste avant Noël.

Le policier toussa pour dissimuler son rire, et Sidney Grice nota quelque chose qu'il souligna avant de continuer.

– Pourquoi une somme aussi importante ? D'ailleurs, pourquoi prendre une assurance ?

William Ashby se passa les doigts dans les cheveux.

– Je ne sais pas. J'ai pris conseil.

– Auprès de qui ?

– De monsieur Jonah en personne.

Le policier laissa échapper un ricanement.

– Faites-nous partager votre blague, dit l'inspecteur Pound.

– C'est un cas, le vieux Jonah. Il serait capable de vous vendre votre salive. L'assurance, c'est son dernier tour, mais vous pouvez être sûr qu'il ne donnera jamais un sou à personne. Il fermera boutique dès que les demandes commenceront à arriver pour aller ouvrir ailleurs le lendemain.

J'observai William Ashby, qui sembla réagir à cette nouvelle avec la plus complète indifférence.

– J'espère que vous ne l'avez pas fait pour l'argent, dans ce cas, commenta Sidney Grice.

Pour la première fois depuis le début de l'entretien, le prisonnier s'emporta. Le visage rouge, il attrapa le rebord de la table comme s'il allait la retourner.

– Je ne l'ai pas tuée, dit-il. Ni pour l'argent, ni par colère, ni par jalousie. Ni… Je l'aimais…

Il mit son visage entre ses mains, avant de reprendre :

– Seigneur tout-puissant, je l'aimais tant.

Ses épaules étaient secouées de sanglots, et Sidney Grice se pencha pour écarter ses doigts et examiner les yeux d'Ashby.

– Des larmes véritables, dit-il en reculant pour prendre encore quelques notes.

– N'avez-vous donc pas de cœur ? demandai-je.

– Certainement pas lui, commenta l'inspecteur Pound.

Sidney Grice examinait son thé en faisant la grimace.

– Ce thé a été contaminé par du lait.

– Tout le monde prend du lait, rétorqua le policier.

– Vingt-cinq pour cent des hommes et vingt-cinq pour cent des personnes de cette pièce n'en consomment pas, expliqua mon tuteur.

Il poussa la chope de l'autre côté de la table.

– Le voulez-vous ?

William Ashby leva la tête.

– Oh ! merci, monsieur Grice.

Il s'essuya le visage avec sa manche et but une gorgée en faisant grand bruit.

– Je suis désolé. Continuez, s'il vous plaît, et j'essaierai de me tenir.

Les manières de Sidney Grice n'en demeurèrent pas moins brusques. Il posa son crayon et demanda :

– Vous n'avez pas d'enfants ?

– Non, pas du tout.

– Ni perdu de nouveau-né ?

– Pas même de grossesse.

Mon tuteur sortit sa montre et ouvrit le couvercle d'un mouvement sec.

– Comment allaient vos affaires ?

– Plutôt bien. Nous étions occupés pratiquement toute l'année.

– En termes de bénéfices ?

Il ferma la montre d'un claquement.

– Une ou deux livres par semaine.

– Votre épouse est morte lundi soir.

– Vers onze heures et demie, oui.

– Racontez-moi ce qui s'est passé dimanche.

William Ashby avala une nouvelle gorgée de thé.

– Que voulez-vous savoir ?

– En quoi ce dimanche était-il différent des autres ?

William Ashby mordilla le coin de sa lèvre inférieure et lissa de nouveau ses cheveux avant de répondre.

– Je ne vois rien d'inhabituel, monsieur Grice. Le dimanche, nous nous levons généralement un peu plus tard. La boutique est fermée, bien sûr, sauf si quelqu'un vient frapper à la porte.

– Et ce fut le cas ?

– Non.

– Vous n'allez pas à l'église ?

– Non, mais cela ne fait pas de moi un meurtrier.

– C'est parfaitement exact, dit l'inspecteur Pound. Nous avons dû pendre le recteur de Saint-Bartholomew il y a deux ans et vous n'auriez pas trouvé pratiquant plus fervent. Monsieur Grice m'a rendu un fier service en m'aidant à le conduire devant la justice.

Mon tuteur eut un geste d'impatience avant de reprendre :

– Avez-vous fréquenté l'école ?

William Ashby eut l'air indigné.

– Oui !

– Laquelle ?

– Une demoiselle Brickett faisait classe dans Divers Street, dans le quartier de Whitechapel. J'y suis allé jusqu'à l'âge de douze ans.

– Je croyais que vous aviez grandi à Wigan.

– Jusqu'à l'âge de sept ans. Mon père nous a emmenés à Londres pour chercher du travail. Il était charpentier.

– Et le lundi ? poursuivit Grice. S'est-il passé

quelque chose de fâcheux avant, disons, dix heures du soir ?

– Rien que je puisse me rappeler.

William Ashby avait terminé son thé, mais il se cramponnait toujours à sa chope, et sa main tremblait.

– Était-ce une journée chargée ?

– Non, monsieur, c'était très calme. Nous avons eu deux clients le matin et plus personne après ça.

– Qu'ont-ils acheté ?

– Le premier a pris une longueur de ficelle, et l'autre, un quart de livre de pointes.

– Êtes-vous resté dans la boutique toute la journée ?

– Nous avons passé toute la journée à la maison, mais nous allions dans la boutique tour à tour. Je me suis chargé de la matinée et nous y étions tous deux l'après-midi. J'ai fait un peu de rangement dans les rayons, et Sarah a balayé et lavé le sol. Puis, je suis resté jusqu'à environ neuf heures avant que Sarah prenne ma place à nouveau.

– Vous restez ouverts longtemps.

– Nous ne pouvons pas nous permettre de manquer un client. Si nous sommes fermés, les gens vont ailleurs et ne reviennent peut-être jamais.

Sidney Grice ne cessait d'écrire, mais j'étais incapable de lire ses notes. Il utilisait une sorte de sténographie composée de minuscules symboles élaborés, avec des traits plus amples qui évoquaient des clefs de musique.

– Pas d'inconnu qui aurait rôdé dans le quartier ? Rien de louche ?

– Rien qui m'ait frappé ou que Sarah aurait mentionné.

Le prisonnier fixa le fond de sa tasse.

– J'aurais tant aimé repérer quelque chose. Je n'aurais pas laissé ma femme seule dans la boutique si j'avais eu des soupçons.

Sidney Grice tapota ses dents du bout de son crayon et dit :

– Décrivez-moi exactement ce qui s'est passé à partir de neuf heures du soir.

– La cloche de l'église venait à peine de sonner neuf heures, répondit William Ashby. Sarah est rentrée et elle a dit qu'elle m'avait laissé du pain et du fromage dans la cuisine. J'ai apporté un verre de lait à Tilly.

– Qui est Tilly ? La chatte ? demanda l'inspecteur Pound.

– La fillette qui vend des allumettes. Je la laisse s'abriter sous notre entrée. Elle ne mange pas à sa faim, la pauvre, et son maître est très cruel. Je crois que c'est son oncle.

– Ensuite ?

– J'ai fait le tour par l'arrière jusqu'à la cuisine.

– Votre femme était-elle encore dans la boutique ?

– Elle était en train de cirer le comptoir.

– Alors, vous avez mangé votre pain et votre fromage ?

– Oui.

– Et du lapin ?

William Ashby eut l'air perplexe.

– Non, mais comment savez-vous que nous en avons mangé le dimanche soir ?

– Dans la cuisine ?

– Non. Dans le salon, auprès du feu.

Sidney Grice inscrivit quelque chose en terminant par un énorme point d'interrogation.

– Qu'avez-vous brûlé dans le feu ?

– Du bois, je pense. C'est meilleur marché que le charbon et j'avais une vieille caisse de fournitures.

– Pas de papier ?

– Non, mais je sais que Sarah a brûlé du papier le lundi après-midi. Je n'étais pas content parce que je n'aime pas le gâchis, mais elle m'a affirmé que c'était juste des vieux morceaux qu'elle avait récupérés en nettoyant la boutique. Alors, j'ai laissé tomber.

– Vous ne vous êtes pas mis en colère ?

William Ashby laissa échapper un soupir en frissonnant.

– Je croyais que vous étiez venu pour m'aider, monsieur Grice.

– Madame Dillinger a commis la même erreur, dit Grice en esquissant un sourire fugace. Je suis venu pour découvrir la vérité. Si vous êtes innocent, je vous apporterai toute l'aide dont vous avez besoin. Si vous êtes coupable, les chiens de l'Enfer ne pourront vous sauver.

Les yeux de William Ashby plongèrent brièvement dans les miens avant qu'il ne les détourne pour se fixer sur ceux de mon tuteur.

– Si vous êtes capable de prouver la vérité, c'est tout ce que je demande.

– Vous l'avez peut-être poignardée par accident, dit Sidney Grice. Votre femme a peut-être glissé par mégarde sur votre couteau, et personne ne pourrait vous accuser pour cela – ou vous aviez peut-être l'idée de porter quelques coups, histoire que cela lui serve de leçon. Cela n'entrerait pas dans la catégorie du meurtre, avec un jury miséricordieux.

– Je ne l'ai pas tuée, dit posément et lentement William Ashby. Je devrais être en train d'organiser des funérailles chrétiennes pour ma femme et de réconforter sa mère au lieu d'être ici comme un voyou de bas étage.

Sidney Grice haussa les épaules.

– Qu'avez-vous fait après le souper ?

– Je me suis endormi.

– Quand exactement ?

– Une demi-heure après, environ. Je n'ai pas de montre et la cloche ne sonne que toutes les heures.

– Où ?

– Dans la chaise à côté du poêle.

J'entendis un cliquètement et je regardai par-dessus mon épaule pour découvrir mon tuteur en train de jouer avec deux pièces qu'il faisait tourner dans sa main gauche.

– Le poêle était-il allumé ? demanda-t-il.

– Non. Sarah faisait la cuisine, le dimanche.

– N'auriez-vous pas été plus à l'aise dans le salon ?

– Certainement, mais je me suis simplement endormi sur la chaise.

Le policier éternua dans sa main.

– La porte de derrière était-elle ouverte ou fermée ?

– Fermée.

– Verrouillée ?

– Non. Nous l'utilisons pour aller jusqu'au cabinet et nous ne la verrouillons que le soir.

– Et la porte du côté du salon ?

– Fermée, pour ce que j'en sais. Le chambranle est un peu gauchi au milieu.

– Et la porte entre le salon et la boutique ?

– Fermée, à cause des courants d'air.

Sidney Grice fit une grimace et se frotta l'épaule gauche.

– Quand vous êtes-vous réveillé ?

– Vers onze heures ou onze heures et quart, je suppose. Je n'ai pas vérifié l'heure. Comment l'aurais-je pu ?

– Donc, vous avez dormi pendant deux heures sur une chaise à dossier droit ?

– Comment savez-vous qu'il s'agit d'une chaise ?

Sidney Grice leva le doigt.

– Vous avez l'esprit vif, monsieur Ashby, mais je ne suis pas ici pour que vous remettiez en cause mes questions. Je vais vous le demander une nouvelle fois : pourquoi dormir dans la cuisine alors que vous aviez un salon commode avec un fauteuil et un lit ?

– Vous êtes allé chez moi ?

– Répondez à la question, intervint l'inspecteur Pound.

Le policier de garde se déplaça d'un pied sur l'autre avec un air de profond ennui.

William Ashby sembla vouloir se lever.

– Restez assis, intima le policier.

– Je n'en sais rien, je me suis endormi, c'est tout.

– Puis-je dire quelque chose ? demandai-je.

– La présence de monsieur Grice est déjà assez peu orthodoxe comme ça.

L'inspecteur Pound regarda sa montre.

– S'il venait à se savoir que nous avons laissé une jeune femme sans référence interroger nos prisonniers, nous serions la risée de tout Londres.

Sidney me tendit son crayon et, sur une page propre, j'écrivis : *La chaise était branlante.*

– Dites-le-lui, insista Sidney Grice alors que l'inspecteur marquait sa désapprobation.

– La chaise était bancale et peu confortable, dis-je.

William Ashby hocha la tête.

– Quand j'avais quatorze ans, j'étais tambour dans

le régiment du Loyal Lancashire Nord, dit-il. Lorsque nous faisions des marches forcées, j'étais capable de m'endormir sans ralentir le pas. Parfois, tout le bataillon faisait de même. Si je suis capable de continuer à marcher en grimpant une montagne dans la grêle, je peux aussi bien dormir sur une chaise que vous dans votre lit de plumes, mademoiselle.

– Vous avez donc le sommeil lourd.

Sidney Grice remit les pièces dans sa poche.

– Non, monsieur, plutôt léger. En général, je me réveille au moindre bruit. Lorsque vous avez eu l'habitude de monter la garde, vous apprenez à dormir les oreilles ouvertes.

– Un tambour qui monte la garde ?

– J'ai pris le shilling de la reine à mes seize ans ; l'armée, quoi.

– Pour quelle raison avez-vous choisi le régiment du Lancashire ? Vous habitiez déjà Londres, à cette époque.

– C'est une tradition dans la famille. Mon père et mon grand-père...

– Je sais ce que signifie la tradition familiale, coupa Sidney Grice. Combien de temps êtes-vous resté dans l'armée ?

– Quinze ans.

– Et ensuite ?

La joue gauche de William Ashby palpita pendant quelques secondes.

– Je suis venu à Londres pour travailler dans l'échoppe de mon oncle Edwin et c'est là que j'ai rencontré Sarah. Nous sommes tombés amoureux, nous nous sommes mariés, puis mon oncle Edwin est mort.

– Comme c'est pratique, dit Sidney Grice en se grattant l'oreille. Fut-il poignardé lui aussi ?

William Ashby frissonna et secoua la tête.

– Il avait soixante-neuf ans et son cœur était faible, de même que ses poumons. Il nous a tout laissé. La boutique, tout de suite, et le reste de ses biens en fidéicommis. Nous devions patienter cinq ans après sa mort avant de les toucher.

Sidney Grice entoura mon commentaire d'un trait avant de demander :

– Pour quelle raison étiez-vous si fatigué ? D'après ce que vous avez dit, votre journée n'avait pas été si chargée que cela ?

– Le dimanche soir, je n'ai pas bien dormi. Il y a quelque chose qui a dû déranger les ânes à côté. Les rats, je suppose. Nous en avons beaucoup depuis que les canalisations ont rompu. Et je peux vous assurer, monsieur Grice, lorsque vous avez quatre ânes en train de braire de l'autre côté d'un mur de torchis et de plâtre, qu'il faudrait être un gros dormeur pour ne pas les entendre.

– Dans ce cas, qu'est-ce qui vous a réveillé lundi soir ?

– La sonnette de la boutique.

– Combien de fois ?

– Une seule fois.

– Et après ?

– Je suis allé voir si Sarah allait bien.

– Pourquoi ça ?

– Je n'aime pas qu'elle ait affaire à des clients tard le soir. Il y a une taverne de chaque côté de notre..., de ma rue. Il y a des ivrognes et des fauteurs de troubles. Pas souvent, mais, lorsque les hommes ont le ventre rempli de bière, une femme seule est plutôt en danger.

William Ashby tourna lentement sa tasse. Le bord en était ébréché.

– Donc, vous vous êtes réveillé et vous êtes allé directement dans le salon, demanda Sidney Grice.

– Oui, c'est à peu près ça.

– Qu'avez-vous fait en premier ?

– Je n'ai pas eu l'impression de devoir me presser. Mon Dieu, si j'avais su !

– Portiez-vous vos bottes ?

– Oui.

Son tic nerveux réapparut.

– Lacées ?

– Oui.

– Les bottes que vous portez en ce moment ?

– Oui.

– Levez-vous et montrez-moi les semelles.

William Ashby se leva et souleva ses pieds, un à la fois, comme un cheval devant le forgeron.

– Merci.

– Asseyez-vous ! dit le policier.

Quelqu'un était en train de crier dans le couloir, une voix de femme qui dit quelque chose à propos de moules, et une porte claqua.

– Et vos vêtements ?

– Sa belle-mère lui a apporté de quoi se changer, précisa l'inspecteur Pound. Ses vêtements étaient imprégnés de sang et autre.

– Où se trouvent les effets souillés ?

– Elle les a emportés à la laverie.

La main de Sidney Grice fila vers son œil.

– Et vous l'avez laissée faire ?

– Inutile de vous alarmer, monsieur Grice, dit l'inspecteur Pound. Nous avons fouillé les poches, mais elles ne contenaient rien, si ce n'est un mouchoir taché.

Mon tuteur massa ses lèvres fermées.

– Taché de sang qui avait traversé jusqu'aux poches ou parce qu'il avait servi à essuyer quelque chose ?

L'inspecteur Pound haussa les épaules.

– Taché, c'est tout.

– Et à propos des taches de sang ? S'agissait-il de flaques ou de gouttelettes ? Les genoux de son pantalon étaient-ils imbibés ? Sa veste était-elle endommagée ? Comme des boutons arrachés ou lâches ? Ou les revers déformés ? Les manches étirées ? Les coutures lâches ? Et sa chemise ? Des boutons manquants ? Des marques de main ? Des déchirures ?

– C'était juste un vieux complet, répondit l'inspecteur Pound.

– Et sans doute notre meilleur témoin, déclara Sidney Grice.

Le policier gloussa.

– Taisez-vous, lui dit l'inspecteur Pound.

– Lorsque Dieu a créé les idiots, il a mis les plus idiots de tous en uniforme et leur a donné des casques pour que les pensées n'entrent pas dans leur tête, déclara Sidney Grice.

L'air furieux, l'inspecteur Pound se tourna vers lui.

– Je n'admettrai pas que vous vous adressiez à l'un de mes officiers de cette manière, dit-il.

– Quel jour faites-vous la lessive ? demandai-je.

L'inspecteur Pound se leva.

– Assez, dit-il. Je vous saurais gré de sortir de la pièce.

– Je voulais simplement demander à monsieur Ashby quand madame Dillinger s'occupait du linge, dis-je. Rares sont les femmes qui s'en chargent plus d'une fois par semaine.

Sidney Grice lança :

– Je ne comprends !...

– Immédiatement, dit l'inspecteur en ouvrant la porte à la volée.

15
Le dernier soupir

Dans le couloir, l'inspecteur Pound patienta pendant qu'une vieille femme et deux policiers passaient.

– Vous me surprenez, monsieur Grice. Je peux encore me permettre de tolérer la présence d'une dame lors d'un interrogatoire officiel, mais je ne saurais vous laisser insulter nos forces de police et l'un de mes officiers en présence de mon prisonnier.

La femme était menottée et se débattait.

– Pour plus d'exactitude du point de vue légal, dit Sidney Grice, William Ashby est le prisonnier de Sa Majesté et non le vôtre et…

– C'est assez, coupa l'inspecteur. Tout cela est absolument inacceptable. Quant à vous, mademoiselle Middeltone…

– Middleton, précisai-je.

– Middle-quoi qu'il en soit. Je vous avais demandé de ne pas interroger le suspect.

– Non, vous n'avez pas dit cela, dis-je. Vous m'avez dit que vous ne pouviez laisser une simple jeune femme l'interroger et, bien que je puisse être une jeune femme, je vous assure, inspecteur, qu'il n'y a rien de simple à mon sujet.

L'inspecteur me fixa un moment avant de se mettre à rire.

– On dirait que j'ai trouvé à qui parler, dit-il.

Sidney Grice sourit.

– Si je vous ai offensé, je vous prie d'accepter mes excuses.

La femme se mit à grogner.

– Oublions cela.

L'inspecteur Pound rajusta sa cravate et l'un des policiers se mit à hurler. La femme s'était jetée à terre et lui mordait la cheville. L'autre policier la frappa à trois reprises avec sa matraque et elle s'écroula sur le sol. L'inspecteur Pound secoua prudemment la tête.

– Que pensez-vous d'Ashby, alors ?

– Aussi coupable que Caïn.

– Êtes-vous capable de le prouver ?

Le policier blessé donna un coup de pied dans le ventre de la femme et bondit en arrière tout en ouvrant la bouche dans sa direction.

– Avec du temps, dit Sidney Grice.

Nous retournâmes dans la pièce.

William Ashby était en train de se moucher, et le policier se mit au garde-à-vous.

– Bien. Quel est votre jour de lessive ? demanda l'inspecteur.

– Elle était sur le point de s'occuper du linge, expliqua Ashby. Il y avait le sang de sa fille dessus.

Nous nous assîmes à nouveau devant la table.

– Bien. Que s'est-il passé après que vous avez entendu la sonnette ? demanda l'inspecteur.

– Je suis allé dans le petit salon.

– La porte s'ouvre de la cuisine vers celui-ci, n'est-ce pas ? demanda Sidney Grice.

William Ashby hocha la tête.

– Je suis allé dans le salon en pensant simplement le traverser, mais, alors, je l'ai vue.

– Quelle partie ? demanda Grice.

– Ses pieds et le bas de sa robe.

– Vous en êtes sûr ?

– Oui, pourquoi ?

Sidney Grice tourna une page de son calepin et entoura une ligne de sa sténotypie.

– Sa robe n'était pas remontée sur ses jambes ?

William Ashby arrêta de faire tourner la chope entre ses mains.

– Non, dit-il, sa robe n'était pas en désordre.

Il posa très soigneusement la tasse sur la table.

– Comment était éclairée la pièce ?

– Par une lampe à gaz réglée assez faiblement et je suppose qu'il y avait de la lumière qui provenait de la porte ouverte sur la cuisine. Ah ! la porte de la boutique était également ouverte.

– Vous en êtes sûr ?

– Aussi sûr que je suis ici.

– Où était-elle étendue ?

– Sur le sol.

William Ashby fit une pause et toussota.

– Entre la table et le mur.

– De quelle couleur étaient ses bottines ?

Ashby passa les doigts dans ses cheveux.

– Je ne m'en souviens pas. Noires, je suppose. La lumière n'était pas très bonne et je ne faisais pas attention.

– Mais vous avez bien vu ses bottines ?

Ashby me regarda et je lui rendis son regard.

– Oui, dit-il en détournant les yeux, je pense que oui.

– Vous *pensez* ? dit Sidney Grice. Vous venez de

nous dire que vous avez vu ses pieds. Avez-vous vu ses bottines ?

– J'ai dû les voir, mais je n'ai pas remarqué la couleur. Pourquoi l'aurais-je fait ?

– Combien de paires de chaussures possédait votre épouse ?

– Deux. Une paire noire et une paire marron. Pourquoi est-ce si important ?

Sidney Grice ne bougeait pas d'un cil. Il fixait le suspect comme j'avais vu un python fixer un singe. Très doucement, il dit :

– Quelqu'un a-t-il retiré les bottines de votre épouse après qu'elle fut découverte ?

William Ashby cligna des yeux.

– Quoi ? Mais non ! Pour quoi faire ?

– Parce qu'elle n'avait pas de chaussures lorsqu'on l'a emportée.

William Ashby eut l'air totalement déconcerté.

– Elles ont peut-être été volées, dit-il. De bonnes chaussures coûtent cher.

Sidney Grice toucha son œil.

– Les deux paires sont encore sous le lit.

William Ashby déglutit et repoussa sa frange en arrière.

– Alors, je me suis peut-être trompé. Peut-être qu'elle n'avait pas de chaussures. Il faisait sombre et...

– Par conséquent, vous ne pouvez être sûr que sa robe n'était pas en désordre, coupa Grice.

– Je n'en sais rien.

– Votre épouse ne serait pas allée dans la boutique pieds nus ?

– Non, je suppose que non.

– Alors, pourquoi n'avait-elle pas de chaussures ?

– Je n'en sais rien. Je n'arrive pas à réfléchir.

Sidney Grice écrivait à toute allure.

– Laissons de côté l'affaire des chaussures pour l'instant, intervint l'inspecteur Pound. Que s'est-il passé ensuite ?

– Je me suis approché d'elle.

La voix de William Ashby mourut dans sa gorge et il ferma les yeux.

– Je croyais qu'elle s'était évanouie.

– Avait-elle tendance à avoir des vapeurs ? demandai-je.

L'inspecteur me jeta un regard, mais ne dit rien.

– Non, répondit Ashby avant d'ouvrir les yeux et de murmurer. Mais elle n'avait pas plus tendance à être assassinée.

Il nous fixa, puis laissa ses yeux se perdre dans le vide. Il inspira profondément, expira, leva les yeux et les baissa à nouveau.

– Je l'ai vue et c'était horrible. Ma si jolie Sarah, allongée là sur le sol, et je n'arrivais pas à la reconnaître. Elle était devenue un objet, une poupée de cire. L'odeur du sang qui coulait. Les yeux d'un animal mort et la bouche ouverte, stupide et révoltante. Elle était partie et quelque..., quelque chose était étalé là, sur le sol, à sa place. Je courus dans la boutique en espérant l'y retrouver, pour la prendre dans mes bras, pour l'emporter en sécurité... Mais la boutique était vide. Pas de Sarah. Rien. Je me dis que j'avais dû rêver ou que je m'étais trompé. Mais lorsque je me suis précipité dans le petit salon..., doux Jésus... Elle y était encore, et je me suis agenouillé à ses côtés et je l'ai prise dans mes bras. J'ai même cru entendre un soupir et je me souviens d'avoir pensé : *Elle vit encore. Elle a juste eu un accident et elle est tombée. Je vais appeler Tilly pour lui dire d'aller chercher le méde-*

cin. C'est à ce moment-là que j'ai vu l'entaille dans sa gorge, et sa bouche ouverte, toute noire, et alors j'ai compris.

Sa main d'une blancheur de marbre agrippait la tasse. Je tendis la mienne pour la lui prendre. Il leva la tête et me regarda de ses yeux brûlants de souffrance. Il déglutit et se passa la langue sur les lèvres.

– Que Dieu vous bénisse, mademoiselle.

Je sus alors, aussi sûrement que je le pouvais, que William Ashby était innocent du meurtre de son épouse.

– Souhaitez-vous disposer d'un peu de temps pour vous reprendre ? demanda gentiment l'inspecteur Pound.

William Ashby secoua la tête et déclara :

– Cela ne rendra pas les choses plus faciles.

– Continuez.

Sidney Grice souleva ma main pour la laisser retomber sur la table.

– Je l'ai rallongée.

– Avez-vous déplacé son corps de l'endroit où vous l'avez trouvé ?

– Non. Je l'ai juste prise dans mes bras et je l'ai laissée aller.

– Était-elle encore chaude ?

Un spasme de dégoût traversa la gorge de William Ashby.

– Oui.

– Donc, pas de rigidité ?

– Pour l'amour de Dieu ! s'écria l'inspecteur Pound.

– J'ai déjà vu des morts, dit William Ashby, et je sais qu'elle venait juste de partir lorsque je suis entré dans la pièce. C'est simplement que je n'arrivais pas à le croire.

– Vous avez dit qu'elle avait poussé un soupir, lui rappela l'inspecteur Pound.

– C'est ce que j'ai cru.

William Ashby plongea les mains dans ses cheveux.

– Mais j'avais peut-être tort.

– J'ai aussi vu des gens mourir, dis-je, lorsque j'assistais mon père à l'hôpital. Parfois, ils grognaient lorsque nous les soulevions de la table. Mon père m'a expliqué que c'était l'air qui sortait simplement de leurs poumons.

– Qu'avez-vous fait, alors ?

– Je me suis relevé et j'ai crié à l'aide.

– Plus précisément ?

– « À l'aide, au meurtre, au meurtre ! » Puis, je suis allé jusqu'à la boutique et j'ai continué à crier. Je me suis précipité dans la rue et j'ai vu Tilly tourner le coin en courant, un ivrogne en train de trébucher derrière elle.

Sidney Grice se pencha soudain vers lui et lança :

– Décrivez-moi l'ivrogne en question.

– Je ne sais pas.

– Un homme ou une femme ?

– Un homme.

– Bien vêtu ou non ?

– En loques, vraiment. Du moins, je le crois. Est-ce que cela a de l'importance ?

– C'était peut-être le meurtrier qui faisait mine d'être saoul, dit l'inspecteur Pound. Le reconnaîtriez-vous ?

– Non. Il faisait nuit. Le plus proche bec de gaz est dans Hopper Street. Nous vivons dans une rue ombreuse. Nous vivions...

Sa voix se brisa. Il avait l'air égaré.

Le policier se redressa.

– Que s'est-il passé ensuite ?

– J'ai continué à appeler et des gens sont arrivés. Puis, un agent de police a envoyé un garçon chercher de l'aide. Monsieur Brown, le propriétaire des ânes qui dort dans le logement au-dessus, est descendu. Nous nous sommes souvent bagarrés à propos du bruit que ses animaux font, mais il est venu… Il a mis une couverture sur mes épaules et m'a donné du gin.

William Ashby posa brusquement la tasse et couvrit son visage avant de souffler entre ses mains tandis que Sidney Grice s'adossait à son siège et l'examinait. On aurait dit qu'il observait un animal dans une ménagerie plutôt qu'un homme qui venait de perdre cruellement sa femme. Il feuilleta ses notes et ajouta quelques inscriptions.

– *Rivincita*, dit-il comme s'il pensait à voix haute.

Le visage de William Ashby n'exprimait rien. Sidney Grice le regarda.

– Que signifie *rivincita*, monsieur Ashby ?

– Je n'en sais rien.

Sidney Grice se gratta le front sans dire un mot. Il ne regardait pas le prisonnier ni personne d'autre. En fait, il paraissait être en train d'inspecter ses ongles.

– Est-ce tout ? demanda l'inspecteur Pound.

– Presque, répondit Grice, mais j'aimerais que le prisonnier regarde cela.

Il plongea dans sa sacoche et en sortit le linge en étalant le contenu sur la table.

– Reconnaissez-vous ceci ? demanda-t-il.

William Ashby tendit une main tremblante.

– N'y touchez pas ! lança le policier.

La main du prisonnier traîna un instant avant de retomber.

– Cela ressemble à l'un des couteaux que j'avais dans la boutique.

– À l'un ? insista Grice.

– J'en avais deux comme ça, dit William Ashby. Je les ai fait fabriquer il y a environ trois mois par les couteliers Philby de Midden Street. C'est moi qui les ai dessinés de mémoire après m'être souvenu d'une dague arabe que j'ai vue quand j'étais dans l'armée. J'ai pensé qu'ils se vendraient bien, comme nouveauté, mais je n'en ai vendu qu'un, il y a seulement une semaine.

– À qui ?

– Je ne connais pas son nom, mais je le reconnaîtrais n'importe où, répondit William Ashby. C'était un étranger, un Italien, d'après la manière dont il parlait.

– Décrivez-le, dit Sidney Grice.

– C'était un homme bizarre.

William Ashby cligna plusieurs fois des yeux.

– Un homme de taille moyenne, mais c'était tout ce qui était normal chez lui. Il avait une tête énorme et une masse de cheveux roux bouclés et de longues moustaches qui tombaient.

– Rousses aussi ?

– Oui, et un gros nez crochu. Il portait un manteau long à pans et un gilet canari. Il avait une canne à pommeau en ivoire en forme de singe.

Sidney Grice leva brusquement les yeux.

– Canari ?

– Oui, jaune.

Mon tuteur tira sur le lobe de son oreille et demanda :

– Vous ou votre épouse possédez-vous des vêtements jaunes ?

– Non, aucun.

J'ouvris la bouche, mais Sidney Grice mit son doigt sur ses lèvres et dit :

– Continuez.

– Il est venu dans la boutique en se déplaçant comme s'il était sur scène. Il a regardé rapidement autour de lui et m'a indiqué la dague. « Montrez-moi donc celaaa », a-t-il dit. Il l'a examiné et a déclaré : « J'en aurai un chaarmant usage. » Il a payé et est sorti aussitôt avec le couteau dans la main. Il ne voulait même pas que je l'emballe. Sarah était là aussi. Nous nous sommes moqués de lui.

– A-t-il dit autre chose ?

– Non.

– Avez-vous parlé de lui avec quelqu'un d'autre ?

– Avec madame Dillinger, répondit Ashby, et d'autres clients. Juste pour se moquer.

– Par conséquent, voici la dague que vous n'avez pas vendue ?

– En tout cas, ça y ressemble, dit William Ashby. Si vous l'avez prise dans ma vitrine, c'est celle-là.

– L'avez-vous déjà utilisée ?

– Non.

– Ou vous êtes-vous coupé avec ?

– Non.

– Des clients l'ont-ils touchée ?

– Non.

– En êtes-vous certain ?

Sidney Grice multipliait les questions à une telle vitesse que William Ashby avait à peine le temps d'y répondre.

– Oui.

– Votre femme l'a-t-elle touchée, par exemple, pour la nettoyer ?

– Non, c'était toujours moi qui m'occupais de la vitrine aux couteaux. Elle n'aimait pas ça.

L'inspecteur Pound retourna le couteau.

– Il a l'air propre.

– Ne touchez pas la lame, le prévint Sidney Grice avant de se tourner à nouveau vers William Ashby.

– Par conséquent, vous êtes prêt à jurer que cette lame n'a jamais eu de sang dessus tant qu'elle était en votre possession ?

William Ashby le regarda droit dans les yeux.

– Sur ma vie, monsieur Grice.

Sidney Grice eut un sourire glacial.

– Votre vie peut parfaitement en dépendre, monsieur Ashby.

Il ramassa le couteau et s'adressa au policier.

– J'aurais besoin d'un récipient d'eau propre.

Le policier eut un air désorienté.

– Allez, occupez-vous-en, mon gars.

L'inspecteur claqua les doigts et le policier s'élança dehors.

– À quel jeu jouez-vous, Grice ?

– Vous connaissez ma passion pour la science, inspecteur, expliqua mon tuteur. Eh bien, un certain professeur de pharmacologie de la faculté, du nom de Cornelius Latingate, a mis au point une analyse chimique spécifique en ce qui concerne la présence d'hémoglobine.

– Je suis désolé, intervint William Ashby, mais je suis complètement perdu.

– Il s'agit d'une vérification pour le sang.

Sidney Grice sortit sa montre, mais il ne l'ouvrit pas. Il se contenta de la balancer sur sa chaîne d'un côté à l'autre.

– Cela permet de déceler la présence de sang sur une

surface ou un matériau apparemment propre jusqu'à cinq jours plus tard. Imaginez que vous trouviez, par exemple, un vêtement taché de sang. Le propriétaire du vêtement affirme qu'il s'agit de peinture. Cette expérience permet de valider ou d'invalider sa théorie. Les anciennes vérifications ne permettaient que de déceler le fer, et la réaction était positive aussi bien en présence de sang que de rouille. La présente expérience révèle une protéine que seul le sang contient et elle est d'une telle sensibilité qu'il suffit d'une goutte de sang invisible à l'œil nu.

– Mais si j'avais tué ma femme avec ce couteau, pourquoi l'aurais-je remis à la vue de tous ? demanda William Ashby.

– Qui dit qu'il était en vue ?

– Il était dans ma vitrine.

– Vraiment ?

– Je sais qu'il l'était ce jour-là parce que j'ai sorti tous les couteaux pour les faire briller, dit William Ashby.

– Mais était-il dans la vitrine après le meurtre ?

– Je pense que oui, je n'ai pas vérifié.

– Votre épouse a été tuée avec un couteau à la lame de cette forme, monsieur Ashby.

William Ashby se redressa et déclara :

– Ce doit être lui, alors.

– Pourquoi un étranger italien voudrait-il assassiner votre femme ?

– Je n'en ai aucune idée.

– Pourquoi se comporterait-il de manière aussi ostentatoire ? Ainsi, il s'assurait que vous vous souviendriez de lui.

Sidney Grice arrêta de faire tourner sa montre pour en examiner le dos.

– Je l'ignore.

– *Rivincita* signifie « vengeance ». C'est ce qui était inscrit sur le mur avec le sang de votre femme.

– Non ! s'exclama William en balayant la tasse qui alla rouler sur le sol. Vous n'inventez ces choses que pour me tourmenter.

Il se leva.

– C'est pourtant la vérité, dis-je.

Le prisonnier mit la main à sa bouche.

– Asseyez-vous, Ashby.

L'inspecteur Pound s'approcha de lui, et Ashby se laissa tomber sur sa chaise en haletant.

– Pourquoi un Italien voudrait-il se venger de votre femme ?

Sidney Grice glissa la montre dans son gilet.

– Je ne sais pas, monsieur Grice.

– Aviez-vous, vous ou elle, des amis ou des ennemis italiens ?

– Non.

– Pas d'ancêtres italiens ou lien quel qu'il soit ?

– Pas que je sache.

William Ashby posa ses mains sur la table en faisant de son mieux pour recouvrer son calme.

– Je ne sais pas qui c'était ni pourquoi il a fait ce qu'il a fait, mais il y a une chose que je sais, monsieur Grice, c'est qu'il y a un fou en liberté et qu'il faut le trouver le plus vite possible avant qu'il n'assassine une autre pauvre femme. Et, quand il le fera, allez-vous à nouveau accuser son pauvre mari ?

La porte s'ouvrit.

– Si votre couteau ne révèle pas ce que je cherche, je suivrai votre piste, aussi improbable qu'elle soit.

Le policier revenait avec un récipient en terre cuite émaillée de blanc qu'il posa délicatement sur la table.

– Vous avez pris votre temps, lui dit Sidney Grice.

– Désolé, monsieur, mais le poste n'avait pas de cuvette.

Sidney Grice posa un doigt sur l'eau et frissonna.

– Elle est glacée.

Il sortit de sa sacoche un flacon bleu portant une étiquette rédigée à la main et le tapota pour faire glisser quelques cristaux blancs dans l'eau.

– Observez bien, dit-il, combien la solution est claire.

Nous nous levâmes pour assister à l'expérience.

– À présent, continua Grice, observez ce qui se passe si je plonge cette lame dans la solution et que je la remue afin de laver les éventuels résidus. Voyez ? L'eau vire au rouge. Il n'y a donc aucun doute : ce couteau a été en contact avec du sang au cours des derniers jours !

– Ce n'est pas possible !

William Ashby paraissait sincèrement stupéfait.

– Il ne peut y avoir de doute à ce sujet, déclara Grice.

William Ashby se laissa tomber lourdement sur sa chaise et se passa les doigts sur le front.

– Je m'en souviens, à présent ! Je me suis coupé lorsque je l'ai essuyé.

– Montrez-moi la blessure.

– Ce n'était qu'une petite coupure.

– Si elle était assez profonde pour saigner, elle ne peut avoir complètement cicatrisé.

William Ashby nous regarda tour à tour en inspirant profondément.

– Je ne sais pas comment, monsieur Grice, mais je vois que vous m'avez mis la corde au cou.

– Expliquez-moi comment le sang est arrivé sur cette dague, insista Sidney Grice.

William Ashby se contenta de baisser la tête sans répondre.

– Je suis maudit, finit-il par lâcher.

– Ainsi soit-il, dit Sidney Grice.

Et il ferma son calepin d'un coup sec.

16

De mystérieux étrangers

– Je vous raccompagne, monsieur Grice, dit l'inspecteur Pound.

Nous reculâmes nos chaises.

– Ramenez-le en cellule, ajouta-t-il en s'adressant au policier.

En partant, William Ashby ne nous jeta même pas un regard, mais je le suivis des yeux tandis qu'il s'éloignait avec la démarche abattue d'un très vieil homme.

– Venez dans mon bureau, dit l'inspecteur Pound.

Il nous guida dans une pièce encore plus petite, dont la table était chargée de manuscrits et de volumes reliés de cuir rouge.

– Je ne peux pas vous offrir de vous asseoir.

La seule chaise débordait en effet de feuillets.

– Il me faudrait un an pour trier toute cette paperasse que mes supérieurs me réclament, et, pendant ce temps, laisser courir des milliers de meurtriers, de cambrioleurs et de pickpockets.

L'inspecteur s'installa dans son siège.

– Alors, une expérience intéressante, monsieur Grice ? Êtes-vous sûr de vous ? Ce genre de tour de passe-passe peut transformer une affaire, mais nous n'aurons pas l'air très intelligents si la défense est en mesure de prouver que vos cristaux changent de couleur avec de la confiture de fraises.

Du pied, il poussa une boule de papier froissé sous le bureau.

– Le professeur Latingate nous soutiendra quoi qu'il advienne. (Sidney Grice s'appuya contre le mur.) Il est excellent à la barre des témoins. Les jurés sont généralement impressionnés par les titres académiques et il est capable de leur montrer suffisamment de schémas chimiques pour les convaincre qu'il sait de quoi il parle. Je l'ai vu démontrer son expérience devant un public de savants qui avaient été invités à apporter toutes les substances auxquelles ils pouvaient penser pour changer la couleur des cristaux. Aucun d'entre eux n'a réussi.

– Étrange, sourcilla l'inspecteur Pound. J'aurais juré qu'il était innocent.

Sidney Grice renifla et dit :

– Ashby savait qu'il était fait. Il l'a dit lui-même.

– Je ne suis pas d'accord, intervins-je. Je pense qu'il était stupéfait. Il ne savait pas comment contrecarrer votre science.

– Jusqu'alors, monsieur Grice n'a jamais commis une seule erreur, m'informa l'inspecteur Pound. Oui, nous avons eu Gertrude Rayment, l'empoisonneuse de Lambeth, qui se serait retrouvée libre comme l'air s'il n'avait pas prouvé qu'elle avait réglé la pendule de sa grand-mère pour se concocter un alibi.

– Ce n'est pas seulement mon expérience qui prouve sa culpabilité, dit Grice, mais aussi toutes les incohérences de sa version des événements qui le condamnent.

– Comment ça ?

Je fis de mon mieux pour masquer ma colère. Il était d'une telle suffisance !

Sidney Grice esquissa son petit sourire.

– Si nous partons du principe que le compte rendu des événements selon Ashby est exact, un Italien grotesque est venu dans sa boutique et a acheté, sans oublier de jouer un rôle absurde, l'arme même qu'il entendait utiliser pour assassiner la maîtresse de maison une quinzaine plus tard.

– Pourquoi inventerait-il une telle histoire ? demandai-je.

– Pour nous envoyer sur une fausse piste et chercher un individu que nous ne trouverons jamais parce qu'il n'existe pas.

Sidney Grice parla lentement en articulant nettement comme s'il voulait s'assurer d'être compris par mon esprit faible.

– Il espérait sans aucun doute nous faire penser que le meurtrier de Slurry Street était concerné aussi par cette affaire.

– Si la rumeur venait à se répandre, cela déclencherait la panique générale.

L'inspecteur s'empara d'un livre rouge qu'il fourra sur une étagère.

– Ce qui nous donne une excellente raison pour ne pas aller dans ce sens.

Un autre livre tomba dûment de l'extrémité de l'étagère et il le poussa sous la table.

– Que faites-vous du mot inscrit avec le sang, demandai-je. *Rivincita* ?

L'inspecteur Pound haussa les épaules.

– Les torchons affirment que c'était aussi ce qui était étalé sur les murs de Slurry Street, mais je ne l'ai jamais vu.

– Cela paraît une histoire tellement alambiquée, dis-je. Qui pourrait croire une chose pareille ?

– Lorsqu'une histoire a l'air inventée, alors, elle a l'air inventée, déclara l'inspecteur Pound. Je suis sûr qu'une femme peut le comprendre.

– Lorsqu'une histoire a l'air inventée, elle ne peut qu'être vraie, dis-je, et je suis sûre que même un homme est capable de comprendre cette logique.

L'inspecteur souffla et dit :

– Vous devriez entendre certaines des histoires qu'on nous raconte. Hier seulement, nous avions un homme qui a déclaré que tous les articles volés qui étaient dans sa cave lui avaient été donnés par un homme venu de la Lune. Pour nous, c'est plus facile de croire à un Italien.

Sidney Grice fit un mouvement irrité de la main.

– On voudrait nous faire croire que cet homme s'est assis sur une chaise inconfortable et qu'il s'est endormi pendant qu'un individu ouvrait la porte qui donne sur l'arrière.

– Pourquoi la porte de derrière ? demanda Pound.

– Parce qu'il y a des empreintes de boue dans la cour qui s'arrêtent au seuil de la porte de derrière et parce qu'Ashby affirme que la sonnette n'a tinté qu'une seule fois, déclara Sidney Grice. Or donc, cet extraordinaire Italien a laissé entrer un courant d'air et le bruit de l'extérieur, retiré ses bottes, s'est glissé dans les lieux, a ouvert une porte grinçante et a assassiné Sarah Ashby sans que monsieur Ashby ouvre un cil.

– S'il mentait, il aurait certainement affirmé qu'il avait le sommeil lourd, dis-je.

– Sa belle-mère l'avait déjà trahi, dit Sidney Grice, et, bien qu'il l'ignorât, il pouvait deviner qu'elle le ferait à la barre. En outre, la vendeuse d'allumettes, qui était bien disposée à son égard et plutôt hostile vis-à-vis de son épouse, pouvait bien corroborer sa version. Elle nous avait déjà déclaré que personne n'était entré ou sorti de la boutique depuis plusieurs heures avant qu'il ne donne l'alarme.

– Pourquoi sa femme aurait-elle été pieds nus si elle travaillait dans la boutique ? demanda l'inspecteur Pound.

– Précisément.

Sidney Grice agita son index en l'air.

– J'ai examiné ses pieds et, malgré la meurtrissure, ils étaient propres et souples, et sans écharde. Alors que le sol de la boutique est rude et irrégulier.

– Il a cependant l'air si gentil, dis-je.

– Il a été dans l'armée, déclara mon tuteur. Les soldats tirent et tuent les gens. Cela vous paraît-il assez gentil ?

– Je ne peux quand même pas le croire coupable.

– Il reste quelques points d'interrogation, dit Sidney Grice, mais je ne doute pas que nous pourrons y répondre. Pourquoi pensez-vous que j'ai proposé une tasse de thé au prisonnier ?

– Parce que le thé ne vous plaisait pas, dis-je.

– Parce que je n'ai jamais eu l'intention de le boire, continua Sidney Grice. J'avais remarqué que sa main gauche était plus développée que la droite, mais je voulais en être sûr. Souvent, les gauchers serrent la main avec la droite. On aurait pu le forcer à utiliser sa main droite, à l'école pour tenir son crayon, comme on le fait souvent, ou chez lui, pour manger. Dans tous les cas, un gaucher prendrait spontanément une tasse ou un verre de la main gauche, tout comme William Ashby l'a fait à plusieurs reprises. Vous vous souviendrez, mademoiselle Middleton, que j'ai observé à partir de la blessure fatale que le meurtrier était gaucher.

– D'accord, mais pourquoi l'aurait-il tuée ?

En posant la question, j'avais déjà compris quelle serait la réponse.

– Pour l'assurance, expliqua patiemment l'inspecteur Pound. Cent livres représentent une somme non négligeable. Je n'ai jamais possédé autant de toute ma vie et je doute qu'il puisse réunir autant en quatre ou cinq ans.

– En outre, nous savons déjà qu'ils se querellaient pour des sujets aussi banals que le fait que la vendeuse d'allumettes s'abritait sous le porche, insista Sidney Grice. D'ailleurs, si nous interrogeons les voisins, je suis sûr qu'ils avaient d'autres raisons de mésentente. Il a lui-même admis qu'ils s'étaient disputés parce qu'elle avait brûlé ce papier. Dans un ménage, les détails finissent par s'accumuler et, lorsqu'il y a aussi un mobile financier considérable, il suffit d'un rien pour tout déclencher. Il ne pouvait pas savoir que la police d'assurance ne valait rien.

– Toutefois, il n'a manifesté aucune émotion lorsqu'il a découvert qu'il avait commis le meurtre sans espoir d'en profiter, même s'il évite la potence, dis-je.

Un pigeon vint heurter la fenêtre et tomba.

– C'est qu'il ne manque pas de sang-froid, je peux vous l'assurer, dit Pound en s'emparant d'un vieux trognon de pomme qu'il jeta dans la corbeille, où il rebondit si haut qu'il roula sur le sol.

– Pourquoi remettre l'arme du crime à la vue de tous ? insistai-je.

– Il avait peut-être l'intention de se débarrasser

de la dague ailleurs, mais il a été bloqué parce que le caniveau avait débordé, expliqua Sidney Grice, ce qui expliquerait également le sang sur la poignée du portail et les empreintes qui reviennent vers la maison, et le fait qu'il ait retiré ses bottes avant d'entrer. Souvenez-vous que j'ai demandé à les voir. Elles étaient parfaitement propres. Il a probablement utilisé des feuilles de papier pour les nettoyer et essuyer la dague et il a jeté les feuilles dans le feu, mais il restait de la boue durcie dans les crans des chaussures. De plus, quel meilleur endroit pour dissimuler un couteau que dans une vitrine pleine de couteaux ? S'il l'avait glissé derrière un placard, cela aurait immédiatement éveillé des soupçons.

– Je croyais que vous aviez affirmé qu'il s'était querellé avec sa femme au sujet du papier brûlé, dis-je.

– C'est toute l'intelligence de l'homme, déclara l'inspecteur Pound. Il a prétendu qu'ils s'étaient heurtés à ce sujet, mais ils se sont probablement disputés à propos d'autre chose. Moi, par exemple, je suis toujours obligé de réprimander ma sœur à propos du ménage.

– Je n'en reste pas convaincue pour autant, dis-je.

Sidney Grice éclata d'un rire déplaisant avant de dire :

– Fort heureusement, ce n'est pas vous qu'il faut convaincre, mademoiselle Middleton.

– Je comprends vos réserves.

L'inspecteur Pound poussa le trognon de pomme dans un coin.

– J'ai moi-même eu quelques hésitations avant que monsieur Grice ne chasse mes doutes avec ses arguments irréfutables. Ma chère mademoiselle, il vous faut cependant comprendre que les humeurs imprévisibles du cœur féminin ne sauraient rivaliser avec la logique imparable et la perspicacité pénétrante du cerveau masculin.

– Je vous remercie pour ces précisions, dis-je.

L'inspecteur sourit et tendit la main, au point que, pendant un moment, je crus qu'il allait me tapoter la tête.

– Je vous en prie, dit-il en me tapotant effectivement la tête. Laissez-moi vous reconduire.

– Vous venez tout juste d'arriver à Londres, n'est-ce pas, mademoiselle Middleton ? ajouta-t-il dans le couloir.

– C'est exact. J'ai vécu dans de nombreux endroits, mais jamais à Londres.

– Si je peux me permettre, dans ce cas, dit-il, faites attention aux chevaux... Ils mordent... Et aussi aux étrangers.

– Et que font ceux-ci ?

Il secoua la tête.

– J'espère que vous ne l'apprendrez jamais. Bonne journée, mademoiselle Middleton.

Je restai immobile sur le pavement pendant que Sidney Grice essayait de héler un taxi, mais tous semblaient occupés. Je réalisai que j'étais devant la devanture d'un boucher. La carcasse d'un cochon de lait, dépouillée et flasque, couverte de mouches, pendait à un crochet en acier ; un collier de lapins me dévisageait à travers la vitre salie ; des pattes alignées en rang formaient une ligne aussi nette que des chaussures d'occasion ; et la langue visqueuse d'un bœuf pendait d'un rayonnage. Je me souvins de ce que mon tuteur avait dit au sujet de la viande, mais je me souvins surtout de l'hôpital de campagne, de l'agonie des mutilés, et de l'homme monstrueux parce qu'il n'avait plus de visage.

Sidney Grice se bagarrait avec un Chinois qui avait vu le fiacre avant lui et, pendant qu'ils se querellaient, deux jeunes gens sautèrent dans la voiture, tandis que le Chinois se mettait à courir derrière. Je tendis la main et un fiacre vide s'arrêta.

– 125, Gower Street, je vous prie.

– Z'allez voir Sidney Grice ? lança le chauffeur par-dessus son épaule. C'est là qu'il habite. Un type bizarre, pour sûr.

Un coup de fouet et nous voilà partis. En chemin, nous passâmes devant le théâtre de New Gloucester. Les portes étaient closes, mais il y avait une pancarte qui annonçait : *RIGOLETTO* : LE SPECTACLE EST ANNULÉ.

– Voyez-vous, March, dit mon tuteur en riant. On ne trouve jamais d'Italien quand on en cherche un.

Il tendit la main et tapota la mienne.

17
La tête du duc

La tête du duc de Marlborough avait disparu, et son cheval était ébréché, sans doute par des enfants qui lui avaient jeté des pierres.

– Un mot d'avertissement ! hurla Sidney Grice pour couvrir le grondement d'un tombereau de charbon qui passait. Il y aura dans ce tripot des hommes dont le jugement est altéré par la consommation exagérée d'alcool. Vous risquez bien de trouver les choses un peu animées.

Il repoussa un bâtard pelé avec sa canne.

– Cela me paraît quand même paisible, dis-je.

Le bar était, en effet, pratiquement désert. Deux hommes âgés jouaient avec des cartes usées, et un autre se tenait devant le comptoir, les yeux perdus dans sa chope de bière vide.

Le barman, qui était en train de rouler une cigarette, leva vers nous un regard furieux.

– Vous ne savez pas lire ? demanda-t-il.

– Comme vous êtes bon de nous le demander ! dit Sidney Grice, mais, comme ce lieu n'est pas une bibliothèque de prêt, je ne vois pas en quoi mon niveau d'instruction vous intéresse en quoi que ce soit.

– Pas de femmes.

Le barman ramassa deux chopes sales et les plaça sur l'étagère derrière lui.

– C'est ce qui est marqué sur la porte.

– Ah ! vraiment ? Je pensais qu'il s'agissait d'une réclamation et j'avais l'intention de la rectifier.

Sidney Grice passa le doigt sur la barre en cuivre du comptoir.

– Je n'aime pas les petits malins et je n'aime pas les femmes. Sortez, tous les deux.

Le barman indiquait la porte.

Il avait un énorme nævus brun qui poussait sur le côté de son nez et remontait pratiquement jusqu'à son œil droit, au point de le dissimuler presque. Je fouillai dans mon sac.

– Savez-vous ce que c'est ? demandai-je.

Le barman m'arracha le morceau de carton.

– Un billet de train, dit-il. Et feriez mieux de vous grouiller parce qu'il est daté de la semaine dernière. Dehors !

Sidney Grice plongea dans la poche de son pardessus et demanda :

– Savez-vous ce qu'est ceci ?

– Un demi-souverain, constata le serveur.

– Absolument, dit Grice, et j'aimerais vous le remettre.

– Qu'est-ce qui vous en empêche ?

Le barman divisa un tas de mégots à moitié fumé avec un couteau rouillé.

– Votre attitude maussade.

Sidney Grice s'essuya le doigt sur un mouchoir.

– Et le fait que vous n'avez pas encore répondu à ma question.

– Le fait est que vous n'avez encore rien demandé.

Le barman roula des zestes d'orange dans une feuille de papier journal jaunie.

– William Ashby.

– Le meurtrier de Mangle Street ?

Le barman hocha la tête.

– Je vous reconnais, à présent. Vous êtes de ce genre de gommeux qui cherche à se donner des frissons, le genre qui file au proprio un demi-souverain pour mettre son nez sur l'affaire et trembler avant de rentrer se faire une bonne tasse de thé devant la cheminée. Le genre qui me rend malade.

– Le connaissez-vous ?

– Non, répondit le barman. Je ne crois pas qu'il ait jamais mis les pieds ici. J'aurais bien aimé, quand même, parce que la moitié des journaleux de Fleet Street seraient là pour poser des questions et dépenser leur argent. Ils sont capables de dépenser des fortunes, ces gens-là. C'est ça ? Accouchez.

Mon tuteur releva la pièce pour la placer hors d'atteinte.

– Vous n'êtes jamais allé à sa boutique ?

– Non, et j'ai répondu à toutes vos questions. Alors, partez !

Sidney Grice fit claquer la pièce sur le dessus du bar en déclarant :

– Ce fut de l'argent mal placé. J'aurais obtenu davantage avec le chien qui est dehors.

– Des puces et la rage, pour commencer, dis-je.

– Moi, je le connais, dit l'homme assis au bar.

Sidney Grice se tourna vers lui. Hormis ses yeux gris délavé et injectés de sang, on devinait à peine le visage de l'homme sous son épaisse barbe tachée de tabac et sa masse énorme de cheveux gris et gras.

– Vraiment ? dis-je.

– Bien sûr que oui. C'est un brave garçon. Il s'appelle Jasper.

– De qui parlez-vous ?

– Du chien, bien entendu.

L'homme glissa une main dans le devant de son pantalon en velours et se gratta.

– Le chien ne m'intéresse pas ! jappa mon tuteur.

– Mais si, je vous ai entendu en parler entre vous.

– Le Seigneur n'a pas éprouvé la patience de Job autant qu'il éprouve la mienne.

Sidney Grice se détourna avant d'ajouter :

– Venez, mademoiselle Middleton. Nous gâchons notre temps avec ces personnes pitoyables dans ce pitoyable lieu.

– Eh là, intervint le barman. Qui donc traitez-vous de « pitoyables » ?

Sidney Grice commença à le lui expliquer, mais je m'intéressai davantage au vieil homme.

– J'espère que vous ne m'en voudrez pas de vous confier que je trouve votre langage plutôt châtié pour un homme dans votre situation, dis-je.

– Vous pouvez me confier ce que vous voulez si vous me payez une pinte, répondit-il.

Je lui glissai un shilling.

– Cela devrait vous en procurer un certain nombre.

– Je suis né dans la haute. Ma famille était l'une des quelques nobles familles qui étaient restées fidèles à l'ancienne confession, mais elle est parvenue à passer la Réforme plus riche qu'au départ. Des hôtels particuliers et des demeures à la campagne, des milliers d'acres, des armées de domestiques, le toutim.

Le vieil homme tendit la pièce au barman qui remplit son verre de bière sombre sans cesser de raconter à mon tuteur à quel point les affaires marchaient mal.

– Il n'y a plus rien, désormais, plus rien...

Sa voix faiblit.

– Que s'est-il passé ?

– Je préférerais largement boire l'eau du caniveau, répondait Sidney Grice au barman.

– Tout est passé dans la construction du tunnel de Douvres jusqu'à Calais.

Le vieil homme leva son verre à mon endroit.

– Imaginez un peu être en mesure de poser le pied sur le sol français deux heures après avoir quitté nos côtes, quelle que soit la force du vent, le tonnerre et la tempête au-dessus de votre tête. J'ai mis tout ce que j'avais dans ce projet.

– Alors, qu'est-ce qui a mal tourné ?

Le vieil homme but une longue gorgée et s'essuya les lèvres avec le dos de la main.

– On n'avait pas creusé cent yards ni quitté la terre ferme que le gouvernement a eu vent de l'affaire et a fermé notre petite entreprise. Ils avaient l'air de penser que les Français allaient envoyer leurs armées par le tunnel, alors que le petit Bonaparte avait été mis en bière dans son cercueil en faux porphyre en grande pompe longtemps avant que nous commencions. Nous avons perdu jusqu'à notre dernier sou.

– Venez donc, mademoiselle Middleton, coupa Sidney Grice.

– Je suis sûr qu'un homme de votre éducation doit pouvoir trouver un emploi, dis-je.

L'homme secoua la tête.

– Personne n'emploiera un homme qui lui est supérieur. Cela met mal à l'aise. Et rares sont les hommes qui me sont supérieurs.

– N'avez-vous aucun ami ?

– J'en avais cent, dit-il, quand j'étais riche.

Il but une nouvelle gorgée.

– Mais ils ont filé comme les mouettes dans la tempête lorsque ma fortune a disparu, ne me laissant que des dettes.

– C'est une maison de fous, dit Sidney Grice. Je ne suis pas surpris qu'Ashby n'ait jamais mis les pieds ici.

– Je le connais, dit le vieil homme.

– Ne recommencez pas, dit Grice en hachant l'air de la main. Nous ne parlons pas de ce bâtard bourré de vermine.

– Je faisais référence à William Ashby. Je le connais bien, dit l'homme en vidant sa chope avant de la repousser vers le barman.

– Comment vous appelez-vous ?

L'homme se redressa et claqua les talons.

– Sir Randolph Cosmo Napier, à votre service.

– Non. Votre véritable nom, insista Grice.

– Sir Randolph Cosmo Napier, dit le vieil homme en s'inclinant légèrement au niveau de la taille.

Sidney Grice plissa les yeux pour mieux l'examiner.

– Grand Dieu ! s'exclama-t-il. Je pense que vous avez connu mon père.

18

L'homme au manteau en peau de lapin

Le théâtre semblait être une activité bien futile aux yeux de mon tuteur, mais il avait reçu deux billets du dramaturge dont il avait retrouvé le manuscrit égaré. Il ajouta qu'une sortie pourrait améliorer mon humeur.

La pièce était une comédie, mais on n'aurait pu le deviner à l'expression maussade que Sidney Grice conserva pendant tout le spectacle.

– Je ne sais qui a commis le plus grand crime, dit-il pendant que nous récupérions nos vestiaires, le coupable qui avait volé le texte ou celui qui l'a retrouvé.

La circulation était assez fluide, selon les normes londoniennes, et le trajet de retour se passa sans incident jusqu'à ce que nous arrivions à Saddler Street.

– À propos de deux points de notre affaire, commença mon tuteur, l'inspecteur Pound a enquêté au sujet de madame Dillinger, laquelle lui a affirmé qu'elle avait brûlé les vêtements de son gendre.

– Pourrait-on l'en blâmer ?

Au loin, on entendait des cris.

– Absolument. J'ai toujours des facilités à blâmer les gens, mais encore plus de facilité à blâmer la police.

Les cris se firent plus puissants.

– J'ai également vérifié auprès de la coutellerie Philby dans Midden Street, mais ils n'ont jamais fabriqué que deux de ces couteaux : une commande spéciale de William Ashby.

– Il disait donc la vérité à ce sujet.

Grice secoua la tête.

– Les meilleurs mensonges ont toujours l'odeur de la vérité, mais, si la substance est corrompue, ils n'en empestent pas moins, quels que soient les efforts que l'on fait pour les parfumer.

Le fiacre stoppa. Sidney Grice heurta le plafond du bout de sa canne et lança au cocher :

– Pour quelle raison vous arrêtez-vous ?

– C'est bouché, déclara l'homme après avoir ouvert la trappe pour nous jeter un regard furieux.

– Eh bien, faites demi-tour !

– Peux pas avec tout c'monde derrière, dit l'homme, et n'y a pas de place pour tourner.

– Y a-t-il eu un accident ?

– De l'agitation.

Le cocher ferma la trappe d'un coup sec.

– Quel genre d'agitation ? demandai-je.

Sidney Grice regarda par la fenêtre.

– Une foule, dit-il, qui a renversé une charrette de tonneaux au croisement et y a mis le feu.

La trappe s'ouvrit de nouveau.

– Mon canasson va pas aimer, dit le chauffeur.

D'ailleurs, nous le sentions s'agiter, et les coups de ses sabots résonnaient sur les pavés.

Je me penchai par la fenêtre de mon côté.

– Gardez votre tête à l'intérieur, ordonna Grice.

– J'ai autant le droit de regarder que vous.

Il n'y avait qu'une seule voiture devant nous, et je voyais le croisement qui brillait comme si on y avait allumé un feu de joie. Le feu montait jusqu'à trois ou quatre mètres et ne cessait de croître de minute en minute. Des hommes en haillons sortirent en courant d'une ruelle pour venir jeter des planches par-dessus, et le feu éclaira brièvement leurs visages d'une lueur rouge, puis blanche avant qu'ils ne disparaissent à nouveau dans l'ombre.

– Ils ont dû piller un chantier de construction, expliqua mon tuteur.

J'entendis des martèlements et des grincements. Soudain, trois hommes débouchèrent d'un côté et allèrent jeter une porte dans les flammes en exécutant un grand mouvement ample.

– À ce rythme, ils vont finir par mettre le feu à toute la rue, commenta Sidney Grice. Où est la police ? Bien au chaud dans ses bureaux, sans aucun doute.

Un bruit de verre brisé me parvint.

Le cocher hurla :

– Hé ! toi, là, derrière, retourne ton bourrin et laisse-nous reculer !

– Impossible, répondit l'autre chauffeur. C'est bloqué jusqu'à Onion Street et y a encore plein de gars derrière.

– Que le Seigneur nous vienne en aide, à présent.

Sidney Grice se redressa pour se pencher davantage.

– Ils ont forcé la porte d'un marchand de vin. Il est généralement difficile de raisonner une foule et, lorsque les individus ont le ventre empli de vin, la foule se transforme en animal tout à fait imprévisible.

Il y eut un énorme craquement accompagné d'une explosion au cœur du feu tandis que des étincelles s'éparpillaient dans la nuit, brillaient comme une gerbe d'étoiles rouges qui éclataient dans le ciel avant de retomber en pluie d'étincelles pour flotter au-dessus des toits. Deux hommes apparurent qui en traînaient un troisième, le visage baissé, mais, dans l'éclat du feu, je vis clairement sa masse de cheveux roux. Les deux autres soulevèrent son corps flasque et le lancèrent sur le brasier. Je mordis mon gant.

– Ce n'est qu'un mannequin, déclara Sidney Grice. Ils croient encore à la théorie de l'assassin italien qui court les rues.

Devant nous, un couple âgé en tenue de soirée sortit du fiacre et passa rapidement devant ma fenêtre.

– Je vous suggère de faire de même, dit mon tuteur. Vous serez en sécurité si vous arrivez à Onion Street, et, là, vous pourrez héler un fiacre.

– Et vous ?

– Un gentleman ne fuit jamais devant la populace. Voilà une meute de chiens qui doit être maîtrisée ou ces hommes vont saccager la cité et l'anarchie prévaudra.

– Mais...

Mon tuteur me fit taire en posant un doigt sur ses lèvres.

– Et, une fois que l'anarchie s'est installée, toute la société se retrouve au bord de la *démocratie* !

– Quc pouvez-vous faire ?

– Les affronter, déclara Grice en ouvrant la portière.

Il contourna le fiacre pour venir m'aider à descendre.

– Hâtez-vous, mais ne courez pas, dit-il. Gardez la tête haute et ne parlez à personne. Je vous retrouve à la maison.

– Il y a des aristos ! lança une voix de femme depuis la foule.

Une demi-douzaine de personnes s'en détacha et commença à courir vers nous.

– Vous avez de l'argent sur vous ?

– Oui, mais...

– Faites vite et dites à Molly de mettre la bouilloire en route.

Sidney Grice se tourna vers les gens :

– Reculez ou vous allez goûter de ma canne ! cria-t-il d'une voix qui paraissait trop aiguë et trop faible face au grondement.

L'homme qui courait devant les autres s'arrêta à moins d'un mètre de lui. Il était de forte carrure, avec de gros bras nus couverts de tatouages circulaires, et il sourit au petit homme qui se tenait devant lui.

– Fais voir un peu ce que tu fais avec ton petit bâton contre ça, l'aristo !

Il brandit une barre de fer aussi grosse qu'un gourdin.

Sidney Grice fonça. Il ne tenta pas de frapper l'homme, mais se jeta dans la bataille comme un bretteur et pointa l'extrémité de sa canne juste en dessous du menton de son adversaire. L'individu laissa tomber sa barre et se prit la gorge à deux mains.

– Vous allez tous vous disperser sur-le-champ ! hurla Sidney Grice.

– Je sais qui t'es, toi, ricana un homme dégingandé qui portait un long manteau en peau de lapin. T'es ce détective qui a tout manigancé en faisant arrêter un innocent et en laissant nos femmes à la merci d'un métèque.

– Je ne le répéterai pas, dit Grice en agitant sa canne.

L'homme éclata de rire.

– Quoi, un gringalet comme toi ?

Grice bondit, mais l'homme l'attendait et il repoussa la canne sur le côté. Son poing partit comme une flèche et atteignit mon tuteur à la tempe. Un autre homme, de haute taille, s'approcha par-derrière et enveloppa mon tuteur dans une étreinte bourrue, tandis qu'un autre encore s'avançait, une bouteille brisée à la main.

– Voyons voir si tu fais encore le malin, dit-il en agitant le bord denté devant lui.

Je ramassai la barre. Elle était lourde et je n'avais aucune envie de tuer l'homme à la bouteille ; alors, je lui donnai un seul petit coup sur la tête. Il tomba comme une poupée de chiffon. Je balançai la barre en direction de l'homme qui tenait mon tuteur et l'atteignis à l'épaule. Il hurla et lâcha prise, mais je n'avais fait que le rendre plus furieux, et il passa la main derrière lui pour brandir un couteau. La lame était large et lisse, et son éclat brilla vivement lorsqu'il la tendit vers moi. Je levai la barre, mais quelqu'un m'attrapa le poignet et le tordit. Je poussai un cri et la barre tomba à terre.

Sidney Grice laissa tomber sa main.

– Mon œil ! hurla-t-il.

Dans la lueur du feu, la cavité noire était encore plus visible.

– Ils l'ont arraché !

L'homme au manteau en peau de lapin écarta les mains en s'exclamant :

– Mais comment ?

– Seul Dieu peut vous venir en aide, vous tous ! lança Grice en se tenant le visage. Arracher l'œil d'un homme est passible de la potence.

Ses opposants eurent l'air désorienté.

Je mis la main devant la bouche en baissant la tête et, de mon meilleur accent des faubourgs, je m'exclamai :

– Gaffe ! V'là les cognes !

Le petit groupe balaya les environs des yeux.

– Où ça ? dit l'homme au manteau en plissant les yeux.

L'homme de haute taille se remit sur pied.

– On s'en fiche, où ça ! Faut se tailler, c'est tout.

Ils retournèrent en courant vers la foule.

– Les cognes ! Fichons le camp.

– Ce maudit œil est en miettes, dit Sidney Grice, et c'était mon meilleur modèle. Venez avec moi, March ! Cette histoire est en train de dépasser tout contrôle. Plus tôt nous aurons mis Ashby derrière les barreaux, mieux ce sera pour tout le monde.

– Sauf pour lui, dis-je.

Grice rajusta son nœud papillon, épousseta sa cape et vérifia son allure.

– C'est sans doute votre accent qui les a effrayés plus que toute autre chose, dit-il en souriant.

Son visage se fit plus grave et il ajouta :

– Mais je vous avais demandé de vous éloigner.

– Ils auraient pu vous tuer.

– Je les maîtrisais, déclara Sidney Grice d'un air indigné.

– Eh bien, si j'ai jamais vu autant de gratitude...

– Vous avez bien agi, coupa mon tuteur, très bien même... pour une femme.

19

De l'usage de la gutta-percha

Le lendemain matin, je trouvai Sidney Grice dans son cabinet de travail, penché sur une casserole en cuivre qui bouillait en équilibre sur un trépied au-dessus d'une lampe à alcool.

– March, dit-il en levant les yeux, savez-vous de quoi il s'agit ?

Il brandissait un bâtonnet brun de la taille de mon index.

– *Palaquium gutta* ou gutta-percha, répondis-je.

– L'une des merveilles de l'ère moderne. Savez-vous que cette substance peut être employée dans la fabrication de bijoux ou de meubles et qu'elle enveloppe également les câbles sous-marins qui nous relient avec les colonies isolées d'Amérique ?... Bien que la raison qui nous ferait souhaiter communiquer avec lesdites colonies demeure un mystère que je suis, même moi, incapable d'élucider.

– Mon père s'en servait parfois pour combler les caries des soldats, l'informai-je.

– Par conséquent, vous savez que la matière s'assouplit lorsqu'on la chauffe dans l'eau bouillante.

Il trempa une extrémité du bâton dans la casserole et la remua pendant une minute environ avant de la relever et de l'examiner.

– Cela devrait suffire.

Il écarta ses paupières gauches, glissa le bâton entre deux et grimaça.

– Un poil trop chaud, peut-être.

Il retira le bâton et le vérifia.

– Pas si mal. Une bulle d'air, mais je suis sûr qu'ils pourront la combler.

– Il sera difforme, commentai-je.

– Pardon ?

– La gutta-percha demeurera souple et se déformera lors du retrait, expliquai-je.

Sidney Grice siffla :

– Sottises !

Il enveloppa la gutta-percha dans un rouleau de coton.

– Je sais parfaitement ce que je fais.

– Vous avez toujours des problèmes avec les dimensions de vos yeux artificiels.

– C'est une question de réalisation, pas de conception.

Il souffla la flamme et posa un éteignoir en verre sur la mèche.

– Qu'importe, d'autres devoirs m'appellent.

– Moi de même.

Nous ne nous posâmes pas davantage de questions.

Aujourd'hui était mardi 5 juillet.

Il y a cent soixante-six jours, dans un autre pays et un autre continent, dans ce qui semblait être un autre monde, tu vins à moi. Grand et si élégant dans ton uniforme de sous-lieutenant. Tu étais inhabituellement grave et composé, bien qu'un peu nerveux. Quelque chose n'allait pas ?

– Oh ! c'est à désespérer. Je suis d'une telle maladresse ! t'écrias-tu.

Je compris sur-le-champ.

Tu t'agenouillas, et ton épée de sous-lieutenant raya la poussière blanche. Là, sur la place, devant tous les badauds, tu tiras de ta poche une petite aumônière en coton rouge.

– J'ignore aussi de quel doigt il s'agit.

– Le troisième de ma main gauche, répondis-je.

– C'est donc un oui ?

Je plongeai mes yeux dans les tiens, les plus bleus que j'aie jamais vus, et ils me rendirent mon regard avec tant d'amour que je fus incapable de parler. Je hochai la tête.

– J'ai dû deviner la taille.

Ta main tremblait lorsqu'elle prit la mienne.

– Elle me va parfaitement.

– L'aimez-vous ?

– Elle est très belle.

La foule applaudit et les musiciens se mirent à jouer... la marche Lily Bolero, *je crois.*

– Tout comme vous.

Oh ! Edward, c'était toi le plus beau de nous deux.

Je levai la bague dans le soleil. Elle ne scintilla pas, mais elle en fut d'autant plus précieuse à mes yeux.

– Déjeunerez-vous à la maison ? demanda si brusquement mon tuteur que je sursautai.

20

Une fausse identité

Lorsque je posai le pied sur le quai, le train entrait en gare et les fenêtres se baissaient, laissant apparaître des têtes et des mains qui se tendaient pour tourner les poignées. Une silhouette mince en couvre-chef et manteau bleu descendait à l'arrière du train, et je me précipitai vers elle lorsque j'entendis un cri m'appeler.

– March !

Je me retournai pour découvrir Harriet Fitzpatrick qui franchissait le marchepied à deux mètres de moi.

– Je ne suis pas tombée si bas ! dit-elle.

Comme la fumée se dissipait, je me rendis compte que la silhouette que j'avais prise pour elle était une vieille femme en haillons qui sortait d'une voiture de troisième classe.

Harriet rit et s'empara de mes mains avant de m'embrasser.

– Doux Jésus, March, je ne vous aurais pas reconnue. Vous avez totalement changé par rapport à la souris que j'ai quittée il y a un mois ! Vous êtes désormais très élégante. De toute évidence, Londres vous sied à merveille. Je suppose que c'est moi que vous venez chercher. Oh ! j'adore votre capeline. Il faut que nous bavardions, vous et moi, et sans tarder.

Comment se porte le célèbre monsieur Grice ? Du vent, porteur ! Je n'ai pas besoin de vous et inutile d'attendre de l'argent de ma part. Tous mes amis et ennemis étaient simplement verts d'envie lorsque je leur ai raconté que j'avais rencontré sa protégée. Vous devez absolument me confier toutes les histoires excitantes à son sujet. Je vous avoue que je suis épuisée à force de les inventer.

Tout en parlant, Harriet avait glissé son bras sous le mien et elle me poussa jusqu'à la marquise de la gare et au bord de la chaussée.

– Flûte. Le soleil est de retour et je n'ai pas pris de parasol.

– Devons-nous héler un fiacre ?

– Nous pouvons parfaitement marcher, dit Harriet. Où avez-vous eu cette somptueuse robe ? Et comment appelez-vous la couleur ? Nous sommes si en dehors de tout, là-bas dans les étendues sauvages du Warwickshire.

– Elle vient d'une boutique de Regent Street que m'a recommandée monsieur Grice, dis-je, et la dame de la boutique a expliqué que c'était rose satin poudré.

– Quel nom subtil qui convient si bien à votre teint ! Ne l'appelez-vous pas Sidney ?

– Non, il est très strict.

– Il doit être un âne prétentieux ou alors il est désespérément amoureux de vous, ma chère, dit-elle, et, d'après la manière dont vous n'avez pas rougi lorsque j'ai prononcé son nom, j'opterais pour la première solution. Comme c'est décevant ! J'espérais qu'il aurait fait de vous sa maîtresse, depuis. J'aurais tant pu amuser mon cercle de thé avec une telle histoire ! Mais, ne vous inquiétez pas, je trouverai quand même un moyen.

– Allons, Harriet, dis-je.

Elle s'arrêta brusquement et pâlit.

– Que se passe-t-il ? lui demandai-je.

– C'est la deuxième fois aujourd'hui que je vois une femme qui porte de la dentelle blanche, dit-elle. Je vous en prie, dites-moi que ce n'est pas la nouvelle mode, car le blanc me donne une mine affreuse ! Comme si on venait de m'embaumer pour mon cercueil.

– C'est une épouvantable chose à dire, observai-je en faisant de mon mieux pour garder mon sérieux. Non, je ne pense pas que ce soit la mode.

Harriet me pressa la main.

– Alors, je suis atrocement tentée de dire à mes amies que c'est le cas contraire.

Nous traversâmes la rue et prîmes à droite.

– Quelle surprise ! Voilà où je vis désormais, dis-je en montrant la direction de Gower Street. Que diriez-vous de venir prendre le thé ?

Harriet stoppa.

– Votre tuteur est-il à la maison ? demanda-t-elle.

– Je pense que oui.

– Dans ce cas, je ne peux accepter, dit-elle. Je suppose qu'il est gras et chauve, et je serais incapable de masquer ma déception.

– Il ne l'est pas.

– Je persiste à refuser votre invitation.

Harriet repartit en m'entraînant.

– Il vaut mieux imaginer les héros. J'aimerais ne pas croiser le mien chaque jour que Dieu fait. Eh bien, il ne nous reste qu'à faire un petit détour pour ne pas nous faire surprendre.

Nous descendîmes jusqu'à Tottenham Court Road et empruntâmes la rue avant de la quitter pour tourner dans Beaumont Place et longer celle-ci jusqu'à

Huntley Street, où nous nous retrouvâmes dans une petite maison proprette à la porte peinte en vert.

– Est-ce la demeure d'une de vos amies ? demandai-je.

– Non, mais c'est quand même une maison amie.

Harriet tira la sonnette.

– Trois coups brefs. Ne l'oubliez pas si vous deviez revenir.

La porte s'écarta légèrement avant de s'ouvrir complètement sur une dame d'âge moyen, mince et en longue robe rouge.

– Twinkle ! s'exclama-t-elle en tendant les bras. Entrez. Je vois que vous avez de la compagnie.

– Violet, je vous présente Eve, dit Harriet tandis que la femme tendait la main pour me saluer.

– Les amies de Twinkle sont toujours les bienvenues, dit-elle avant de se retourner vers Harriet. Entrez. Personne n'est encore arrivé et je dois m'occuper d'une chose ou deux, mais faites comme chez vous.

Harriet me guida jusqu'à un salon confortable et m'indiqua de m'installer sur le sofa recouvert de chintz.

– Pourquoi Eve ? demandai-je.

– C'est le premier nom qui m'est venu à l'esprit.

– Mais...

– Personne n'emploie son véritable nom, ici.

Harriet retira le bouchon d'une carafe posée sur un petit buffet et emplit généreusement deux verres avant de m'en tendre un et de s'asseoir à côté de moi.

– Quel endroit est-ce donc ?

Harriet répondit en riant :

– N'ayez crainte. Vous avez entendu parler des clubs de ces gentlemen ? Eh bien, c'est un club pour les dames. Nous nous retrouvons pour bavarder, dîner. C'est un sanctuaire à l'abri des hommes.

Elle fit tinter mon verre avec le sien.

– Et Dieu sait que nous en avons besoin. Oh ! le Bombay est mon préféré. Tchin-tchin.

– Pourquoi tout ce mystère ?

Harriet but une gorgée de son gin.

– Pouvez-vous imaginer l'attention envahissante dont nous serions l'objet si notre existence était connue ?... Les hommes qui se tiendraient à la porte, les insinuations ? Bien, racontez-moi tout, maintenant. Votre tuteur est-il bon avec vous ?

Je bus une grande gorgée.

– Sidney Grice n'est bon avec personne.

– Vous maltraite-t-il ?

– Non, il est distant. Il ne se soucie que de son travail et d'argent.

– Il doit sans doute être arrogant et autoritaire.

– En effet. Et il n'approuve pas la consommation d'alcool.

– Cet homme est un monstre !

– Il ne m'autorise pas davantage à fumer.

– Vous venez de décrire trait pour trait monsieur Fitzpatrick, dit Harriet, et probablement tous les hommes que vous rencontrerez. Ils ne sont pas comme nous. Ils sont faits d'un matériau plus résistant, mais plus grossier.

– Mon père n'était pas si sévère.

– Oh ! mon enfant, il doit horriblement vous manquer.

Harriet recouvrit ma main de la sienne et l'y laissa. Nous posâmes nos verres sur une table basse rectangulaire recouverte d'une nappe rouge.

– Avez-vous entendu parler de l'affaire Ashby ? demandai-je.

– Le tueur de la femme de Whitechapel ? Qui n'est pas au courant ? À Rugby, nous ne parlons de rien d'autre. Encore un triomphe pour Sidney Grice, semblerait-il.

– Je pense que William Ashby est innocent, dis-je, mais je ne sais que faire.

Au bout d'un moment, Harriet répondit :

– La première chose à faire est de boire un autre verre de gin, et la seconde est de vous relever les cheveux.

– Mais en ce qui concerne William Ashby ?

– Vous ne pouvez rien pour lui.

Elle ramena derrière mon oreille les quelques mèches qui étaient retombées devant mon visage.

– C'est si atroce, dis-je. Je peux à peine supporter de rester dans la même pièce que mon tuteur, sans parler de la même demeure !

– Où iriez-vous et comment gagneriez-vous votre vie ?

– Je pourrais trouver un endroit. Je sais dactylographier.

Harriet me caressa la main.

– Les rues sont pleines de filles qui savent dactylographier.

– Il va faire exécuter William Ashby !

– Avez-vous songé que monsieur Grice pouvait être dans le vrai ? demanda Harriet. Après tout, il possède une expérience considérable en ce domaine. En outre, si William Ashby est innocent, il sera certainement acquitté. C'est pour cela qu'il y a des juges et des jurés.

– Vous ignorez à quel point mon tuteur est capable de déformer la vérité, dis-je, d'autant que William

Ashby est d'une telle douceur. Il n'aurait jamais pu faire preuve d'une telle sauvagerie.

– L'avez-vous rencontré ?

– Lorsqu'il a été interrogé.

Harriet se dirigea jusqu'au buffet pour remplir nos verres.

– Si vous aviez vu à quel point il était malheureux de la mort de sa femme, dis-je.

– Il était peut-être bourrelé de remords.

– Non, c'était dans ses yeux. Le véritable meurtrier court toujours, je le sais. Je dois pouvoir faire quelque chose.

Harriet me tendit mon verre et s'assit plus près de moi.

– Rien, dit-elle. Nous sommes des femmes. Nous ne pouvons rien faire.

21

Le procès

Le lundi 23 juin est inscrit dans mon journal comme le début de la vingt-sixième semaine de l'année et la sixième pleine lune. Ce fut également le premier et le seul jour du procès de William Daniel Ashby.

La salle d'audience était bondée et de nombreux amateurs de sensations fortes déçus hantaient les couloirs du palais de justice de l'Old Bailey en attendant des nouvelles ou dans l'espoir d'apercevoir l'homme que toute la presse désignait comme un meurtrier redoutable.

On racontait qu'une place lui avait été réservée dans la Chambre des horreurs de chez Madame Tussauds et que les représentants du musée étaient installés dans la galerie, tout occupés à croquer des esquisses pour son effigie en cire. L'inspecteur Pound avait retenu pour Sidney Grice et moi des sièges à la gauche de la salle d'audience, juste au bord de l'allée.

Encore en deuil, Mme Dillinger était assise sur la droite, à l'autre extrémité du rang, en compagnie d'un prêtre joufflu. Elle inclina gracieusement la tête dans ma direction, mais n'eut pas un regard pour mon voisin.

William Ashby fut amené par deux agents en uniforme qui le firent asseoir sur le banc des accusés. Au cours des semaines depuis l'interrogatoire, il avait affreusement maigri et vieilli. Il portait un costume noir.

– Ils lui retireront sa cravate avant de le ramener en cellule, chuchota Sidney Grice. Rien ne les ébranle davantage qu'un homme qui se passe lui-même la corde au cou.

William Ashby se leva, déclara qu'il plaidait non coupable et se rassit. Il toussait par spasmes, mais le juge refusa l'ajournement réclamé par son avocat.

– Si nous repoussions les débats chaque fois qu'un condamné avait un petit accès de typhus, nous n'arriverions jamais à rien, déclara M. Justice Peter.

– Avec tout le respect que je vous dois, Votre Honneur, mon client n'est pas un condamné.

– Cela reste à voir.

Le juge lui fit signe de s'asseoir.

Il appela d'abord William Ashby, et ce fut un spectacle bien triste de le voir traîner les pieds jusqu'à la barre des témoins. Il avait le visage meurtri. Nous devions apprendre par la suite qu'il était tombé dans un escalier en pierre après avoir été poussé par un cambrioleur. Sa voix était rauque et sifflante, au point qu'il ne cessait de s'éclaircir la gorge, et ses yeux, rouges et gonflés, lui donnaient l'air un peu fuyant.

Il s'en tint à son histoire, sans ajouter ni changer le moindre détail, et affirma calmement être innocent, même lors du contre-interrogatoire de maître Robert Finebray, le conseil de la reine. Toutefois, le dossier de l'accusation était solide, et sa version des événements fut réduite en miettes sous le poids des observations de l'inspecteur Pound, telles que les souligna mon tuteur. La dernière question parut un peu étrange au juge.

– William Ashby fréquentait-il la taverne du Duc de Marlborough ?

– Non, Votre Honneur, je préfère la compagnie du Black Boy.

Pendant un instant, une lueur d'espoir sembla briller lorsque l'expérience du Pr Latingate échoua : ses cristaux réagirent à trois solutions différentes, mais il s'avéra que son assistant les avait toutes contaminées en raison d'une coupure au doigt.

Puis vint le coup de grâce. J'eus des difficultés à reconnaître sir Randolph Cosmo Napier au moment où il prêta serment. Droit comme un i, rasé de frais, mais avec sa magnifique paire de moustaches recourbées et pommadées, il était vêtu d'un habit sur mesure orné d'un somptueux foulard rouge savamment noué en lavallière, et ses manières avaient adopté un air d'autorité. Il admit sans rechigner qu'il se trouvait dans une position difficile et que le costume lui avait été offert, mais qu'un gentleman restait un gentleman et que sa parole était celle d'un homme d'honneur.

Même le juge Peter se redressa légèrement en écoutant son témoignage. Comme il l'expliqua, sir Randolph avait croisé William Ashby à plusieurs reprises.

– Il me paraissait être un gentil jeune homme. Il m'offrait de temps à autre à boire.

– A-t-il jamais mentionné son épouse ?

– Jamais, répondit sir Randolph, sauf lors de notre dernière rencontre.

– Quand était-ce ?

– Le samedi soir, veille du jour où il la poignarda.

Maître Treadwell bondit :

– Objection, Votre Honneur. Cet homme n'a pas

assisté au meurtre. Il ne peut pas affirmer que mon client est coupable.

– Un homme a le droit d'avoir son opinion, rétorqua sir Randolph, et, si je ne m'abuse, nous sommes encore dans un pays libre.

– Bien répondu, sir Randolph.

M. Justice Peter glissa le bout de sa plume sous sa perruque pour se gratter la tête.

– Objection rejetée.

– Sauf lorsqu'il s'agit de creuser, ajouta sir Randolph.

– Poursuivons.

Sir Robert Finebray agita ses notes.

– Ils m'auraient laissé creuser s'il y avait eu de l'or à trouver.

– Merci, sir Randolph, déclara Finebray.

– Ou du charbon. L'or noir, certains l'appellent.

– À cette occasion, avez-vous parlé à l'accusé ?

– J'ai déjà expliqué tout ça.

Sa voix résonna dans toute la salle.

– Quelle fut la teneur de votre conversation ?

– J'ai fait observer à Ashby que mon verre était vide, expliqua sir Randolph, et il m'a proposé d'en prendre un autre, mais pas aussi courtoisement qu'il l'aurait dû. En fait, il semblait extrêmement distrait.

– De quelle manière ?

– De toutes les manières.

Le public gloussa.

– Continuez, je vous prie, coupa sir Robert.

– C'est exactement ce que j'essaie de faire, répliqua sir Randolph.

– Je vous en remercie.

– Je vous en prie. N'étiez-vous pas mon bizut à Rugby ?

Sidney Grice jouait avec des pièces d'un demi-penny dans sa main gauche.

– J'étais à Eton, répondit sir Robert.

– Moi aussi, intervint le juge. Étiez-vous mon bizut, Finebray ?

– En aucun cas, Votre Honneur.

M. Justice Peter abaissa son marteau pour faire cesser les éclats de rire et fit signe au témoin de poursuivre.

– Ashby paraissait agité, dit sir Randolph et, lorsque je lui demandai ce qui le travaillait, il me dit qu'il s'était querellé avec sa femme.

Pendant ce temps, je regardais William Ashby : il se pencha en avant comme pour mieux écouter, mais son visage ne trahit rien de plus.

– Je lui demandai alors la raison de la querelle, continua sir Randolph, et il me dit qu'il l'avait réprimandée pour son extravagance. Elle avait acheté de l'étoffe pour un rideau qu'elle faisait faire par une couturière du quartier. Il trouvait l'étoffe trop chère et pensait que sa femme pouvait coudre le rideau elle-même.

William Ashby hocha légèrement la tête.

– Il m'expliqua que l'argent aurait pu lui permettre d'acheter du stock, ajouta sir Randolph, et qu'il était sorti furieux de la maison lorsqu'elle avait refusé d'annuler sa commande.

– L'accusé a-t-il ajouté quelque chose ? demanda sir Robert.

– En effet, dit sir Randolph, nous avons évoqué le manque de respect de la jeunesse moderne pour ses aînés et nous sommes tombés d'accord sur le fait que les jeunes manquaient de discipline et qu'un séjour dans l'armée leur ferait le plus grand bien. Ashby a fait l'armée et tout, vous savez.

Sir Robert luttait pour dissimuler son agacement.

– Oui, oui, mais a-t-il mentionné son épouse à nouveau ?

– Il a dit qu'elle était jolie comme un cœur, acquiesça le témoin.

Sir Robert feuilleta ses notes.

– Oh ! pour l'amour du ciel ! jura Sidney Grice dans sa barbe.

Les demi-pennies cliquetaient furieusement.

– A-t-il proféré des menaces à son encontre ? interrogea sir Robert.

– Aucune en ma présence, dit sir Randolph.

Sir Robert ouvrit la bouche, mais il était si consterné que pas un son n'en sortit.

– Il a cependant fait un serment, poursuivit sir Randolph, et a déclaré qu'il la tuerait si elle ne changeait pas ses manières.

– Non ! s'écria William Ashby.

Un agent lui posa la main sur l'épaule pour le faire taire.

– Quels furent ses mots exacts ? insista sir Robert.

William Ashby eut un accès de toux que décuplait l'effort qu'il faisait pour reprendre son souffle.

– Si le prisonnier ne sait pas garder son calme, je vais devoir le faire évacuer de mon tribunal.

M. Justice Peter abaissa son marteau une nouvelle fois, tandis que William Ashby tentait d'étouffer sa toux derrière sa main.

– Poursuivez, sir Randolph.

Sir Randolph avait l'air un peu irrité. Il jeta un œil à sa montre et marmonna quelque chose à propos d'un cheval.

– Il a juré qu'il la tuerait si elle ne changeait pas ses manières.

– Non, sir Randolph, je vous prie de bien vouloir répéter à la cour les mots exacts qu'il a employés.

– Ses mots exacts étaient qu'il la tuerait si elle ne changeait pas ses manières.

Quelqu'un lança un sifflement moqueur.

– Silence ! aboya le juge. Ou je fais évacuer la salle. Continuez, sir Robert.

– Imaginez que vous êtes lui et que je suis vous, tenta sir Robert, et je dis quelque chose comme : « Que se passe-t-il, mon vieux ? » et vous dites...

– Mon verre est vide.

Le juge dut frapper à plusieurs reprises avec son marteau pour restaurer le calme. Il s'adressa ensuite directement à sir Randolph :

– Nous voulons entendre vos paroles verbatim.

– Alors, pourquoi ne le disiez-vous pas au lieu de faire toutes ces simagrées ? s'écria sir Randolph. Il a dit : « Je la tuerai si elle ne change pas ses manières », et j'ai dit : « Vous n'êtes pas sérieux, n'est-ce pas ? » et il a dit : « Aussi sérieux que je vous le dis. J'en ai plus qu'assez d'elle. Je vais lui planter l'un de mes couteaux si elle ne change pas ses manières. »

À ces mots, la salle d'audience tout entière se déchaîna. Je tournai les yeux vers William Ashby. Les mains devant la face, il secouait la tête et, lorsque le calme finit par revenir, on entendit une faible plainte qui provenait de la bouche de cet homme sans visage.

22

Le singe savant

À l'instant où le juge envoya le jury débattre de son verdict, Sidney Grice fut sur pied.

– Venez, March, dit-il, il n'y a pas une minute à perdre.

Il était déjà en train de dégringoler l'escalier avant que la plupart des membres de l'assistance ne se soient levés. Je le rattrapai dans le grand hall du palais.

– Par ici !

Il m'entraîna à travers une succession de corridors bondés jusqu'à une porte qui donnait sur le trottoir.

– Qu'y a-t-il de si urgent ? demandai-je.

Avait-il pensé à une autre piste ? Mais son visage demeura fermé tandis qu'il me poussait dans une ruelle qui montait vers une avenue bordée d'arbres.

– Nous y voici, dit-il en ouvrant une porte.

Le parfum du café torréfié nous enveloppa aussitôt.

– Du thé de Ceylan pour trois ! lança-t-il avant même que la serveuse ait atteint notre table. Et vite !

Je n'eus pas le temps de demander pour qui était le troisième thé que la clochette tinta et que l'inspecteur Pound entra. Hors d'haleine, il se laissa tomber sur la chaise vide entre nous deux.

– Vous parvenez toujours à avoir une longueur

d'avance sur moi, monsieur Grice. Et, d'après ce que je constate, il était largement temps que j'arrive.

La porte s'ouvrit à la volée sur quatre hommes, dont un traînait un gros appareil photographique enveloppé d'un drap noir monté sur un trépied. Il fut suivi par deux couples qui bavardaient avec animation et un cocher en somptueuse livrée.

– C'est l'expérience amère qui m'a conduit ici, déclara Sidney Grice. Je n'oublierai jamais l'affaire de l'infirmière Raddison.

– Celle qui noyait ses malades pour mettre leurs effets au clou ? demandai-je. C'était intolérable.

– Plus intolérable que vous ne le sachiez, expliqua Grice. Son procès a attiré une telle foule que je n'ai pas pu me faire servir une seule tasse de thé pendant deux jours consécutifs et que mon premier flacon à rétention de chaleur fut réduit en miettes dans la panique générale.

– Monsieur Grice était au bord des larmes, précisa l'inspecteur Pound.

La serveuse apporta un plateau et se mit à disposer les tasses et la théière sur notre table. Mon tuteur souleva le couvercle et interrogea :

– De quel jardin de Ceylan ce thé provient-il ?

– J'sais pas, m'sieur.

– Est-ce un importateur de thé qui mélange les feuilles fraîches et les vieilles dans l'espoir que le client ne remarquera rien ?

– J'sais pas, m'sieur.

– Emportez-moi ça et servez-moi une autre théière sur-le-champ.

– Cela peut prendre du temps, m'sieur. J'ai d'autres clients qui attendent, m'sieur.

– Comme vous le dites très exactement, ce sont

d'*autres* clients que nous. Par conséquent, il est inutile de nous soucier d'eux.

Elle lui adressa un regard perplexe. Il indiqua la théière et elle retourna immédiatement en cuisine.

– On dirait bien que nous avons réussi à coincer cet Ashby, dit l'inspecteur.

– Sir Randolph nous a cependant laissés tomber, commenta Grice. Après toutes ces répétitions ! L'homme est un imbécile, s'il en est ! La seule chose qui me surprend, c'est qu'il n'ait pas perdu sa fortune plus tôt.

– Vous avez répété avec le témoin ? demandai-je.

– Uniquement pour qu'il dise la vérité, précisa Pound pendant que la serveuse apportait une nouvelle théière.

La clochette tinta et la porte s'ouvrit à nouveau, cette fois sur une grosse dame au visage rouge. Elle était vêtue d'un manteau vert mousse et d'un chapeau fleuri qui menaçait de tomber, tandis qu'elle se frayait un chemin dans la file croissante.

– Quelle vérité ?

– Je vois que vous avez lu des ouvrages de philosophie française.

Sidney Grice toucha la théière pour en estimer la température et souleva le couvercle avant de continuer :

– Je vous conseille fortement de renoncer avant que votre esprit ne soit totalement brouillé. La vérité demeure la vérité, quelle qu'en soit la source. Par exemple, que ce soit moi ou un menteur notoire qui parle, que ce soit parce qu'on nous a rappelé quoi dire, la vérité n'en demeure pas moins aussi incontestable que cette femme est obèse.

– Elle risque de vous entendre, dis-je.

– Parfait.

Il renifla le pichet de lait et regarda dans la théière.

– Quel intérêt y aurait-il, sinon, à parler si ce n'était pas pour être entendu ? Je hais la nouvelle lubie qui consiste à marmonner derrière sa main. C'est très continental.

– Je suis vraiment désolé, m'dame, mais nous n'avons plus une seule table.

– Nous pourrions l'inviter à la nôtre, proposai-je.

– Ce serait une marque de courtoisie, certes.

Sidney Grice reposa le couvercle.

– Mais si la rumeur venait à se répandre que je fais preuve de courtoisie, les gens risquent d'imaginer que je suis devenu attentionné, voire gentil. Et la gentillesse est le premier pas vers la charité.

Il frissonna.

– Pas de danger, commentai-je.

– Je ne suis pas sûr de croire que le chemin de l'enfer soit pavé de bonnes intentions, dit mon tuteur, mais le chemin de la ruine l'est certainement. Le thé est en train d'infuser, mademoiselle Middleton.

Je versai trois tasses avec la passoire en argent et ajoutai un nuage de lait dans la mienne et dans celle de l'inspecteur, qui versa deux cuillérées de sucre dans la sienne avant de remuer vigoureusement le mélange.

– L'eau est trop dure, déclara Sidney Grice.

Je levai la main pour attirer l'attention de la femme.

– Nous avons une chaise libre, appelai-je.

Mon tuteur grommela.

– C'est ce que j'allais faire remarquer, dit la dame.

En se tournant vers la serveuse, elle ajouta :

– Allez me chercher une tasse et un pot d'eau chaude, mon petit.

– Oui, m'dame.

La dame s'installa pesamment en face de moi.

– Et une belle tranche de tarte ! cria-t-elle. J'espère qu'elle a entendu. Oh ! c'est vous ! Cet horrible policier !

– Vraiment ? dit l'inspecteur Pound avec un sourire gêné.

– Vous le savez parfaitement.

Elle tourna la théière de manière à placer la poignée vers elle.

– C'est horrible d'essayer de convaincre tout le monde que ce gentil homme tout doux est un meurtrier. Eh bien, vous n'aurez pas trompé le jury, j'espère. Il suffit de jeter un coup d'œil à William Ashby pour comprendre qu'il est innocent.

– Toutes les preuves indiquent qu'il est coupable.

– Les preuves, c'est comme un singe savant.

La dame tourna les yeux vers notre pichet de lait et le renifla.

– Elles vous disent ce que vous voulez entendre, mais cela ne signifie rien en soi.

Sidney Grice éclata de rire et avoua :

– Je n'y avais jamais songé en ces termes. Puis-je vous aider, madame ? On dirait que votre chapeau a envie de prendre la fuite.

– Comme un singe mal dressé ! lança l'inspecteur Pound qui sortit une belle pipe en écume de mer et un canif avant de se mettre à gratter le culot.

– Non, vous ne le pouvez pas ! s'écria la dame en se reculant légèrement.

Le chapeau glissa un peu plus en arrière.

La serveuse revint avec un pichet d'eau bouillante et une tasse et sa soucoupe. L'inspecteur tapota le fourneau de sa pipe et fit tomber quelques brins de tabac carbonisés dans un cendrier en porcelaine brune.

– Pas de tarte ?

Alors que la dame posait la question, Sidney Grice se penchait vers elle.

– Laissez-moi donc ce truc tranquille.

Mon tuteur se redressa.

– J'avais simplement l'intention de voir si votre chapeau était épinglé ou non, et, dans ce cas...

– Pour l'amour de Dieu, coupai-je, la vie d'un homme est en jeu et, tout ce dont vous vous souciez, c'est de thé et de chapeaux !

– C'est à partir de détails apparemment futiles que nos plus grandes avancées ont eu lieu, dit Sidney Grice.

Il sembla sur le point de prendre quelque chose dans sa poche de poitrine avant de renoncer.

– Absolument, ajouta l'inspecteur Pound. Où en serions-nous aujourd'hui sans les observations au sujet de la vapeur d'eau de James Watt qui attendait que la bouilloire frémisse ?

Il sortit une blague à tabac en cuir usagé et en ouvrit le rabat.

– Il me serait agréable de voir davantage de vapeur dans les théières de ce salon, déclara Sidney Grice. Ce thé est aussi froid que Sarah Ashby.

– C'est révoltant de dire cela ! m'exclamai-je.

L'inspecteur Pound éclata de rire et se mit à bourrer légèrement sa pipe du bout des doigts. La sonnette retentit furieusement et un agent de police hors d'haleine se précipita vers notre table sans se préoccuper de la serveuse. Il se pencha vers l'inspecteur et lui parla à l'oreille.

– Si tôt ? s'écria celui-ci en haussant les sourcils.

– Oui, monsieur, confirma l'agent.

Pound remit l'allumette encore éteinte dans sa boîte et hocha la tête en direction de Grice.

– Venez, mademoiselle Middleton, intima mon tuteur en se levant d'un bond.

– Vous partez ? demanda la grosse dame.

– Il semblerait que ce soit le cas, dis-je.

Elle eut un sourire satisfait et, en tapotant la théière de sa cuillère, elle commenta :

– J'en aurai donc davantage !

Sidney Grice fit claquer un shilling sur la table en lançant :

– Une bonne journée, madame ! J'espère que votre tarte arrivera bientôt ou il ne vous restera que la peau sur les os.

Pendant que nous nous hâtions vers la sortie, je vis qu'il y avait de plus en plus de gens qui faisaient la queue devant le salon de thé.

– Pourquoi tant de hâte ? demandai-je. Cela ne fait pas plus d'une demi-heure que les jurés se sont retirés.

– Eh bien, ils sont de retour ! Nous devrions arriver à temps pour voir comment Ashby prend la nouvelle.

Sidney Grice boitait nettement.

– Deux contre un qu'il essaie de changer son histoire, dit Pound.

– Pas de risques. D'ailleurs, que pourrait-il y changer ?

– Il pourrait affirmer que c'est un suicide, dit l'inspecteur avec un petit rire.

Je ne fis aucun commentaire. Nous retournâmes au palais de justice et je me pris à espérer que le jury aurait vu ce que la grosse dame et moi avions décelé : l'innocence dans les yeux de William Ashby.

23

Le verdict

Nous avions à peine regagné nos sièges que nous devions nous relever pour l'entrée du juge. Les douze hommes du jury entrèrent à la queue leu leu et William Ashby fut ramené au banc des accusés. En montant les marches, il trébucha et se rattrapa au bras de l'agent qui l'escortait.

– Je vous demande pardon, dit-il.

Il demeura un moment debout à regarder autour de lui, en direction de Grace Dillinger qui était assise, dans un état net d'anxiété, à côté de son prêtre, vers les jurés à la mine grave dans leur box, l'inspecteur Pound, Sidney Grice, puis vers moi, avant de revenir à Mme Dillinger qui tenta de lui adresser un sourire.

– Vous pouvez vous asseoir, déclara l'huissier tandis que le juge ajustait sa perruque.

Le président du jury tendit un feuillet à l'huissier, lequel le donna au clerc, qui le passa au juge, qui le déplia d'un air imperturbable.

– Messieurs les jurés, dans le procès de Sa Majesté la reine versus le sieur William Ashby, avez-vous rendu votre verdict ?

Le président se leva. C'était un homme insignifiant aux lèvres fines qui se rengorgeait de sa brusque importance.

– Oui, Votre Honneur.

William Ashby eut un nouvel accès irrépressible de toux qu'il tenta de maîtriser dans son mouchoir taché de sang.

– Avez-vous rendu votre décision à l'unanimité du jury ?

– Oui, Votre Honneur.

– Que le prisonnier se lève.

William Ashby se redressa avec difficulté, les yeux bordés de gris, la main droite serrée sur la rampe en cuivre poli.

– À l'accusation d'homicide volontaire de son épouse, ladite Sarah Ashby, le prisonnier est-il coupable ?

Le petit homme fit une pause pour savourer le plus grand moment de son existence, le visage brillant de joie, et il proféra fièrement le mot qui décidait du sort de William Ashby :

– Coupable, Votre Honneur.

La salle d'audience résonna d'un torrent d'applaudissements et de hourras.

– Seigneur tout-puissant, murmurai-je.

– Excellent ! s'exclama mon tuteur en battant des mains.

William Ashby vacilla, ferma les yeux et renversa la tête tandis que le juge martelait sa chaire à tout rompre.

L'huissier parvint enfin à calmer l'assemblée, et le juge put s'adresser au condamné. Il lui rappela à quel point son acte était odieux : il avait tué une jeune et innocente épouse, qui comptait sur sa protection et son soutien. Il l'avait massacrée avec une sauvagerie qui aurait été indigne d'un animal. Tout cela dans l'espoir vain de remplir ses coffres d'argent. Pour aggraver son crime, il avait cruellement trompé la mère de la pauvre enfant en lui demandant son aide. Lui, le meurtrier de la chair de sa chair. D'ailleurs, le détective privé engagé pour laver son nom était parvenu aux mêmes conclusions que la cour.

– Détective *personnel*, marmonna Sidney Grice.

Pendant toute la déclaration du juge, William Ashby s'efforça de maîtriser les spasmes qui agitaient sa poitrine de convulsions infectieuses. Ses mèches blond cendré lui retombaient sur les yeux.

– Non, non, non, répéta-t-il.

Le juge demanda enfin si le prisonnier avait quelque chose à ajouter quant à la décision de la cour d'appliquer la peine de mort à son endroit.

William Ashby chuchota : « Je... » avant de secouer la tête et de refermer les yeux.

Le juge posa le traditionnel drap noir sur sa tête.

Un silence de mort gagna toute la salle.

– La décision de la présente cour est que le sieur William Ashby soit conduit de son lieu actuel de détention à la prison des condamnés à mort, où il attendra le jour de son exécution. Le sieur William Ashby est condamné à la pendaison jusqu'à ce que mort s'ensuive, proféra la juge. Vous devriez remercier le ciel de ce que votre mort sera moins douloureuse que celle de votre épouse. Que Notre-Seigneur ait pitié de votre âme.

La foule applaudit à nouveau, et William Ashby s'agrippa à la rambarde pour réprimer les secousses qui menaçaient de le jeter à terre.

– Pitié, mon Dieu ! Non ! hurla Mme Dillinger.

Elle était restée silencieuse jusqu'alors.

– Grace, répondit William Ashby, vous savez que ce n'est pas moi.

Sa belle-mère enfouit son visage entre ses mains.

– C'était un accident, dit encore William Ashby comme pour lui-même.

Mon tuteur et l'inspecteur Pound, qui avaient entendu, se mirent à rire. Sidney Grice jeta à peine un regard tandis qu'on emmenait le prisonnier. Il était par trop occupé à tripoter son calepin. La salle se vidait et la foule bavardait joyeusement, mais nous demeurions assis, tout comme Mme Dillinger. Lorsqu'elle se leva enfin, c'est d'un air égaré qu'elle se dirigea vers les marches comme une somnambule.

– Au temps pour votre gendre innocent ! lança Sidney Grice lorsque la femme passa à côté de nous.

Grace Dillinger s'arrêta.

– Vous avez commis un péché, monsieur. Puissiez-vous pourrir en enfer.

– Le bon et beau William y dansera au bout de sa corde longtemps avant moi, gloussa Sidney Grice.

Mme Dillinger leva la main et, à ma grande horreur, Sidney Grice leva le bras comme pour la frapper, mais il mima le geste d'enrouler une corde autour de son cou en inclinant la tête sur le côté et en tirant la langue.

– Pour l'amour de Dieu, monsieur Grice ! m'écriai-je.

Mme Dillinger me fit écho :

– Vous n'êtes qu'un monstre !

Elle se jeta sur lui et le saisit d'une main par le revers de sa veste dans l'intention de lui asséner une claque de l'autre, mais Sidney Grice fut plus rapide. Il se leva d'un bond, attrapa son poignet à mi-chemin et la repoussa avec une force surprenante de sa part. Grace Dillinger recula en trébuchant et, sans la présence du prêtre qui se précipitait dans son dos, elle serait tombée. Sidney Grice se prépara à encaisser un nouvel assaut, mais, le visage fermé, Grace Dillinger se détourna et se précipita vers la sortie.

D'une voix tremblante, le prêtre déclara :

– Si la tenue que je porte ne m'en empêchait pas, je vous frapperais et je vous briserais comme la créature venimeuse que vous êtes, monsieur.

– Mais ne sommes-nous pas frères d'armes, mon cher, puisque nous chassons les pécheurs ? rétorqua Sidney Grice.

– J'essaie de sauver leur âme, répliqua à son tour le prêtre.

– Tout comme je sauve Ashby en l'empêchant de tuer à nouveau. Allez réconforter madame Dillinger, mon père. Elle a davantage besoin de vous que moi.

– Vous avez bien plus besoin de moi, mais vous l'ignorez, monsieur.

Sur cette dernière pique, le prêtre alla rattraper son ouaille.

Sidney Grice grimaça.

– Elle m'a griffé ! s'écria Grice en se tamponnant les joues avec son mouchoir.

– Vous avez de la chance qu'elle ne vous ait pas arraché l'œil, commenta l'inspecteur Pound.

– Qui aurait pu l'en blâmer ? m'indignai-je. Cette pauvre femme porte l'enfant de feu son mari, elle a perdu sa fille, elle est sur le point de perdre son gendre et c'est le moment que vous choisissez pour la provoquer ? C'était parfaitement inutile et cruel.

– Sur ce point, je dois dire que je suis de l'avis de la jeune dame. Je ne comprends pas ce qui vous a pris, monsieur Grice ! dit l'inspecteur en s'effaçant pour laisser passer des gens.

– Mes paroles ont peut-être manqué de bienveillance, et je n'ai pas la réputation ni la prétention d'être un homme bon, expliqua Sidney Grice en souriant, mais elles n'étaient certainement pas inutiles.

Il inspecta son mouchoir, qui était rayé de rouge.

– Ce n'est qu'une égratignure, commenta l'inspecteur Pound.

– Un faible prix à payer, conclut Sidney Grice. Alors, inspecteur, nous avons obtenu la condamnation. Je pense que vous me devez bien une théière tout entière.

24
Le labyrinthe du vice

Le temps passait vite. Depuis le jour du procès, nous étions en léger froid, mon tuteur et moi. Quoi qu'il en soit, nous ne nous croisions guère, d'autant qu'il était occupé avec un prétendu suicide dans Warren Street.

Pour ma part, je ne manquais pas d'occupations non plus. J'explorais les innombrables parcs et jardins de la capitale, j'admirais les vitrines des rues commerçantes, je m'installais dans les salons de thé réservés aux dames, où une jeune femme pouvait prendre une tasse de café avec peut-être une goutte de brandy pour colorer ses joues et observer le manège de la métropole.

C'est sur la suggestion de mon tuteur que j'allai visiter une exposition de peintures. Un client reconnaissant lui avait remis un billet, mais il n'avait ni l'inclination ni le temps de s'y rendre.

– Cela pourrait vous amuser, me dit-il un mardi au petit-déjeuner. Hissez le drapeau vert, mais n'oubliez surtout pas de le baisser. C'est ce qui est arrivé à Molly une fois, et toute la rue s'est retrouvée bloquée par les fiacres tandis que les cochers se querellaient à qui mieux mieux pour savoir qui avait vu le signal le premier.

– Je pourrais parfaitement m'y rendre à pied.

Mon tuteur releva les sourcils. Sa mère, m'expliqua-t-il, n'aurait jamais fait un seul pas à l'extérieur de la maison, même pour traverser la rue, sans réclamer une voiture. C'était une question de standing.

Je partis à pied.

La journée était belle et la grande artère d'Oxford Street était encombrée d'attelages, de chalands et de piétons. Je m'arrêtai pour regarder un singe galeux, coiffé d'un fez rouge et d'un gilet, qui dansait au son d'un orgue de Barbarie. La musique était tapageuse et, de toute évidence, le singe était mal soigné. J'allais repartir lorsque j'entendis une voix masculine qui hurlait tout près :

– Stop !

Je me retournai pour découvrir l'inspecteur Pound qui tentait d'attraper un gamin en haillons par la manche, mais le garçon se laissa tomber à terre et détala sans demander son reste en se faufilant entre les jambes des autres spectateurs.

– Au voleur ! Arrêtez-le ! continua de hurler l'inspecteur.

Le garçon avait disparu.

– Votre bourse, mademoiselle Middleton, dit-il en me la tendant. Le sale morveux a failli réussir son coup.

– Je ne m'étais pas aperçue qu'elle avait disparu !

Je l'ouvris, mais rien ne manquait.

– Ce sont des professionnels, ces petites racailles. Ils pourraient vous voler vos bottines à vos propres pieds avant que vous ne vous en rendiez compte. Ne vous avais-je pas prévenue de vous méfier à Londres, lorsque nous avons été présentés ?

– Oui, des chevaux, que je connais parfaitement,

et des étrangers, dont j'ai fréquenté tout un éventail le plus clair de mon existence. Vous n'avez rien dit au sujet des enfants.

L'inspecteur Pound éclata de rire, et son visage généralement sombre en fut tout éclairé.

– Si je devais vous prévenir au sujet de tous les périls potentiels des rues de ce labyrinthe du vice, cela prendrait des années. Puis-je vous accompagner, mademoiselle Middleton ?

– C'est agréable d'être escortée par un gentleman, dis-je lorsqu'il m'offrit le bras pour nous frayer un chemin hors de la foule.

– Ma mère n'avait guère de fortune, mais elle m'a appris les bonnes manières.

– Cela me rappelle que monsieur Grice a parlé de la sienne, juste ce matin.

Une mule passa devant nous en tirant un tombereau qui ployait sous les gravats.

– Il est difficile d'imaginer qu'il ait une mère, sourit l'inspecteur, ce qui ne l'empêche pas de lui être dévoué.

Il me tira délicatement loin du bord de la chaussée.

– Autant qu'elle lui est dévouée, ajouta-t-il, bien que je ne sois pas sûr qu'elle n'ait jamais totalement surmonté l'humiliation d'avoir mis au monde un infirme.

– Comme vous y allez, inspecteur ! Il boite sans doute beaucoup, mais on ne peut en aucun cas le qualifier d'infirme.

– Allons, même avec ses bottes à talonnettes, sa jambe droite mesure plusieurs centimètres de moins que sa gauche, poursuivit Pound pendant que nous traversions. La légende veut que, pendant qu'elle l'attendait, sa mère fut effrayée par un homard qui tomba, directement sur ses genoux, de l'étal d'un poissonnier qui passait. Et, comme vous le savez, les homards ont une patte beaucoup plus longue que l'autre... Il n'y a rien là qui prête à rire, mademoiselle Middleton.

– Vous ne pouvez croire pareille chose, dis-je en mettant la main devant la bouche.

– Bien sûr que si, répondit l'inspecteur en s'empourprant. Ignorez-vous qu'un homme dénommé John Merrick gagne des sommes considérables en se produisant en spectacle dans tout le pays ? C'est un éléphant en fuite qui a effrayé sa mère alors que la femme était grosse de lui, et il est né avec nombre de traits éléphantesques. Il possède une énorme tête atteinte de difformité, son nez évoque l'amorce d'une trompe, ses mains et ses membres sont gonflés et difformes, sa peau est épaisse et plissée de rides profondes, et il se déplace pesamment comme l'animal dans la jungle. Je l'ai vu de mes propres yeux et je vous assure qu'il n'y a pas de tromperie.

– Eh bien, j'admets que la carapace de monsieur Grice est épaisse.

L'inspecteur Pound rit de bon cœur.

Nous contournâmes quatre fillettes qui fouillaient un monceau de déchets.

– Puis-je vous demander l'objet de votre promenade ?

Lorsque je le lui dis, l'inspecteur s'exclama :

– Quelle coïncidence ! C'est également là que je me rends.

– Vous vous intéressez donc à la peinture ?

– Je n'y ai jamais vraiment réfléchi, mais un ami m'a donné un billet et je me suis dit que je pourrais jeter un œil. Nous pouvons couper par ici, ajouta-t-il en me guidant vers une rue plus étroite. Mais ne venez jamais ici la nuit, mademoiselle Middleton. On la surnomme la « rue du coupe-gorge ». Dans la journée, elle est tout à fait sûre.

L'inspecteur émit un petit rire avant de continuer :

– J'espère que le visage de monsieur Grice cicatrise. C'est la première fois que je vois quelqu'un, et une dame de surcroît, lui clouer le bec.

– Le connaissez-vous depuis longtemps ? demandai-je.

– Cela fait environ cinq ans. C'est un homme fort étrange, mais il obtient des résultats. Sans l'aide de monsieur Grice, j'aurais sans doute laissé échapper cet Ashby. Comment êtes-vous devenue sa pupille ?

Un chat gris vint se faufiler entre nos jambes.

Je fis à l'inspecteur un récit très bref de ma vie, et il me lança un regard empreint de sérieux.

– Alors, nous avons quelque chose en commun. J'ai perdu mes parents, tous les deux, avant l'âge de douze ans, et c'est un oncle qui m'a pris en charge. C'était un Robin.

– Pardon ?

– Un Robin. C'est ainsi que l'on surnommait les premières forces de police de Londres, stationnées à Bow Street parce que les agents portaient un gilet rouge, comme les rouges-gorges. C'est lui qui m'a orienté vers ma carrière actuelle.

Nous continuâmes en silence. Comme la ruelle devenait plus étroite, nous nous vîmes dans l'obligation de nous serrer davantage, sauf si l'inspecteur me lâchait le bras, ce qu'il ne fit pas mine de vouloir.

Nous débouchâmes sur une petite place.

– Nous y voici.

L'exposition était fort décevante. Les femmes peintes par M. Rossetti avaient toutes une petite tête et un visage verdâtre, de grandes épaules et un cou aussi épais qu'un pilastre. Ensuite, l'inspecteur m'expliqua qu'il avait du travail, mais qu'il refusait de me quitter sans m'avoir mis dans un cab. Je lui répondis de ne pas se donner cette peine, mais il insista.

– Je sais, dit-il au moment de nous séparer, que vous êtes une jeune dame remarquable. Il est des hommes dans mon équipe qui ne pénétreraient jamais à la morgue comme j'ai entendu dire que vous l'avez fait.

– Ce sont les vivants qui m'effraient, répondis-je. Il n'y a rien à craindre des morts.

– Dans ce cas, vous n'aurez plus rien à craindre de William Ashby très bientôt, car il sera pendu ce vendredi.

– Si vite ?

L'inspecteur Pound haussa les épaules.

– Vous avez constaté vous-même à quel point l'affaire fait des vagues. Le plus tôt sera le mieux. Pour ma part, je ne serai pas désolé de le voir disparaître et que justice soit faite.

– Vous serez présent ? m'étonnai-je.

L'inspecteur sourit.

– Je ne manquerais cela pour rien au monde !

Sur ce, il claqua la porte, et le fiacre s'élança.

Dès que nous eûmes tourné le coin de la rue, j'ordonnai au cocher de stopper et je repartis à pied.

Un peu en retrait, il y avait l'échoppe d'un petit joaillier. Je me plantai pendant un moment devant la vitrine.

Je n'avais pas eu le temps de suspendre la bague autour de mon cou. Nous avions douze patients, dont deux qu'il fallait amputer. Je pense que c'est alors que je maintenais la jambe d'un caporal que la pierre se brisa.

– Que l'homme brûle en enfer ! t'écrias-tu lorsque je te la montrai. J'ai versé deux mois de salaire pour cette bague et voilà qu'il s'agit d'une fausse et que l'escroc qui me l'a vendue a disparu. Je suis désolé, March. Il faudra que j'économise pour en acheter une autre.

– Non, c'est ma bague de fiançailles, répliquai-je. Quel qu'en soit le prix, une autre ne serait qu'un mensonge.

Tu me donnas un baiser en disant :

– Je n'aurais pas cru pouvoir vous aimer davantage.

25

Le poids des mots

C'était le jeudi suivant. Ce matin-là, j'étais pressée de sortir parce que je n'avais plus de cigarettes et il y a quelque chose à propos du tabac que je trouve presque addictif.

– March, appela mon tuteur alors que je passais comme une flèche devant la porte de son cabinet de travail. Entrez et venez donc voir ceci.

Il était debout derrière son bureau, un chapeau devant lui et une liasse de documents dans la main.

– Qu'en pensez-vous ?

– C'est un chapeau.

– Pas n'importe quel vieux chapeau ! Mon chapeau.

– Félicitations, me hâtai-je de dire.

Je mourais d'envie de fumer une cigarette.

– Qu'est-ce d'autre ?

Il dansait d'un pied sur l'autre.

– Un dromaforme ? devinai-je.

– Ne faites pas la sotte. Voici, déclara-t-il en faisant tourner le chapeau, ma plus récente invention : la théière brevetée de Grice.

– Dire que je croyais qu'il s'agissait d'un chapeau !

– Absolument, dit-il, et un excellent chapeau, en outre. Remarquez le bord qui s'élargit progressivement, conçu pour protéger les yeux du soleil en été, mais également ciré pour protéger le nez de la pluie en hiver. Observez, poursuivit-il en mettant l'objet à l'envers, la manière dont les boutons de la doublure de soie se défont pour révéler des compartiments contenant des feuilles de thé, une boîte d'allumettes Vestas, une cuiller, une passoire et une tasse télescopique. Voyez comment cette petite lampe à alcool vient s'accrocher sous le compartiment du haut et soutient une boîte pleine d'eau. Tout ce dont un gentleman a besoin pour une tasse de thé d'urgence.

– Infusera-t-il pendant que vous portez le couvre-chef ? demandai-je.

Molly entra avec les journaux du matin disposés sur un plateau en argent. Elle posa le plateau et sautilla bizarrement.

– Que faites-vous, Molly ? s'étonna mon tuteur.

– La révérence, monsieur. Maude, du 112, m'a dit que, là-bas, y font ça tout le temps.

La cloche de l'entrée retentit.

– Eh bien, cela vous donne l'air d'un choucas.

– Merci, monsieur. Monsieur est trop bon, dit Molly en souriant.

– Porte !

Molly eut un regard vide.

– Allez répondre à la porte !

Molly alla répondre et introduisit le visiteur en croisant les pieds pour exécuter une sorte de plongée :

– L'inspecteur Pound, monsieur.

Malgré les quelques civilités qu'il proféra, le policier était de toute évidence plutôt inquiet.

– Vous n'avez pas lu les journaux, Grice ?

– Non, Molly n'a pas eu le temps de les passer au fer. Apparemment, la cuisinière a mis le feu à ses cheveux.

– Comment va-t-elle ? m'enquis-je.

– Je suppose que le déjeuner sera retardé.

– J'ai eu la visite du père Brewster hier matin, commença l'inspecteur.

Les deux hommes s'étaient assis et je tirai une chaise. Sidney Grice inclina la tête d'un air interrogateur.

– Et ?

– Il m'a appris que sir Randolph était venu le voir la veille au soir.

– Et ?

– Sir Randolph avait un poids sur la conscience. Il a fait un aveu qui a ébranlé le père Brewster au point de demander à Randolph de répéter l'information à une autre personne pour éviter le secret de la confession.

– Et cette information était ?

Mon tuteur ne fit rien pour masquer son bâillement.

L'inspecteur Pound hésita.

– Il affirme que c'est vous qui lui avez soufflé ce qu'il devait déclarer au tribunal et que vous l'avez royalement rétribué pour cela, sans parler de le loger luxueusement au Grand Hôtel des Midlands.

Sidney Grice agita la main.

– Balivernes !

– Vous avez pourtant admis que vous l'aviez fait répéter ! m'écriai-je.

Mon tuteur laissa échapper un soupir.

– Je l'ai tout bonnement aidé à mieux organiser son témoignage.

– Par conséquent, vous ne lui avez pas donné d'argent, insistai-je.

Mon tuteur se raidit.

– Je n'avais pas compris que j'étais au banc des accusés !

– Pas encore, dans tous les cas, intervint l'inspecteur.

– Je lui ai acheté un complet et je lui ai donné de la monnaie pour qu'il aille chez le barbier se faire tailler la moustache, couper les cheveux et ainsi qu'il fasse un témoin plus présentable.

– Et l'hôtel ? demanda tranquillement Pound.

– Je l'y ai installé la veille du procès parce que je connais le portier. Il a pris ses dispositions pour qu'un homme reste en compagnie de sir Randolph et s'assure qu'il se présente bien au tribunal à l'heure dite. C'est tout.

– Ce n'est pas ce qu'affirme la presse, déclara l'inspecteur.

Je m'emparai du *Times*.

Il était encore chaud et la première page était, comme d'habitude, occupée par les annonces promotionnelles. Toutefois, en page intérieure, une photographie au grain grossier montrait mon tuteur, et une autre représentait le père Brewster tandis que le titre proclamait : *Les révélations d'un prêtre contredisent les affirmations du célèbre détective privé.*

– Faites-moi voir, dit Sidney Grice en m'arrachant le journal.

Son visage vira au rouge cramoisi. Il plaqua le journal sur son bureau et se pencha pour lire.

– Combien de fois devrai-je répéter que je suis un détective *personnel* ! Ce satané chien battu à l'air maladif avec sa soutane se sert de son maudit sacerdoce pour répéter ses allégations. Je vais me rendre dans son église dès dimanche pour l'humilier devant sa congrégation.

– C'est plutôt vous qui risquez d'être humilié.

Dans la rue, des gens criaient.

– Je le poursuivrai. Je le ferai mettre à l'ombre pour diffamation !

Il s'empara du journal des deux mains et le déchira en deux, froissant les feuillets avant de les jeter en direction de la cheminée, mais ils tombèrent sur le sol.

– Hissez le drapeau, March. Je connais deux individus de Limehouse qui me doivent une faveur. Ils vont lui apprendre à nager dans la Tamise avec sa cloche et la chaîne autour du cou.

La sonnette de l'entrée retentit.

– Vous avez de la chance que je n'aie pas entendu ce que vous venez de dire, déclara l'inspecteur Pound.

Molly revint et vacilla en croisant les jambes.

– Je m'excuse, monsieur, mais il y a un petit groupe de gens assez nombreux à la porte. Ils veulent vous parler à cause de William Ashby.

– Dites-leur de dégager ! s'écria Sidney Grice en allant jusqu'à la fenêtre. Et rapportez du thé.

– Ils ne sont pas les seuls à se soucier de la solidité du verdict, dit l'inspecteur Pound. Ce matin, j'ai été convoqué par le commissaire principal qui avait eu un entretien avec le ministre de l'Intérieur à propos de ce nouveau témoignage...

– Témoignage ? dit mon tuteur en reculant sa chaise. Les divagations d'un ivrogne transmises par un idolâtre intolérant ?

– Au vu de cette nouvelle allégation, poursuivit l'inspecteur, sir William a demandé à ce que l'on sursoie à l'exécution jusqu'à ce que sir Randolph soit entendu à nouveau.

– Alors, qu'est-ce que vous attendez pour aller l'entendre ?

Sidney Grice retourna à grands pas vers la fenêtre. La foule avait entonné « Ashby, innocent ! Ashby, innocent ! »

– Où est la police quand on a besoin d'elle ? demanda mon tuteur.

– Devant votre cheminée, répondis-je.

– Je parle des hommes à cheval, en uniforme, qui pourraient faire entrer un peu de bon sens à coups de matraque sur ces têtes pleines de poux.

– Je vais aller leur parler, dit l'inspecteur. En attendant, le problème est que sir Randolph reste introuvable.

– J'espère qu'il gît dans une ruelle, la gorge tranchée, dit Sidney Grice.

Il y eut un craquement suivi d'une pluie de verre brisé, et une brique vint retomber sur le paravent, juste à côté de mon tuteur. Sidney Grice leva le bras devant son visage.

– Vous allez bien ? lui demandai-je.

Il se tourna vers moi et je vis qu'il avait le front en sang.

– Les bâtons et les pierres peuvent me casser les os, mademoiselle Middleton, mais rien ne vaudra jamais le poids des mots. Ne vous tracassez pas, inspecteur, les lâches sont déjà en train de se disperser.

Il y eut un nouveau craquement, et un caillou l'atteignit à l'épaule. Je me précipitai vers la fenêtre et j'eus le temps de voir s'éloigner un jeune garçon qui s'arrêta, se retourna et lança un autre caillou, cette fois en vain, avant de disparaître à toute allure.

Mon tuteur se frotta l'épaule (c'était celle qui le troublait toujours) et indiqua la fenêtre.

– Voilà vos criminels, inspecteur Pound ! Je vous suggère de les pourchasser, eux, au lieu de me harceler.

Le visage de l'inspecteur s'empourpra.

– Voulez-vous que je place un de mes hommes devant votre demeure, monsieur Grice ?

Mon tuteur secoua la tête.

– Inutile, inspecteur, je tiens à clore cette affaire et, pour commencer, vous pouvez retrouver sir Randolph Cosmo Napier. Je vous donne deux jours.

– Ou quoi ? rétorqua l'inspecteur, désormais extrêmement pâle.

Sidney Grice plaqua la main sur sa tête.

– Deux jours, répéta-t-il avant de retourner à la fenêtre.

26

Pas de fumée sans feu

– Il y a une forte odeur de fumée de cigarette dans cette pièce, déclara Sidney Grice, tandis que nous entrions dans la salle à manger. J'espère que Molly ne s'est pas laissé entraîner à cette dégoûtante habitude. Si tel est le cas, elle devra se chercher une autre place sans aucune référence.

Comme souvent le soir, il avait mis son bandeau afin de reposer ses muscles oculaires.

– C'est probablement ma faute, dis-je. J'ai pris le thé dans un salon enfumé.

Il renifla à nouveau.

– Est-ce un arôme de gin que je détecte.

– C'est fort possible. Un homme a renversé un pichet juste au moment où je passais. Je ne me suis pas aperçue qu'il s'agissait de gin, cependant.

La salle à manger était glaciale. La pièce possédait une cheminée, où on n'allumait jamais de feu : cela aurait été d'une extravagance totalement injustifiée.

– J'aurais juré que c'était votre haleine, March.

– J'aimerais que vous ne juriez pas en ma présence.

– Je voulais seulement...

– Et, d'ailleurs, je ne suis pas convaincue que vous soyez en droit de humer mon haleine.

Nous tirâmes nos chaises, et Molly vint nous apporter le dîner.

– Cela ne me paraît guère convenable.

Molly sortit en réprimant un sourire. Elle nous avait servi des œufs à la coque et des pommes de terre froides.

– Comment s'est passée votre journée ? demandai-je.

Sidney Grice souffla sur la salière pour la nettoyer.

– De manière très satisfaisante.

– C'est-à-dire ?

Il posa bruyamment la salière sur la table.

– Vous n'aurez pas oublié que j'ai donné deux jours à Pound pour trouver sir Randolph et qu'il est revenu absolument bredouille.

Il sala son assiette.

– Par conséquent, j'ai eu un petit entretien avec le ministre moi-même, cet après-midi.

– Vraiment ?

Je me versai un verre d'eau.

– Vraiment.

Sidney Grice étala sa serviette sur ses genoux.

– Je lui ai rappelé qu'Ashby avait eu un procès équitable et que les rodomontades de Brewster-le-Saint n'étaient autres que des rumeurs non corroborées et ne pouvaient en aucun cas constituer un témoignage valable. J'ai souligné que l'ordre public était en jeu et que l'affaire devait être résolue dans les meilleurs délais. Sir William en a convenu, et l'exécution doit être fixée à après-demain. D'ailleurs, il me devait une faveur.

Sidney Grice tapota l'un de ses œufs avec sa cuillère.

– Vous considérez la pendaison de William Ashby comme une faveur personnelle ?

– Bien sûr !

Mon tuteur renversa ses œufs écalés sur son assiette.

– Toute la chose est affreusement gênante.

– Il doit donc mourir pour vous éviter l'humiliation ?

Sidney Grice hocha joyeusement la tête.

– J'aimerais tant assister à l'événement en personne !

– Mais pourquoi ? m'exclamai-je.

– S'il y a quelqu'un qui a aidé Ashby à monter au gibet, c'est bien moi, tout de même ! Et j'aimerais voir mon œuvre achevée, expliqua-t-il avec son horrible sourire.

– Cela vous procurerait-il de la joie ?

– Pourquoi pas ?

Il écrasa les œufs sur les pommes de terre, ajouta du poivre et encore du sel en passant plusieurs fois au-dessus de son assiette.

– Mais cet homme va mourir !

– Vous lui donnez bien plus de considération qu'il n'en a eue pour son épouse. Sans parler des souffrances de la mère.

– Êtes-vous donc si sûr de vous ?

– L'homme est un meurtrier sans pitié, March. Douze hommes bons et honnêtes en ont donné la preuve.

Mes œufs avaient coagulé pour former des filaments jaunes autour des pommes de terre d'un jaune plus pâle. Sidney Grice attaqua son dîner et ouvrit son livre.

– Vous devriez lire ceci, dit-il en le relevant brièvement. C'est fascinant. Il semblerait qu'un dentiste américain du nom de Soutchwick a mis au point une méthode pour exécuter les criminels en les électrifiant. Cela a l'air assez amusant.

Je repoussai mon assiette sur le côté.

– N'avez-vous donc pas faim ?

– J'ai la nausée, répondis-je.

– Vous devriez essayer de fletcheriser vos aliments. Prenez de petites portions et mastiquez-les trente fois avant de les avaler. Horace Fletcher préconise cent fois, mais je pense que trente suffisent. Cela améliorera votre digestion et peut-être aussi votre caractère.

Il s'essuya la bouche.

– Ce n'est pas ce tas de boue qui passe pour de la nourriture qui me rebute, dis-je, mais le monstre qui se fait passer pour un être humain.

Sidney Grice posa sa serviette sur la table et déclara presque tendrement :

– Je comprends parfaitement, March, mais il faut essayer de ne pas vous en faire : le monde en sera débarrassé dans trente-six heures.

Je m'emparai de ma carafe et la lui lançai à la tête. En général, je suis plutôt bon tireur, mais je ne pris pas le temps de viser. Mon tuteur contempla le verre brisé sur le sol et l'eau qui gouttait le long de la tapisserie.

– Vous auriez eu une meilleure précision avec le verre, dit-il.

Et il se replongea dans son livre.

J'ai vu pendre un homme, une fois. À Bombay. Mon père m'avait emmenée. J'avais entendu dire que l'homme était un mutin indien et j'avais déclaré qu'il méritait de mourir.

N'avait-il pas prêté serment à la reine et trahi son serment ?
On amena l'homme sur la place, chaînes aux mains et aux pieds, seulement vêtu d'un pagne. Il traînait les pieds en s'efforçant de rester à la hauteur des gardes. Il paraissait si petit et il pleurait. Au pied de la potence, il s'arrêta et tomba à genoux. Les gardes glissèrent chacun un bras sous les siens et le relevèrent. Ses pleurs s'étaient transformés en gémissements. Ils le déposèrent sur la trappe et glissèrent un nœud coulant autour de son cou.
– A-t-il mérité cela ? interrogea mon père.
– Combien de personnes a-t-il tuées ?
– S'il en a tué dix, a-t-il mérité cela ?
– Oui.
Je détournai les yeux, mais mon père m'ordonna de regarder. Le bourreau tira sur un levier, l'homme tomba et son corps fut agité d'un soubresaut tandis que la corde se tendait. Alors, il commença à lutter. Il porta les mains à sa gorge, mais la corde s'enfonçait dans sa chair et il ne pouvait glisser ses doigts dessous. Ses jambes se débattaient. Il se balançait d'un côté à l'autre.
– A-t-il mérité cela ?
Je fus incapable de répondre.
L'homme agitait les jambes comme un coureur, mais il ne rencontrait que l'air, et les badauds se mirent à rire. Il se souilla et les rires gonflèrent, les sarcasmes fusèrent de toutes parts.
– Non, dis-je.
Le pendu finit par s'épuiser. Il ralentit et s'affaissa. Il laissa retomber ses mains devant lui

et ses jambes se mirent à pendre. Sa poitrine palpita une dernière fois et il se relâcha.
– Il a craché sur un officier, dit mon père. Si ses camarades disent vrai, il mâchait des feuilles de bétel et il était en train de cracher lorsque son capitaine vint à passer. Les hommes d'équipage se mirent à rire, et le capitaine, qui se sentait humilié, décida de porter l'affaire devant la justice. C'était la parole d'un capitaine de vaisseau anglais contre celle d'un mousse indigène jugée par des officiers anglais. Je suis désolé d'avoir dû te faire subir une telle expérience, mais tu viens d'apprendre la leçon la plus importante qu'il te sera donné d'apprendre. Personne n'a le droit de décider de la mort d'un autre. Le condamner à la prison pour toujours s'il le faut. Mais décider de son espérance de vie ? Seul Dieu possède ce droit.

J'attrapai mon verre et le jetai aussi.

27

La veillée

Dans sa longue soutane blanche ornée de son étole verte, le père Brewster vint me saluer au moment où je pénétrais dans l'église.

– Je dois vous préciser que je ne suis pas catholique, mon père.

Il sourit.

– Vous êtes d'autant la bienvenue. Asseyez-vous où vous le souhaitez et mettez-vous à l'aise du mieux que vous le pouvez. La nuit va être longue si vous choisissez de demeurer avec nous jusqu'au bout.

Sur les bancs, il y avait déjà environ deux cents personnes, la plupart pauvrement vêtues ; la plupart étaient des femmes, plusieurs avec des enfants.

Je m'installai à l'extrémité d'un banc, au fond, pour être seule. On avait placé une horloge debout à côté de l'autel et elle marquait minuit moins cinq minutes. Le père Brewster retourna dans la nef, se pencha pour parler à quelqu'un qui se leva et se tourna vers moi. Je reconnus Grace Dillinger. Grande et élégante, elle était entièrement vêtue de noir et venait droit sur moi. Elle n'avait pas de chapeau, mais une voilette noire lui retombait sur les yeux en laissant toutefois deviner son visage blême.

– Mademoiselle Middleton.

Je me levai et elle me tendit la main pour presser légèrement la mienne.

– Appelez-moi March.

– Dans ce cas, ce sera Grace. Je vous remercie d'être venue.

Ses yeux affichaient une expression éteinte que je n'avais vue que chez les êtres qui étaient sur le point de rendre l'âme.

– Je n'étais pas certaine d'être la bienvenue après ce que mon tuteur vous a fait subir et le rôle que j'ai joué en le persuadant de prendre l'affaire en main.

Grace Dillinger me toucha le bras.

– Vous serez toujours la bienvenue. Vous n'avez agi que par bonté d'âme.

Un homme mal fagoté, d'une vingtaine d'années, entra et laissa tomber une pièce dans la fente d'une boîte en fer noire.

– Devons-nous payer l'entrée ? demandai-je.

– Non, il allume simplement un cierge. C'est une petite offrande à l'église et à Dieu que l'on fait dans une intention spéciale.

– Puis-je ?

Je plaçai une pièce de six pence dans la fente.

– Un penny aurait suffi, dit Grace.

– Alors, vous accepterez peut-être d'en allumer un avec moi.

Les chandelles avaient la grosseur d'un crayon et, à la flamme de la mèche, je vis sa main trembler. Je posai la mienne par-dessus pour la rassurer.

– Oh ! March !

Sa voix faiblit, mais elle poursuivit :

– J'ai si peur pour lui !

Elle ferma brièvement les yeux, mais, dans l'éclairage doré, je perçus l'éclat des larmes à travers la voilette. Nous enfonçâmes nos cierges dans des piques prévues à cet effet. Grace déglutit avant de dire :

– Voulez-vous bien vous asseoir un moment avec moi ?

– J'ai l'impression d'être une intruse.

– Vous êtes bonne et, ce soir, nous avons grand besoin de bonté.

Nous longeâmes la nef, et tous les yeux se tournèrent vers nous lorsque je me glissai sur le premier banc à côté de Grace. J'ouvris un livre de prières à la page marquée d'un ruban rouge, mais je ne voyais pas les mots. Mon regard se portait au-delà, dans la terre vaine de la souffrance humaine.

L'horloge sonna minuit et, au dernier coup, le père Brewster déclara :

– Il y a mille huit cent quarante-quatre ans, un autre innocent attendait l'heure de son exécution. Il demanda à ses disciples de veiller et de prier. Était-il possible, supplia-t-il, qu'il ne bût pas le calice des souffrances injustes ? Dans le cas contraire, il se plierait à la volonté de son Père. Il se plia et par sa mort racheta nos âmes. Et nous te supplions, Père miséricordieux, bien que nous ne puissions connaître ta volonté, s'il t'est possible de sauver notre pauvre frère en Jésus-Christ, William Ashby, d'un destin aussi cruel. Comme Jésus enjoignit ses disciples en Gethsémani, laisse-nous, en obédience à sa sainte volonté, rester éveillés et dire le rosaire ensemble.

Nombre des membres de la congrégation sortirent alors des chapelets auxquels était pendue une croix et entamèrent la prière à Marie. Ils la récitèrent à dix reprises avant de passer à la prière à Notre Père, mais en omettant la fin pour continuer par une courte prière qui commençait par « Gloire soit ». Ensuite, ils recommencèrent.

Je restai assise en silence à contempler les mains qui comptaient les perles et à écouter les aiguilles qui comptaient les minutes dans le chant régulier des prières. Je n'eus pas conscience de m'endormir, mais je me réveillai brusquement face à Jésus-Christ sur la croix, au-dessus de l'autel et d'une chandelle dans une coupe en verre rouge, son corps tordu et lacéré, mais son expression sereine.

– Mes frères et sœurs en Jésus-Christ, disait le père Brewster. L'aube s'est levée.

Je regardai l'horloge : il était sept heures. La lumière du matin filtrait par le grand vitrail situé du côté est et projetait des couleurs sur les visages tournés vers le ciel.

– Et puisque nous n'avons pas de nouvelles, nous devons nous résoudre : la sentence a été exécutée.

À côté de moi, Grace était à genoux, la tête appuyée sur ses mains jointes.

– Non, murmurait-elle, non. Je vous en supplie, mon Dieu, non.

– J'ai écarté le vert de l'espoir, ajouta le curé, pour la pourpre de la Passion de Notre-Seigneur. Car il nous faut à présent accepter qu'il ait emporté William Ashby dans la demeure de son Père.

Je vis qu'il avait retiré son étole.

Une longue plainte déchira le silence.

– Nooon ! hurlait Grace, les yeux levés vers le plafond.

– Nous allons recommander son âme...

– Non ! répéta-t-elle en jetant son missel sur l'autel. À l'éternel amour sans limites !

Le visage figé en un désespoir insondable, Grace Dillinger se leva.

– Que Dieu les damne tous autant qu'ils sont ! lâcha-t-elle avant de se précipiter dehors.

J'étais sur le point de la suivre lorsque le père Brewster leva la main.

– Dieu la retrouvera, la réconfortera et la ramènera dans le droit chemin.

Je ne pus prononcer un seul mot tant le dégoût me brûlait la gorge.

28
L'exécution

Sidney Grice était sorti lorsque je regagnai la maison. Il était parti tôt pour suivre une piste concernant le vol d'un cheval de course, me dit Molly.

Son tablier était taché de suie. Elle me demanda si je souhaitais prendre le petit-déjeuner. Je lui répondis que non, mais je lui réclamai du thé.

J'allai m'installer avec ma tasse dans le petit jardin et fumai ma première cigarette de la journée sous le cerisier. Je remis ensuite mon manteau pour aller jusqu'à Tavistock Square et j'en fumai une deuxième, ce qui déclencha l'ire d'un gentleman coiffé d'un haut-de-forme. Je flânai jusqu'aux grands magasins Brown & Fils et achetai un paquet de cigarettes Empire Willett.

– Horrifiante exécution ! clamait le marchand. Horrifiante exécution ! Tous les détails les plus crus. Avec des dessins illustrés ! Horrifiante exécution.

Je n'avais pas assez d'argent pour le journal, mais j'aurais eu cent souverains dans ma bourse que je ne l'aurais pas acheté. Je me hâtai jusqu'à Torrington Place pour rentrer à Gower Street, juste à temps pour voir mon tuteur descendre d'un cab et monter vivement les marches du perron.

Lorsque j'entrai, Molly prenait son manteau.

– Apportez-moi du thé, dit-il. Très corsé !

Il jeta sa canne dans le porte-parapluie et s'élança vers son cabinet de travail. La cloche retentit.

– Quel gâchis ! s'écria-t-il. Les voleurs qui avaient enlevé Nightjar lui ont cassé la jambe et il a fallu l'achever.

– Vous vous souciez d'un animal un jour comme aujourd'hui ?

– S'il avait été en vie, il m'aurait rapporté cinquante guinées.

– Et cent vingt-cinq livres sterling pour envoyer William Ashby à la mort ! dis-je en tournant les talons.

J'étais à mi-hauteur de l'escalier lorsque j'entendis la voix de l'inspecteur Pound dans le vestibule. Pendant que Molly prenait son manteau, je me tournai et vis qu'il avait le visage gris. Il ne leva même pas les yeux dans ma direction avant de marcher vers le bureau.

Je redescendis et ouvris la porte si vite que l'inspecteur était à peine en train de se laisser tomber dans un fauteuil lorsque j'entrai. Il se releva pour me saluer.

– Vous avez l'air bien pâle, inspecteur, dis-je.

– Il allait me raconter ce qui avait mal tourné lors de l'exécution, commenta mon tuteur.

– Pourquoi ? Que s'est-il donc passé ?

– Du travail d'amateur !

L'inspecteur tira sur ses moustaches avant de continuer.

– Jamais vu pire et, pourtant, j'en ai vu, des pauvres gars ! Il faut néanmoins reconnaître qu'Ashby s'est placé sur cette trappe avec autant de dignité que possible. Il n'avait pas du tout l'air bien à cause de son typhus, mais il a marché vers la potence sans aide. Bien entendu, il a fait tout ce discours sur son innocence, il fallait s'y attendre. Le chapelain a débité ses prières, la sentence a été proclamée, tout le monde s'est reculé et le bourreau a tiré sur le levier, mais rien. La trappe n'a pas voulu s'ouvrir. Le bourreau a sauté dessus, et ils ont même demandé à Ashby de se joindre à lui, mais rien à faire. Elle était bel et bien coincée. Ils ont dit à Ashby de s'écarter et ont fait appeler un charpentier. Le bois avait gonflé et il a dû le raboter. Ensuite, c'est le bourreau qui a commencé à faire des histoires en disant qu'il avait été retardé et qu'il s'était fié à son assistant pour évaluer le condamné, mais, apparemment, le cou d'Ashby était plus fort que ce qu'on lui avait laissé entendre et il estimait que la corde n'était pas suffisamment longue. Il semblerait qu'il y ait en ce moment une véritable guerre entre les partisans des cordes courtes, les étrangleurs, et les adeptes des cordes longues, les briseurs de cou. Le bourreau préconisait une mort rapide et refusait de travailler avec une corde trop courte. Il fallut vingt bonnes minutes pour en dénicher une et, pendant tout ce temps, Ashby n'a eu d'autre choix que de rester debout à les écouter se quereller avec le charpentier qui rabotait les planches et qui essayait le levier. Finalement, ils l'ont remis sur la trappe et ils ont glissé le nœud coulant autour de son cou. Le pasteur a répété ses fadaises et tout le monde a reculé. Le bourreau a tiré le levier, mais la trappe n'est descendue que de trente centimètres. Ashby a trébuché et s'est coincé la jambe dans le trou. Comme il commençait à suffoquer, ils l'ont décoincé et ont appelé le charpentier en lui demandant de raboter davantage le bois. Ils ont remis Ashby sur la trappe, mais les gens commençaient à s'agiter et à dire que sa sentence devait être commuée en emprisonnement à perpétuité. Alors, le directeur de la prison a envoyé quelqu'un demander l'avis du ministre de l'Intérieur, et William Ashby a dû patienter encore une heure au moins, jusqu'à ce qu'on retrouve Vernon Harcourt, le ministre, en train de flâner à cheval dans Rotten Row, le coin de la haute dans le sud de Hyde Park. Apparemment, il était furieux qu'on l'ait dérangé et a déclaré qu'ils n'avaient qu'à en finir. Lorsqu'on a annoncé la nouvelle à Ashby, ses nerfs ont lâché. À sept heures et cinquante-cinq minutes passées, c'est un homme qui se débattait frénétiquement en hurlant que l'on remit en place. Cette fois, la trappe s'ouvrit si brusquement que le choc décapita Ashby. L'assistant du bourreau s'évanouit et plusieurs autres représentants officiels se trouvèrent mal.

– Excellent !

Sidney Grice applaudit.

– Pourquoi ? demanda l'inspecteur Pound.

– Il a eu droit à son propre traitement, expliqua mon tuteur. Où est la sanction ou la dissuasion si le coupable ne souffre pas ?

– Quel genre de gens protégeons-nous s'il souffre ? demandai-je.

– Je vous ai déjà déconseillé la lecture des ouvrages de philosophie, dit Sidney Grice en souriant. Ils vous farcissent la tête d'idées et, chez l'individu de sexe féminin, les idées risquent trop aisément de conduire au déséquilibre mental. Ce n'est pas là mon opinion, mais les conclusions d'années de recherches scientifiques menées par les médecins de l'Hôpital royal de Bedlam pour les aliénés.

– Sans doute ont-ils davantage besoin de traitement que leurs patients, répliquai-je.

Mon tuteur laissa échapper un soupir.

– Le plus étrange, intervint l'inspecteur, c'est

qu'Ashby a continué à affirmer que la mort de sa femme était un accident.

– Heureux accidents ! Mais je vois que vous êtes un peu ébranlé par l'expérience, inspecteur. Vous avez besoin de boire un bon petit remontant qui vous permette d'oublier tout ça. Molly, appela-t-il, du thé !

29

La pitié

Une semaine avait passé depuis l'exécution, et Sidney Grice semblait quelque peu réservé. Au moment des repas, il me parlait encore moins qu'à l'accoutumée et, entre deux, il se plongeait dans ses dossiers. On fit appel à lui pour une affaire de police d'assurance frauduleuse et il m'emmena sur la scène du prétendu cambriolage, mais, sinon, nos vies devinrent des plus routinières.

C'est un mardi matin que l'inspecteur Pound nous rendit à nouveau visite. Je le conduisis dans le cabinet de travail et lui expliquai que mon tuteur était aux funérailles d'un ami, mais qu'il allait rentrer bientôt.

– J'ignorais qu'il avait des amis, commenta l'inspecteur Pound en s'approchant de la fenêtre de la rue.

– N'êtes-vous pas son ami ?

– J'ai une bonne opinion de ses talents d'enquêteur.

L'inspecteur regarda à travers le panneau ajouré qui protégeait les fenêtres de la rue.

– Venez donc voir ça !

Je le rejoignis à temps pour voir passer un attelage fermé, dont la porte s'ornait d'un écu héraldique et n'emportait qu'un seul passager, un jeune homme arrogant au menton fuyant et coiffé d'un haut chapeau en soie.

– C'est Edwin lord Worlington. C'est probablement

le plus beau parti d'Angleterre et, partant, du monde. Mais il n'a pas encore choisi d'épouse.

– Je suppose que son regard amphibien n'aide pas.

L'inspecteur Pound se mit à rire.

– Une rente de plus de quarante mille livres inciterait la plupart des femmes à négliger ce détail.

– Et vous ? Je crois me souvenir que vous avez dit vivre avec votre sœur. N'avez-vous point d'épouse ?

– Non.

Il se tourna et me dévisagea avant d'ajouter :

– Il est d'ailleurs bien dommage que vous soyez si pauvre et si ordinaire. Et encore plus dommage que vous ayez autant d'esprit et d'intelligence, mademoiselle Middleton, car vous auriez fait une épouse honorable. Monsieur Grice lui-même verrait peut-être son caractère s'améliorer s'il se mariait.

– Je n'arrive pas à l'imaginer avec une femme, dis-je en riant.

– Mais, dit l'inspecteur en relevant les sourcils, j'avais entendu dire qu'il avait été fiancé.

– Vraiment ? Qui était l'heureuse élue et que s'est-il passé ?

L'inspecteur Pound haussa les épaules.

– Je ne sais rien de plus. Elle a sans doute pris la fuite hors du pays.

Je ris avant de poursuivre :

– Je suis donc si ordinaire ?

– Je parierais que vous n'avez jamais reçu de baiser ?

– Vous l'emporteriez.

Il se pencha vers moi juste au moment où la cloche de l'entrée retentissait.

Mon tuteur nous trouva assis près du feu. Il avait

revêtu un costume noir, et ses cheveux étaient plaqués sur son crâne.

– Avez-vous été surpris par la pluie ? demandai-je.

– C'est plutôt moi qui surprendrais la pluie que le contraire, rétorqua-t-il. J'étais tout à fait prêt.

– Pas au point de disposer d'un parapluie, dit l'inspecteur Pound.

Les deux hommes échangèrent une poignée de main, et mon tuteur frissonna.

– J'ai horreur des parapluies : de grandes ailes noires qui volent au-dessus de ma tête. C'est l'une des quatre choses qui me terrifient.

Il tira sur le cordon de la sonnette.

– Eh bien, inspecteur, comme je suppose que vous n'avez aucune envie de rendre visite à mademoiselle Middleton, vous êtes venu pour une affaire de police.

L'inspecteur Pound hocha la tête.

– Souhaitez-vous que je vous laisse ? demandai-je.

– Cela peut vous intéresser aussi, répondit l'inspecteur, même si je préférerais que cela n'intéresse personne.

– Que voulez-vous dire ? demanda Sidney Grice en tirant une chaise face au feu.

– Ce n'est probablement rien, dit l'inspecteur, mais vous souvenez-vous de la description que William Ashby a faite de l'Italien qui a acheté la dague ?

Sidney Grice plissa les yeux et il se pencha en avant.

– Bien entendu, dit-il simplement. Où est mon thé ? ajouta-t-il en s'adressant à Molly qui venait d'entrer.

– J'allais l'apporter quand vous avez sonné, monsieur.

– Alors, pourquoi ne l'avez-vous pas apporté ?

– Je croyais qu'il y avait urgence, monsieur.

Mon tuteur claqua des doigts en direction de Molly.

– Je ne vous paie pas pour croire, jeune fille du sous-prolétariat. Si c'était le cas, je demanderais à être remboursé. À partir de maintenant, je vais employer un code : un coup de sonnette pour « Venez tout de suite », deux coups pour « Servez le thé », trois coups pour « Remplissez ma flasque ». Est-ce bien clair ?

– Je crois..., heu... Je m'excuse, monsieur. Oui, monsieur.

– Allez chercher le thé.

– Oui, monsieur, mais que dois-je faire si vous sonnez quatre coups ?

– Tout de suite !

Molly fila sans demander son reste.

– Comment voulez-vous qu'elle vous comprenne ? dis-je. Vous devez lui paraître si peu rationnel.

– Je suis parfaitement rationnel, dit mon tuteur en claquant des mains. Injuste, méchant et grossier, je vous l'accorde, mais mes capacités de raisonnement ne m'ont jamais fait défaut.

Il ajusta le mouchoir noir de sa pochette et se retourna vers notre visiteur.

– Eh bien, nous avons eu un rapport du commissariat de Paddington dans Bow Street, expliqua l'inspecteur Pound. Un détail, s'il en est, mais il semblerait qu'un gamin des rues soit allé dans la boutique d'un usurier dans Star Street pour lui proposer une perruque.

– Mais...

– Et alors ? coupa Sidney Grice.

– Ce n'est probablement qu'une vétille, mais le prêteur a eu des soupçons parce qu'il s'agissait d'un modèle onéreux, et il a appelé un agent.

L'inspecteur Pound hésita.

– Il s'agissait d'une perruque très bouclée de cheveux d'un roux très vif.

– Et, donc, vous en concluez que ce fait vient étayer le conte fantastique d'Ashby ?

– C'était une idée, se défendit l'inspecteur Pound.

– Une idée absurde. Où…

L'œil de mon tuteur tomba et il le remit en place dans le même mouvement.

– … est donc ce bon à rien, à présent ?

L'inspecteur eut l'air mal à l'aise.

– Nous l'avons emmené au poste.

– Bien, puisque je n'ai rien d'autre à faire.

Sidney Grice fit tourner son œil avec son doigt.

– Allons lui rendre visite.

Molly revint en chancelant sous le poids du plateau.

– Connaissez-vous le dicton « Mieux vaut tard que jamais » ? lui demanda mon tuteur.

– Oui, monsieur.

– C'est un mensonge inventé par les serviteurs paresseux. Vous arrivez *trop tard*, emportez-moi ça !

La lèvre de Molly trembla.

– Oui, monsieur.

Sidney Grice s'empara de sa canne.

– Vous feriez mieux de vous joindre à nous, March. À rester assise à ne rien faire, vous finissez par avoir l'air vraiment très ordinaire.

30

De l'ébullition des os

C'était la même salle d'interrogatoire, avec le même agent derrière la même chaise, mais, cette fois, celui qui occupait la place n'était qu'un petit bonhomme vêtu d'une blouse noire de crasse.

– Tu te lèves lorsqu'un monsieur et une dame entrent dans la pièce ! ordonna l'agent.

L'enfant se leva avec circonspection. Son pantalon trop grand pour lui était coupé et retenu sur ses hanches osseuses par un morceau de corde effilochée, et ses jambes étaient arquées par le rachitisme. Grosse et carrée, sa tête était également caractéristique de la maladie.

– Assis ! aboya le policier en le poussant.

– Cessez de le malmener ! m'écriai-je.

L'agent le bouscula.

La perruque gisait sur la table comme un animal défunt. Sidney Grice se dirigea droit sur elle et s'en empara.

– Où as-tu trouvé cela ? demanda-t-il.

Le gamin renifla.

– J'l'ai dit au viandard et j'l'ai dit au condé que j'l'ai trouvée dans l'canal.

– À quel endroit ?

– Derrière Factory Street, que j'vous dis. Servez-vous d'votre museau. Ça pue quand y font bouillir les os. J'vois un truc qui dépasse près d'une vieille péniche à charbon et j'me dis que ça peut valoir le coup. J'savais pas qu'c'était les bijoux d'la Couronne.

L'inspecteur Pound commenta en riant :

– Et voilà tout ce que nous avons réussi à obtenir de lui ce matin.

Sidney Grice se retourna vers l'enfant.

– As-tu déjà eu des ennuis avec la police ?

– J'savais pas qu'j'avais des ennuis, répondit le garçon. J'ai rien fait, moi. J'ai juste pêché un vieux machin et j'veux la récompense. Vous croyez p'têt' que vous allez la garder pour vous, mais l'est à moi.

– Sais-tu qui je suis ?

Le garçon haussa les épaules.

– Je suis Sidney Grice, dit Sidney Grice. À présent, sais-tu qui je suis ?

Le garçon leva les yeux.

– Z'êtes le gars qui s'occupe de chasser les gens.

La bouche de Sidney Grice se tordit.

– Je suis bien ce gars-là, dit-il, et si, au cours de ma chasse, je découvre que tu m'as menti, ce seront tes os que l'on fera bouillir dans cette fabrique la prochaine fois.

– J'mens pas, j'vous jure, m'sieur Grice.

– Si je découvre que si, répéta lentement Sidney Grice en le fixant, je te *pourchasserai* jusqu'au fin fond du monde, quelle que soit la vitesse à laquelle tu cours, quel que soit l'endroit où tu vas, même si je dois traverser les océans, même si je dois fouiller la moindre rigole ! C'est un fait : je trouve toujours ce que je *chasse*.

Malgré son air troublé, le garçon dit simplement :

– J'peux m'en aller ?

– Comment t'appelles-tu ? lui demandai-je.

– Albert, m'dame. À cause du prince qu'est mort.

– Tu as besoin de lait, lui dis-je.

Je lui glissai un shilling dans la main.

– Dieu vous garde, m'dame, dit-il.

L'inspecteur lui attrapa le poignet.

– Albert, rends sa broche à la dame !

– Elle a dû tomber.

Albert ouvrit les doigts pour faire apparaître la broche en camée de ma mère sur sa paume malpropre.

– Tu as deux possibilités, déclara l'inspecteur Pound. Un : tu restes ici et nous t'arrêtons. Deux...

– J'prends la deux ! lança Albert avant de disparaître par la porte.

– Sacré garnement, commenta l'inspecteur Pound.

– Il mourra dans le ruisseau ou sur le gibet, dit Sidney Grice avant de tourner les yeux vers la perruque. Il y a une étiquette sur la doublure, ici... C'est délavé, mais je pense que je peux la déchiffrer.

Il leva la perruque dans la lumière.

– Oui, SIMON GRAVE – PERRUQUES, lut-il. Puis-je vous l'emprunter, inspecteur ?

L'inspecteur Pound agita la main en l'air.

– Aussi longtemps que vous le souhaitez, monsieur Grice, mais...

Sa bouche semblait lutter pour garder son sérieux.

– ... je n'aurais jamais cru que c'était votre style.

– Je n'ai pas de style, inspecteur, vous devriez le savoir, désormais, répliqua Sidney Grice.

Lorsque nous sortîmes, de grosses gouttes se mirent à tomber à verse et il n'y avait pas un seul fiacre en vue.

31
La boutique du perruquier

La boutique du perruquier fut difficile à trouver. Il n'y avait pas de panneau pour indiquer la rue ou de numéro au-dessus des portes, et la vitrine était fermée par des planches, ce qui fit que nous passâmes devant à deux reprises en pensant que les lieux étaient abandonnés avant de comprendre qu'il s'agissait de notre destination.

– Ils ne cessent de la briser, et monsieur Grave ne peut pas se permettre de la réparer chaque fois, expliqua M. Grave, le propriétaire.

Sidney Grice lui montra la perruque.

– Comment monsieur Grave pourrait-il oublier celle-là ? demanda M. Grave en la prenant et en rectifiant les boucles. La plus grosse tête qu'il ait jamais vue. Il voulait une paire de moustaches assorties. Un gentleman pointilleux aussi. Enfin, vous savez comment ils sont.

– Qui ? demanda Sidney Grice.

– Ces théâtreux.

– C'était un comédien ? demandai-je.

M. Grave secoua la tête en grimaçant :

– Elle n'a pas été bien traitée du tout. Tombée dans une flaque de boue, n'est-ce pas ? Quel crime que... !

Sidney Grice frappa de sa canne sur le comptoir.

– Avez-vous son nom ?

– Non.

M. Grave jouait avec la perruque d'un air maussade.

– C'est vraiment dommage pour la perruque, dis-je. Elle devait être très belle lorsque vous l'avez fabriquée. Avez-vous une idée de l'identité de l'homme ?

– Oh ! monsieur Grave savait parfaitement qui c'était.

M. Grave renifla la perruque, et sa mine s'allongea.

– Il ne connaît pas son nom, c'est tout.

– Oh ! pour l'amour de... ! s'écria Sidney Grice.

– Monsieur Grave vous l'a dit : c'était l'un de ces espingouins du théâtre.

– Que voulez-vous dire par « espingouins » ? insistai-je. Un Italien ou un Espagnol ?

– Un espingouin est un espingouin, dit M. Grave. Quelle différence ?

– Les Espagnols « parleeunt commo ça » alors que les Italiens « paaarlent cooomme çaaa ».

– C'est aussi mauvais que votre accent des faubourgs, marmonna mon tuteur.

– Le deuxième, dit M. Grave. Il était dans cette comédie musicale de ritals, au théâtre de Drury Lane. Le rigolo.

– *Rigoletto*, dis-je.

– Oui, c'est ça.

– Vous êtes sûr qu'il était italien ?

– Bien sûr, aucun Anglais ne porterait pareille perruque ! À ce propos, j'espère que vous n'en voudrez pas à monsieur Grave de vous dire que cet article que vous avez sur la tête n'a pas une allure très naturelle, monsieur. Monsieur Grave pourrait vous en fabriquer une très bien pour vingt guinées.

– Mais ce sont mes cheveux ! s'exclama Sidney Grice.

– Vous arrivez peut-être à tromper votre jeune dame, mais vous ne tromperez pas un professionnel.

M. Grave tendit une loupe vers le front de Sidney Grice avant d'ajouter :

– Monsieur Grave a vu qu'elle avait glissé en arrière depuis le moment où vous êtes entré.

– Je ne porte pas de perruque, je vous dis.

– Laissez monsieur Grave vérifier.

Il tendit la main, mais Sidney Grice fut plus rapide et la repoussa de sa canne.

– Si vous touchez mes cheveux...

– Merci pour votre aide, monsieur Grave, coupai-je. Nous ferions mieux de vous laisser travailler.

– Monsieur Grave comprend, dit-il. Vous essayez de vous faire paraître plus jeune pour les beaux yeux de votre jeune dame. Revenez sans elle et monsieur Grave vous proposera quelque chose de plus réaliste.

Sidney Grice lui arracha la perruque.

– Bonne journée ! lança-t-il en tournant les talons.

– Voudriez-vous que je la nettoie ? demanda monsieur Grave.

– J'aimerais que vous ayez un accident digne de votre nom, monsieur Grave. Venez, mademoiselle Middleton.

Une fois dehors, mon tuteur me foudroya du regard.

– Ce n'est absolument pas drôle !

Moi, il me semblait que ça l'était.

32
Les ailes brisées

Le Nouveau Théâtre de Gloucester était tout sauf neuf. Sa caractéristique la plus récente était la peinture, qui déversa une pluie d'écailles rouge sang lorsque Sidney Grice tapa trois fois avec le heurtoir représentant le visage de la Tragédie.

– Cela me paraît désert, dis-je au moment où un panneau dans la porte s'ouvrait sur un homme de très petite taille.

Il était si potelé qu'il devait être rond.

– Vous êtes en retard, déclara-t-il en nous laissant pénétrer dans un grand foyer de théâtre poussiéreux.

– Nous ne sommes pas attendus, précisa Sidney Grice.

L'homme en forme de boule le regarda de haut en bas.

– Vous n'êtes donc pas les Vaches comiques ?

Mon tuteur leva sa canne.

– Comment osez... ?

– Ni comiques ni vaches, coupai-je. Pouvons-nous vous dire un mot ?

– Alors, qui êtes-vous ?

Mon tuteur s'avança.

– Je suis Sidney Grice, le détective personnel. Êtes-vous le directeur de cet établissement ?

– Si vous êtes venu m'arrêter, non. Sinon, c'est possible.

Mon tuteur ouvrit sa sacoche et en sortit un sac en papier brun.

– Je suis à la recherche du propriétaire de ceci.

Il sortit la perruque.

– Et j'ai des raisons de croire qu'il a joué un rôle dans votre récente production du mélodrame mortel de ce Verdi.

– Pas un rôle, précisa le directeur en tirant un mouchoir jaune vif, mais *le* rôle. Ce couvre-chef est celui de Rigoletto soi-même. Ce fut notre plus gros succès avant qu'il ne file et nous laisse dans la panade.

– Vous souvenez-vous de son nom ? demandai-je.

– Comment pourrais-je l'oublier ? répondit-il en s'essuyant les mains sur le mouchoir.

– Quel était-il ? aboya Sidney Grice.

– James Hoggart.

– Hoggart ne sonne pas italien, commenta mon tuteur.

– Pas plus que lui, convint le directeur.

Il s'appuya contre un pilier en faux marbre pour se reculer aussitôt que le pilier se mit à vaciller.

– Il n'est donc pas italien, dis-je.

– Il n'était pas plus italien que moi. Et je ne suis pas italien, dit le directeur. Il avait cependant tendance à parler comme eux. Il prétendait que cela lui donnait l'air plus naturel sur scène.

– Le connaissiez-vous bien ? insistai-je.

– Suffisamment pour ne pas avoir envie de mieux le connaître.

Le directeur s'empara d'un balai tout en continuant.

– C'était un sacré bon Rigoletto... Il avait une voix

à vous arracher les boutons de votre chemise. Et il jouait mieux que tous les autres comédiens, mais il ne devait pas être heureux.

L'homme posa le balai, qui n'avait pas dû être utilisé souvent, contre une photographie autographiée accrochée au mur.

– Je suppose que non, dis-je.

– Vous avez donc une imagination précise et exacte, mademoiselle, dit le directeur. « Non » est bien le mot. James Hoggart n'était pas un homme heureux, non. Sa loge n'était pas assez chauffée et il voulait absolument qu'on y fasse du feu. Ensuite, il déclare que le feu fait trop de fumée et qu'il faut ramoner la cheminée. Puis il veut des lys frais tous les jours. Après, il explique que le pollen le fait éternuer et qu'il faut les remplacer par une coupe d'eau de lavande placée juste sous le miroir. Et apprenait-il son texte comme tout le monde ? L'apprenait-il ?

Il écarta les bras d'un geste brusque.

– Je devine que non, dis-je.

Le type s'empara à nouveau du balai avant de le reposer.

– Vous êtes vraiment excellente aux devinettes, mademoiselle. Auriez-vous des tuyaux pour la course de deux heures trente ?

– Ailes-Brisées doit valoir un shilling pour chaque course à six contre un, lui dis-je.

Sidney Grice me lança un regard et dit :

– Savez-vous où se trouve ce James Hoggart ?

– Mort, répondit le directeur, et enterré pour ce que j'en ai à fiche. Mais il y a pas mal de gens qui aimeraient le retrouver. Je n'ai jamais rencontré un type qui aimait autant jouer et qui se débrouillait si bien pour perdre. Il doit de l'argent à tous les bookmakers de ce côté de la Manche anglaise, sans parler des boutiquiers et des patrons de taverne qu'il a convaincus de lui ouvrir une ardoise. Après ça, il s'est adressé aux prêteurs sur gages. C'est là que les choses ont commencé à mal tourner.

– Vous n'avez donc pas entendu parler de lui depuis qu'il a disparu ? demandai-je.

– Pas un murmure de chat ! dit le directeur en claquant des doigts. Il peut être retourné en Italie, pour ce que j'en sais.

– Mais vous venez de nous dire qu'il n'était pas italien ! intervint Sidney Grice.

– Exact. Il ne l'était pas, dit le directeur en ressortant son mouchoir, mais il a fait ses classes en Italie et a toujours dit qu'il pourrait y retourner.

– Savez-vous où il vivait ? demanda Sidney Grice. Ou le nom de l'un de ses amis ?

– Non et non.

Le directeur remit le mouchoir dans sa poche.

– Connaissez-vous une raison autre que l'argent pour laquelle il aurait pu disparaître ? demanda Sidney Grice.

Le directeur ouvrit les bras.

– De quelle autre raison aurait-il eu besoin ?

– Les possibilités sont multiples, déclara mon tuteur. J'ai moi-même rédigé un article intitulé *Vingt-six mobiles de dissimulation volontaire*.

Le directeur pinça les lèvres.

– Je n'aime pas trop le titre.

– Pourquoi dites-vous qu'il n'apprenait pas son texte comme les autres ? demandai-je.

Sidney Grice soupira et dit :

– Cela a-t-il de l'importance ?

– Cela m'intéresse, répondis-je.

Un coup retentit à la porte.

– Il voulait toujours que quelqu'un lui lise son texte (le directeur dénicha un crayon sur le comptoir de la réception) pendant qu'il demeurait allongé sur son sofa, les yeux fermés. Il disait qu'il lui fallait entendre les mots plutôt que de les voir. Ailes-Brisées, vous avez dit ?

Il écrivit le nom sur sa manchette.

– À quoi ressemblait-il ? demanda Sidney Grice.

– À tout le monde, dit le directeur en tirant sur sa manche. Il avait une très grosse tête et un gros nez, et sa perruque était très rousse et très bouclée. Sans sa perruque, non. Ses cheveux étaient aussi piteux que les vôtres, mademoiselle.

Il y eut un autre coup à la porte, et le directeur ouvrit le battant sur une femme de petite taille qui portait une tête de vache sous le bras.

– Je connais ce visage, dit-elle à mon tuteur. Vous jouez de l'orgue de Barbarie dans ce quartier de coupe-gorge de King's Cross avec un gamin déguisé en singe.

– J'aurais cru que vous étiez suffisamment bovine pour ne pas avoir besoin de costume, dit Sidney Grice en sortant.

– Seriez-vous son nouveau singe ? me demanda-t-elle.

– Quelque chose comme ça, dis-je.

33

L'ancien canal

Tout comme Albert l'avait conseillé, il suffisait de suivre l'odeur pour trouver la fabrique de colle. Une odeur vraiment repoussante qui nous obligea à plaquer notre mouchoir sur la bouche. Je regrettais même de ne pas avoir pensé à parfumer le mien.

– Permettez-moi, dit l'inspecteur en déposant quelques gouttes provenant d'un flacon bleu foncé sur un linge blanc pour moi.

– Qu'est-ce donc ?

– Du camphre.

Il me montra l'étiquette manuscrite.

– J'en ai toujours sur moi. Dans mon travail, il m'arrive de tomber sur des choses vraiment atroces.

– Mais pas aussi atroces que le fait de faire bouillir des os, dit Sidney Grice. En avez-vous assez pour moi, inspecteur ?

– Je crains que non, monsieur Grice.

L'inspecteur Pound remit le flacon dans la poche de son manteau brun. Nous longeâmes le chemin de halage en compagnie de deux agents qui portaient des rouleaux de corde et des grappins.

– Pas vraiment l'endroit pour une pleurnicharde, dit l'un d'entre eux.

– C'est donc aussi bien qu'il n'y ait aucune pleurnicharde parmi nous, dis-je.

– Vous n'arriverez pas à la décourager, Perkins, dit l'inspecteur Pound en riant. Pensez-vous vraiment que cela vaut la peine de continuer, monsieur Grice ?

Il sauta par-dessus une flaque.

– J'ai quelques meurtres vraiment méchants qui m'attendent, ainsi qu'une tentative d'incendie.

– J'en suis certain.

Du bout de sa canne, Sidney Grice repoussa un chat couvert de poux dans l'eau. Le chat disparut, puis remonta à la surface et se mit sur le dos en souriant de toutes ses dents.

– Ah ! cela doit être la péniche.

Nous nous approchâmes d'une coque en bois vermoulu à demi enfoncée dans l'eau boueuse. Un bâtard au pelage marron ébouriffé se tenait sur la proue, dont il manquait un morceau.

– L'hiver dernier, il y avait deux familles qui vivaient là, expliqua l'inspecteur Pound, et on leur demandait un loyer ! La semaine précédant Noël, le propriétaire est venu chercher son argent et il les a trouvés morts. Tous les vingt-quatre victimes de la fièvre des marais. Il a essayé de relouer la péniche, mais, lorsque la paroisse est venue chercher les corps, le fond a cédé, et deux hommes se sont noyés.

Le chien aboya dans notre direction en montrant tous ses crocs, véritable diable qui sort de sa boîte, mais il ne fit aucune tentative pour s'approcher de nous.

– Voici le quai, indiqua l'inspecteur Pound. Par conséquent, si le jeune Albert disait vrai, il a trouvé la perruque quelque part par là, et, s'il y a un cadavre, il n'irait pas loin dans cette eau stagnante.

Le canal s'ouvrait, en effet, en un cercle d'une dizaine de mètres de diamètre pour permettre aux embarcations les plus étroites de virer de bord lorsque le tronçon était en service.

– Qu'est-ce que cela ?

Je montrai un léger renflement dans l'épaisse couche d'algues et d'herbes à un mètre environ de la rive opposée.

– Cela pourrait être une bûche ou un âne mort, dit Sidney Grice, mais je ne le parierais pas.

L'inspecteur appela l'un des agents.

– Vous croyez que vous pouvez attraper ça, Perkins ?

– Ma grand-mère pourrait y arriver, dit le dénommé Perkins, et elle n'a pas quitté son lit depuis trois ans. Excusez-moi, mademoiselle.

Je reculai et Perkins commença à lancer le grappin, un énorme ustensile doté de quatre crochets recourbés à la pointe comme d'énormes hameçons, le tout rattaché à une corde épaisse. Il fit tournoyer l'engin de plus en plus vite, jusqu'au moment où il le laissa voler par-dessus le canal pour le faire atterrir dans une gerbe d'eau sur un bouquet de roseaux à quelques pas de la cible.

– Vous auriez dû demander à votre grand-mère de venir, commenta le second agent.

– J'étais juste en train d'estimer la distance, dit Perkins en ramenant son grappin encombré de débris détrempés.

– Laisse-moi te montrer comment on fait.

Le second agent fit voler son propre grappin dans l'air, par-dessus le monticule et directement dans un saule pour atterrir sur un abri en ruine sur l'autre berge. Il jura dans sa barbe et tira, mais les crochets étaient bloqués dans les branches. L'arbre pencha vers lui, mais ne lâcha pas prise.

Perkins éclata de rire.

– Ma grand-mère n'aurait pas fait une chose pareille. Pousse-toi de là, Maybury, et laisse le spécialiste te montrer comment on fait.

Perkins fit un nouveau lancer, encore plus court cette fois. Il ramena la corde dégoulinante d'eau fétide tandis que Maybury continuait à tirer sur sa corde, en vain.

– Le directeur du théâtre de Gloucester trouverait certainement un rôle pour ces deux comiques, murmura Sidney Grice.

L'inspecteur lui lança un regard froid.

– Finissez-en donc, Perkins !

– Bien, monsieur.

Perkins lança son grappin une troisième fois, et la distance parut bonne, mais il atterrit à la droite de la cible.

– Tu lances comme une bonne femme, se moqua Maybury.

– Voulez-vous voir ce qu'une vraie femme est capable de faire ? demandai-je.

L'inspecteur fit une grimace.

– Dépêchez-vous, Perkins.

Il était rouge de honte.

– Maybury, si vous ne récupérez pas votre équipement, le prix en sera prélevé sur vos émoluments.

Perkins lança une fois de plus trop court et ramena sa corde, tandis que Maybury descendait sur la rive pour tirer la sienne d'un angle différent.

– Nous pourrions peut-être louer une barque, dis-je.

Avec un nouveau grognement, Perkins fit une autre tentative. Cette fois, le grappin se posa exactement à l'endroit voulu et sombra dans l'eau à une cinquantaine de centimètres au-delà du renflement.

– Il était temps, souffla l'inspecteur Pound. Ramenez-moi ça, Perkins.

Perkins tira sur la corde, et l'extrémité des crochets commença à effleurer le renflement, mais elles accrochèrent quelque chose qui finit par flotter vers nous.

– C'est lourd, dit Perkins en serrant plus fort la corde entre ses mains.

Maybury vint lui prêter main-forte. La prise s'approcha en écartant la couche verte, un sillage d'eau boueuse derrière elle.

– Cela paraît être la bonne taille, dit l'inspecteur Pound.

Perkins glissa, et son pied fut entraîné par-dessus le bord, tandis qu'il lâchait la corde pour s'accrocher à son collègue. Les deux hommes tombèrent dans les orties, mais l'inspecteur Pound avait eu le réflexe de poser son pied sur la corde avant qu'elle ne glisse directement dans le canal.

– Imbéciles, souffla-t-il.

Sidney Grice n'accorda aucune attention aux deux hommes. Ses yeux étaient fixés sur le renflement qui avait alors pivoté d'un quart de tour et refait surface.

À quelques mètres de distance, on ne pouvait pas ne pas reconnaître la chose grise de vase et rongée par la pourriture, avec le nez bouché par la boue et les lèvres rongées qui remuaient sur l'eau.

Le visage de Sidney Grice prit un air triomphant.

– Bonne pêche, que ce matin ! dit-il. Inspecteur, laissez-moi vous présenter le grand interprète du rôle principal de *Rigoletto*, autrement connu sous le nom de feu monsieur James Hoggart.

34

De l'utilité des seaux et des sacs

– Dire que je trouvais que le canal puait ! dit Sidney Grice en plaquant de nouveau son mouchoir sur sa bouche pendant que les agents hissaient le cadavre hors de l'eau et l'allongeaient sur le chemin de halage envahi par les mauvaises herbes.

Tandis que Perkins et Maybury se détournaient, l'inspecteur Pound recula de quelques pas, mais, pour ma part, j'avais senti l'odeur de la mort à plusieurs reprises, fraîche sur la table d'opération de mon père et ancienne dans les hôpitaux de campagne ravagés par la dysenterie, à Natal, au Brésil, et je n'allais pas la laisser m'étouffer. Je déglutis, mais je gardai mon calme. Si Sidney Grice était capable de supporter l'homme qui pourrissait à ses pieds, je le pouvais aussi et je le ferais. Si seulement je n'avais pas vu son visage !

Ses traits étaient à demi dévorés par les rats d'eau et par la décomposition. Les yeux et les paupières avaient disparu, de même que la lèvre supérieure et la moitié de la lèvre inférieure, ainsi que la majeure partie du nez et l'oreille gauche qui avait été remplacée par une masse gluante.

J'aurais sans doute pu affronter ce visage, mais ce furent les vapeurs de la fermentation qui me troublèrent. Elles s'échappaient de lui en sifflant comme quelques dernières paroles qu'il aurait oublié de proférer.

Je trébuchai en reculant.

– Je ne savais pas...

Personne ne m'écoutait.

– Envoyez chercher des seaux d'eau à la fabrique, dit Sidney Grice à l'inspecteur.

Pound secoua la tête vers ses hommes, qui se précipitèrent en arrière pour aller traverser une passerelle en bois au-dessus d'un fossé de drainage en briques.

Le corps était encore vêtu d'une queue-de-pie et d'une chemise à col haut avec sa cravate noire, un peu affaissée, mais conservant son nœud extravagant en lavallière. Il avait encore ses bottes aux pieds.

– On dirait qu'il se rendait à l'opéra, dit l'inspecteur Pound en se penchant sans s'approcher trop.

– C'était le cas, répondit Sidney Grice en réprimant un haut-le-cœur.

L'inspecteur sortit son flacon d'huile de camphre et la renversa sur son mouchoir.

– Vous avez dit que vous n'en aviez plus, remarqua mon tuteur.

– Pas exactement, déclara l'inspecteur Pound d'une voix étouffée. Je n'en avais pas assez.

Les deux policiers revinrent avec deux seaux métalliques et versèrent délicatement l'eau sur la partie supérieure du corps en suivant les instructions de Sidney Grice. Plusieurs des doigts de l'homme avaient été rongés et il portait un gilet jaune canari méchamment déchiqueté.

Sidney Grice fit soigneusement le tour du corps dans le sens des aiguilles d'une montre avant de s'arrêter et de repartir dans le sens inverse.

– Pas de blessures frontales évidentes, dit-il avant de se tourner vers l'inspecteur Pound. Vous feriez mieux de l'emmener à la morgue, mais je vous demanderai de veiller à ce que l'on ne jette pas ses vêtements, cette fois, et que l'on fouille ses poches.

La bouche de l'inspecteur se contracta.

– Allez, les gars, emmenez-moi ce cadavre !

– Quoi ? s'indigna Perkins.

– Comment ? demanda Maybury.

– Allez rapporter les seaux à la fabrique, expliqua patiemment l'inspecteur Pound, et demandez des sacs vides pour l'envelopper.

– Je pense que nous pouvons les laisser se débrouiller, me dit Sidney Grice. Je suppose qu'une tasse de thé vous ferait du bien.

De retour à Gower Street, je me précipitai dans ma chambre pour retirer ma robe et mes bottines. Je filai dans le cabinet de toilette pour me laver les mains et la figure et je me mouchai le nez avant de retourner dans ma chambre pour fumer une cigarette à la fenêtre et boire un grand verre de gin à toute allure, puis un second plus lentement avec une autre cigarette. Je me vaporisai de Fougère, mais la puanteur continuait de hanter mes narines, et un goût amer persistait dans ma bouche. Ma chair paraissait gorgée de putréfaction.

35
Caligula

L'inspecteur Pound repoussa les articles qui encombraient son bureau, et certains atterrirent sur le sol, où ils ne firent qu'accroître le chaos. Il s'assit sur sa chaise pivotante en la faisant grincer, et nous nous installâmes en face de lui sur deux vieilles chaises à dossier droit.

– Bien, nous avons découvert comment il a été tué, commença l'inspecteur en posant une chemise de papier brun. J'avais peur que le corps soit trop abîmé pour ça, mais le légiste m'a dit qu'il n'y avait aucun doute : il a reçu un coup sur la nuque. La peau et les muscles étaient dans un état de décomposition trop avancé pour lui apprendre quoi que ce soit, mais les os de sa colonne vertébrale avaient été séparés de la base du crâne par une courte lame acérée.

– L'œuvre d'un professionnel, par conséquent, dit Sidney Grice.

L'inspecteur opina du chef.

– Cela me rappelle le meurtre de 1878. Un capitaine sicilien d'un vapeur trouvé sur les docks de la Compagnie des Indes orientales avec le même genre de blessure. Nous n'avons jamais attrapé le coupable, et l'équipage rechignait vraiment à nous parler, mais, d'après ce que nous avons pu reconstituer, c'était l'œuvre d'un homme de main. Il y a beaucoup de rivalité entre les gangs, là-bas.

– *Rivincita*, lâchai-je, mais mon tuteur eut un geste pour repousser l'idée.

– Pas d'autres blessures visibles ? Des os brisés, par exemple ?

– Pas que je sache, dit l'inspecteur en sortant sa pipe d'écume.

Le fourneau avait été gravé pour représenter le visage d'une femme avec les cheveux ramenés en arrière. Il souffla pour vérifier la tige.

– Qui s'est chargé de l'autopsie ?

– Monsieur Rawlings.

– C'est un homme consciencieux, dit Sidney Grice en se carrant sur la chaise. A-t-il retrouvé quelque chose dans les poches du mort ? De quoi l'identifier, par exemple ?

– Toutes ses poches étaient vides, sauf une. En fait, la plupart étaient cousues.

– Tiens, pourquoi ça ?

– Je ne saurais le dire.

L'inspecteur ouvrit sa blague à tabac et commença à bourrer sa pipe.

– De toute évidence, il s'agissait de sa tenue de scène, dis-je. Ce qui explique qu'il n'en avait aucun usage. Le fait de les garder cousues permettait de donner une meilleure tenue à son costume.

Si l'un des deux hommes m'entendit, ils n'en donnèrent aucun signe.

– Vous avez dit « sauf une », insista Sidney Grice.

L'inspecteur ouvrit la chemise en esquissant un sourire sinistre.

– Je pense que vous feriez mieux de jeter un coup d'œil à ceci, dit-il en glissant une enveloppe rectangulaire en papier brun sur le dessus de la table en bois marqué par des entailles.

– Monsieur Rawling a trouvé ça dans la poche intérieure de la veste.

– Gauche ou droite ?

– Gauche.

Sidney Grice prit l'enveloppe et mit aussitôt la main sur son œil.

– Elle vous est adressée, dit-il.

Puis, il lut à voix haute :

– *À l'attention de M. l'inspecteur Pound, commissariat de Marylebone – URGENT.* Heureusement que c'est écrit au crayon. Avec l'eau, l'encre se serait délavée et l'inscription serait illisible.

– L'enveloppe était-elle scellée ?

– Je pense que oui.

L'inspecteur Pound tassa légèrement le tabac avec une spatule ovale qu'il déplia de son canif.

Sidney Grice déplia le rabat de l'enveloppe et sortit le feuillet qu'il étala à plat.

– L'écriture et l'orthographe supposent une certaine instruction, dit-il.

– Un homme, dit l'inspecteur Pound.

Mais Sidney Grice avait pâli.

– Il doit s'agir d'une plaisanterie quelconque, commenta-t-il.

– Je ne vois pas laquelle.

L'inspecteur reprit un brin de tabac qui sortait du fourneau et le replaça dans la blague à tabac.

– Que dit-elle ? demandai-je.

Sidney Grice dit doucement :

– Lisez-la à voix haute, mademoiselle Middleton. Je dois me consacrer à la réflexion.

Je pris la lettre. Elle était tachée et légèrement déchirée, mais encore clairement lisible. L'écriture était nette, assez petite, formant des lettres carrées des deux côtés du feuillet.

Cher inspecteur Pound,
Je vous écris à vous parce que je sais que vous êtes un homme d'honneur qui n'hésitera pas à admettre qu'il a commis une erreur si cela peut sauver un innocent de la potence, or, n'ayez aucun doute à ce sujet : WILLIAM ASHBAY EST INNOCENT. Comment le sais-je ? Parce que JE SUIS L'ASSASSIN DE SARAH ASHBAY. Je me suis glissé dans son salon et je l'ai tuée avec un coutelas à lame ondulée que j'avais acheté dans sa boutique. Je lui ai mis la main sur la bouche et je l'ai poignardée au cœur avant qu'elle puisse émettre un son, puis je l'ai frappée encore et encore, quarante fois en tout. J'ai compté chaque coup. Elle ne m'a jamais causé de tort sauf une fois. Je l'avais vue marcher dans la rue. Elle avait une si belle bouche que je lui ai souri, mais elle m'a dépassé sans m'accorder un seul regard. Je n'aime pas qu'on m'ignore. C'est pourquoi j'ai décidé qu'elle se souviendrait de moi POUR LE RESTANT DE SES JOURS.
Je suis la dernière personne qu'elle ait vue. Pendant ce temps, son ballot de mari ronflait dans la pièce voisine. Je voulais le réveiller pour lui dire qu'il m'avait vendu le couteau qui avait tué sa femme, mais il le saura bien assez tôt lorsqu'il lira ces lignes. Je suis ressorti discrètement par la porte de devant. La bécasse qui vend des allumettes était endormie sur les marches. Je lui ai volé une boîte sur son plateau. Après, ma soif de vengeance assouvie, je suis

rentré chez moi. Mais je ne pouvais rester en place. J'étais dans un tel état d'excitation ! Je pensai : Pourquoi s'arrêter là ? Alors, je suis ressorti et j'ai recommencé. Cette fois, elle était plus jeune et j'ai eu d'autant plus de plaisir à la poignarder. Sa surprise lorsqu'elle me vit se transforma en terreur à la vue du couteau ! La manière dont elle tenta de se débattre et de fuir ! La manière dont elle supplia ! Seigneur, comme elle hurlait ! Mais cela ne fit que rendre les choses meilleures. Et, cette fois, je n'avais pas à me soucier du bruit.

Lorsque ce fut terminé, je me suis dit que j'allais jouer à un petit jeu. Alors, j'ai mis son cadavre dans une boîte. Comme personne ne l'a encore trouvée, cette femme, il vaut mieux que je vous dise où elle est. Elle a vécu et est morte dans l'entresol du 37, Chandler Street. Le numéro est sur la porte d'entrée. Même des gens comme vous devraient être capables de dénicher ça.

L'inspecteur gratta une allumette, et je poursuivis ma lecture.

Pourquoi suis-je en train de vous raconter tout cela ? Parce que je ne veux pas que cet abruti de boutiquier emporte le crédit de mon œuvre. Je tuerai une dizaine de femmes avant que vous ne m'attrapiez, SI vous m'attrapez. J'irai peut-être jusqu'à la centaine, qui sait ? Tout ce sang chaud sur mes mains. J'y ai pris goût, savez-vous ?

J'ai commencé avec ces deux putains dans Slurry Street. Qui sait où cela finira ?

Ne perdez pas votre temps à écouter M. Grice.

Il essaiera de vous voler la vedette, mais il ne m'attrapera jamais. Vous, si, vous le pourriez. Voici d'ailleurs un petit indice pour vous mettre sur la bonne voie : je suis CALLIGULLA.

L'inspecteur Pound tint la flamme au-dessus de sa pipe et inspira deux ou trois fois avant de souffler dessus. Des volutes grises apparurent sur l'ourlet du fourneau pour se rassembler en nuages épais qui me rappelèrent mon père et les longues soirées que nous passions au coin du feu, lorsque sa vue avait baissé et que je lui faisais la lecture. L'inspecteur fit claquer l'allumette entre ses doigts pour la projeter dans la corbeille. Il se carra dans son siège et observa mon tuteur. Grice était perdu dans ses pensées. C'est sans doute la fumée qui fit jaillir une larme dans mes yeux.

Mon père n'était pas favorable à l'école. Il avait été tyrannisé dans la sienne, et sa préceptrice avait rendu ma mère malheureuse, me raconta-t-il. Il décida donc de se charger de mon instruction. Or, mon père était un homme très occupé. Il se consacrait entièrement à ses devoirs médicaux et militaires et, même s'ils ne lui apportaient aucune consolation, ils le distrayaient de sa peine. Il m'apprit les fondements de la lecture, de l'écriture et de l'arithmétique, et me laissa lire à ma guise tous les ouvrages de sa bibliothèque. Je me penchai sur les manuels d'anatomie et sur les atlas ; je tombai amoureuse des sonnets de Shakespeare et des odes d'Horace. ; j'étudiai les campagnes militaires et l'astronomie. C'était peut-être une éducation excentrique, mais excellente, je pense. Je n'appris jamais le pianoforte ou la couture. Je n'ai jamais reçu de leçons de maintien, mais tu me dis que tu en étais heureux. Je me déplaçais comme une femme, disais-tu, et pas comme une potiche montée sur roulettes.

36

Quelques tours de passe-passe

Sidney Grice écoutait sans parler. Il était encore plus pâle qu'à son habitude.

Il leva ensuite la lettre dans la lumière.

– Pas de marques d'eau.

Il posa le coude sur le bureau et se tapota le front.

– Papier bon marché. Crayon HB qui n'a pas été affûté pendant la rédaction. Regardez : les lignes s'épaississent.

– Ce ne sont là que des tours de passe-passe, monsieur Grice, remarqua l'inspecteur Pound. Ce qui m'intéresse, c'est le contenu.

– Nul doute possible qu'elle provient bien de la poche de James Hoggart ?

– Monsieur Rawlings l'a découverte lui-même.

Sidney Grice huma la lettre.

– Elle est certainement restée longtemps dans l'eau croupie. Qui d'autre l'a lue ?

– Seulement monsieur Rawlings. Il me l'a remise sur-le-champ.

– Il faut à tout prix cacher cette information, dit Sidney Grice d'un ton pressant. Cela serait donner de la poudre aux agitateurs.

Mon tuteur examina à nouveau la lettre.

– Puis-je la conserver ?

L'inspecteur secoua la tête :

– Cela pourrait être une preuve décisive, monsieur Grice.

– De quoi ? Nous avons déjà attrapé et pendu le meurtrier de Sarah Ashby.

– Je l'espère, dit doucement l'inspecteur.

– Mademoiselle Middleton va en faire une copie, dit Sidney Grice. Vous n'y voyez pas d'objection, n'est-ce pas ?

– Aucune, répondit l'inspecteur.

Il ouvrit un tiroir et me tendit une feuille de papier vierge en me montrant l'encrier et une plume en cuivre.

– Caligula, dit-il pendant que je me mettais à l'ouvrage. C'est un nom italien, n'est-ce pas ?

– C'est le surnom d'un empereur romain tristement renommé pour sa cruauté, dis-je. Cela signifie « petite sandale ». On raconte qu'il a assassiné sa mère..., entre autres, et qu'il a eu des relations avec elle et avec ses trois sœurs. Il est censé avoir...

– Est-ce donc ce que l'on enseigne aux jeunes filles, désormais ? s'indigna l'inspecteur Pound.

– On m'a appris à lire, dis-je, et mon père possédait un exemplaire des *Vies des douze Césars*, de Suétone. Voulez-vous que je recopie exactement ceci ?

– Bien entendu, répondit mon tuteur.

– Ainsi que les erreurs de copie ? Dans la lettre, il a écrit « Ashbay ».

– Faites-moi voir, dit Sidney Grice en me prenant la lettre. Pourquoi aurait-il fait une chose pareille ?

– Parce qu'il était italien, proposa l'inspecteur.

– Il n'était pas du tout italien, précisa Grice.

– En outre, il a écrit Caligula avec deux fois deux « l ».

– Pas très italien de sa part, déclara mon tuteur aigrement.

– Votre expérience avec le sang...

L'inspecteur Pound sortit une boîte d'allumettes.

– Je suppose qu'il n'y a pas de possibilité qu'il s'agisse d'une erreur ?

– Ce n'est pas mon expérience à moi, fit Sidney Grice en jouant avec son œil. D'ailleurs, le professeur Latingate est respecté dans tout l'Empire. En outre, le dossier contre Ashby était fondé sur toute une gamme de preuves légales et circonstancielles. Même si je n'avais pas trouvé la dague, il aurait été pendu. Et à juste titre.

Je séchai soigneusement ma copie sur un buvard très usagé et la retournai.

– Quoi qu'il en soit, c'est l'expérience Latingate qui a réglé l'affaire, commenta l'inspecteur.

– Qu'êtes-vous en train d'insinuer, inspecteur ?

L'inspecteur Pound se frotta la nuque en hésitant.

– Simplement que je me sentirais plus à l'aise si nous avions davantage de preuves. Ashby avait si peu l'allure d'un meurtrier. Et voilà que cette lettre vient corroborer son histoire.

Sidney Grice posa ses paumes sur le bureau et pinça les lèvres. Il allait parler, mais aucun son ne sortit de sa bouche. Il tapota des doigts sur le bois et souffla lentement.

Je trempai à nouveau ma plume dans l'encre. L'encre était bleu de Chine, presque noire dans l'ombre que je projetais sur la table.

– Nous avons pensé qu'il y avait un problème avant même que William Ashby ne soit pendu, déclara l'inspecteur, mais, mon Dieu, s'il s'avérait qu'il était innocent...

– Je ne pense pas…

La voix de Sidney Grice se déroba.

– La dernière fois, vous avez failli être lynché, dis-je.

Il ne parut pas m'entendre. Il sortit ses pièces de monnaie et commença à jouer avec d'un air absent. Je me tournai vers l'inspecteur.

– Avez-vous envoyé quelqu'un enquêter à Chandler Street ?

– Pas encore, dit-il. Je n'ai reçu cette lettre qu'une heure avant votre arrivée et je voulais que monsieur Grice la voie avant. J'espérais qu'il pourrait fournir une explication.

Mon tuteur sortit de sa réflexion.

– Alors, il nous faut nous rendre là-bas sans tarder, dit-il en repoussant sa chaise. Et démentir cette plaisanterie de mauvais goût.

Je terminai mon travail, séchai ma copie, et mon tuteur la glissa dans sa sacoche. En route, nous croisâmes l'agent de police qui avait surveillé William Ashby dans la salle d'interrogatoire.

– Bonjour, messieurs, mademoiselle.

Les hommes répondirent, mais il y avait quelque chose qui me troublait.

– Vous rappelez-vous quand vous êtes allé chercher cette bassine ? demandai-je à l'homme.

– Bien sûr, mademoiselle.

La pointe de ses chaussures était rayée, et son pantalon était légèrement trop court.

– Pourquoi vous a-t-il fallu si longtemps ?

L'agent se redressa d'un air indigné.

– C'est que nous n'avons pas ce genre de choses, ici. Il a fallu que j'aille l'emprunter à la boutique voisine.

– Drayton & Fils ?

– Oui, mademoiselle.

– Merci, dis-je, je ne voulais pas vous vexer.

– C’est bon, mademoiselle, dit-il.

Mais je voyais bien que non, alors j’ajoutai :

– L’uniforme vous va très bien.

Le policier se rengorgea au moment où Sidney Grice revenait pour m’entraîner dehors.

37

La maison de Chandler Street

Malgré son nom, Chandler Street n'était guère plus qu'une ruelle pavée, pratiquement un tunnel par certains endroits lorsque les encorbellements des maisons s'avançaient jusqu'à se toucher.

Nous nous arrêtâmes devant une porte aux gonds brisés qui penchait vers l'intérieur. L'inspecteur la poussa, mais elle ne bougea pas et il enjamba l'espace vide. Je le suivis.

– Bon Dieu, dis-je lorsque mon ourlet s'accrocha à une vis rouillée.

– Je vous prie de laisser ce type de langage où il doit être, dit Sidney Grice en montant le caniveau.

– Vous devriez essayer de marcher avec une robe longue, rétorquai-je.

L'inspecteur Pound gloussa.

– Je donnerais volontiers une guinée pour voir ça !

Il me tendit la main pour m'aider et, dans la lumière tamisée qui filtrait entre les planches des fenêtres, je vis que nous étions dans un grand hall. Un escalier brinquebalant conduisait à l'étage, et le sol n'était pas en meilleure condition. L'inspecteur Pound avança précautionneusement le pied en appuyant de tout son poids pour en vérifier la solidité.

– Vous avez entendu ce craquement ? Les solives

sont vermoulues. Nous devons rester près des murs et ne pas nous approcher trop les uns des autres.

Il fit le tour de la pièce du côté droit avant d'ajouter :

– Vous, mademoiselle Middleton, vous resterez là.

– Vous devriez suffisamment me connaître désormais pour savoir que je ne fais pas ce qu'une femme doit faire, dis-je en lui emboîtant le pas.

L'enduit des murs avait gonflé et, par endroits, on voyait les lattes du dessous. Cette fois, j'accrochai le dos de ma jupe, mais je m'étais résignée à abîmer ma toilette. L'inspecteur avait atteint une arche qui faisait face à la porte d'entrée et il s'engouffra dessous.

– Il y a des marches, annonça-t-il lorsque je le rejoignis.

Disjointes, elles descendaient dans un passage sans lumière.

– Et elles sont dans un état tout aussi lamentable, commenta Sidney Grice qui s'était approché. Vous voyez tous ces orifices ? Ils sont gorgés de vers. Il vaudrait mieux pour tous les deux que vous demeuriez ici.

En haut, on entendit un bébé qui gémissait en réclamant à téter, mais aucune mère ne lui répondait.

– J'ai une meilleure idée, dis-je. Comme je suis la plus légère, dans la mesure où je ne possède pas un cerveau masculin qui risquerait de peser exagérément, je vais passer devant.

– Je crains que je ne puisse vous laisser faire, répliqua l'inspecteur Pound en levant la main.

J'étais déjà en train de descendre.

Sous mes pieds, les marches grinçaient et ployaient, mais je n'eus aucune difficulté à atteindre la porte toute simple en pin qui fermait le bas de l'escalier.

– Je ne vois pas un homme de la taille de James Hoggart passer par ici, fit l'inspecteur Pound. Il était beaucoup plus corpulent que nous.

– Attendez là ! cria Sidney Grice alors que j'avais déjà la main sur la poignée.

Je la tournai et je perçus un faible bourdonnement qui se fit de plus en plus fort à mesure que j'ouvrais la porte. Il ne me fallut guère de temps pour en comprendre la provenance : la cave dans laquelle je pénétrais grouillait de mouches.

38
Le huitième fléau

Les mouches formaient un nuage si épais que l'air en apparaissait inexistant. De grosses mouches à viande, bleu acier, hirsutes et répugnantes, qui vrombissaient autour de moi. L'odeur de la chair en décomposition me prit à la gorge. L'inspecteur dévala les marches, suivi, avec plus de circonspection, par mon tuteur.

– *Calliphoridae* : des mouches nécrophages, dit-il en tentant de les repousser. Regardez là-bas !

Sur un morceau de toile de jute étalé sur le sol dans le coin de droite, on devinait une masse arrondie, enveloppée d'un épais linceul de mouches qui se mouvaient plus lentement. Malgré l'absence de lumière, il était évident qu'il ne s'agissait pas du corps d'une femme. Cela ressemblait plutôt à une tête coupée avec une masse de cheveux noirs. L'inspecteur Pound s'approcha.

– Un chien galeux qui grouille de vermine... Et c'est par là que notre homme est entré, ajouta-t-il en se dirigeant vers une porte non verrouillée tout au fond.

Il se retrouva dans une petite cour dont le sol était tapissé d'empreintes et de vieux flacons bleus qui craquèrent sous ses pieds. Quelques marches en fer remontaient vers le niveau de la rue.

– Je pense que cela conduit dehors.

Il ramassa les coins de la toile sans dissimuler son dégoût et commença à remonter les marches en transportant sa trouvaille pour pénétrer dans une pièce nue aux murs de briques. Sous le plafond gauchi, le seul meuble était un lit en désordre. Dans un coin, il y avait un placard qui allait du sol au plafond et dont les portes étaient simplement garnies de grillage : sans doute un vieux garde-manger. Sur le sol, on voyait encore une trace, comme si une flaque avait coulé du placard.

– Sa garde-robe, dit mon tuteur en ouvrant la porte du garde-manger.

Quelques vêtements pendaient à des crochets de boucher au-dessus d'un grand coffre en pin.

– Faites attention si vous vous approchez, intervint l'inspecteur Pound. Il y a ici une bouche d'égout sans plaque et je crois que voilà le meilleur endroit pour cette chose...

– Non ! coupa Sidney Grice en se précipitant vers la porte.

Je le suivis jusqu'à une cour entourée de hauts murs, où poussaient des arbustes qui n'avaient pas été taillés depuis longtemps. Une arche et son portail en fer donnaient sur une ruelle.

– Trop tard, déclara l'inspecteur en s'essuyant les mains à son mouchoir. Je n'avais pas réalisé que vous vouliez lui procurer un enterrement chrétien.

– Cet animal était un indice, dit Sidney Grice.

L'inspecteur secoua la tête.

– Je ne fais pas dans l'investigation des meurtres de chiens et, si c'était un témoin, il n'aurait pas pu nous dire grand-chose.

Mon tuteur chercha un objet qui lui permettrait de récupérer le cadavre, mais, pendant que je regardais dans le trou ovale bordé de métal, l'eau qui tourbillonnait deux mètres plus bas, je vis le bâtard amorcer un demi-tour avant d'être emporté.

– Il aurait pu nous dire toutes sortes de choses ! s'écria Sidney Grice en se frottant l'épaule. Par exemple, la manière dont il est mort.

– Je ne le sais pas plus que je m'en soucie, répondit l'inspecteur Pound, et je ne pense pas que monsieur Rawlings aurait été ravi de procéder à une autopsie de ce corps-là. Il a des centaines de corps humains sur le feu.

Les dalles de la cour étaient pratiquement enfouies sous les mauvaises herbes et la mousse, mais il y avait encore suffisamment de parties exposées pour qu'on puisse distinguer les empreintes sanglantes sur la pierre.

– Qu'en pensez-vous ? me demanda mon tuteur.

– On dirait qu'il y avait plusieurs personnes, dis-je. Il y a des empreintes partout.

Sidney Grice secoua la tête.

– Non, il n'y avait qu'un seul homme.

– Il y a au moins deux séries d'empreintes qui vont vers l'extérieur, insista l'inspecteur Pound, et elles se chevauchent par endroits.

– Un seul homme, répéta Sidney Grice, mais vous avez raison de parler de deux séries. Regardez comme elles sont plus nettes vers la maison alors qu'elles s'effacent du côté du portail. En outre, celles qui reviennent vers la maison sont encore plus claires. De toute évidence, notre homme est sorti en courant de la maison : observez la longueur des orteils.

Nous examinâmes la piste sanglante.

– Il s'est arrêté près du portail, a fait demi-tour et est revenu vers la maison. Cette fois, on voit davantage la marque du talon alors que la pointe des pieds est beaucoup moins nette. Il est rentré, ses chaussures se sont à nouveau imprégnées de sang, et il est ressorti en courant. Les empreintes partent vers la gauche de la ruelle avant de disparaître.

Sidney Grice se pinça la lèvre supérieure et arpenta toute la cour, fouillant les buissons du bout de sa canne, mais comme mécaniquement, sans y croire, tout en grommelant dans sa barbe.

– Pourquoi serait-il retourné à la cave ?

– Il avait peut-être oublié quelque chose ? proposai-je.

– Oui, mais quoi ? Surtout, quelle était la source de tout ce sang ?

Nous redescendîmes tous trois dans la pièce. Elle nous parut plus sombre encore, mais nos yeux finirent par s'habituer à la pénombre.

– Au moins, la plupart des mouches sont parties avec le chien, dit l'inspecteur Pound. Et cela doit être la boîte que notre ami Caligula a mentionnée. Excusez-moi, monsieur Grice, mais je pense que cela ne concerne que la police, désormais.

Sidney Grice avait déjà la main sur la boîte, mais il recula et laissa l'inspecteur ouvrir le couvercle à sa place.

– Doux Jésus ! s'écria Pound en fermant les yeux et en inspirant profondément.

– Nom de nom ! m'exclamai-je à mon tour lorsque je jetai un regard dans le coffre. Ce n'est qu'une enfant !

Le corps d'une jeune fille était tassé dans le coffre, sa tête inclinée de manière fort peu naturelle, au point que le visage semblait regarder par-dessus l'épaule. Ses grands yeux aveugles et fixes évoquaient le regard vitreux des poissons.

Sa mâchoire qui pendait d'un côté lui donnait le sourire grimaçant d'un clown. Les doigts d'une main étaient tendus vers le couvercle comme si elle avait voulu sortir de ce cercueil improvisé ; et le vêtement sombre qui recouvrait le corps était raidi par une croûte rouille de sang desséché.

– Quel âge lui donneriez-vous ? demanda Sidney Grice sans détourner les yeux.

– La pauvre petite, dis-je, pas plus de quinze ou seize ans. Pensez-vous qu'elle vivait seule ?

– Qui sait ? dit l'inspecteur Pound, mais elle est seule, désormais.

Si je n'avais pas été en présence d'hommes, je me serais laissée aller à pleurer.

– Elle était bien jolie, dit Sidney Grice.

– Est-ce important ? demandai-je.

– Cela pourrait l'être. Nombre de jeunes filles ont trouvé la mort pour moins que ça.

– Regardez, dit l'inspecteur en indiquant une tache d'humidité sur le plâtre du mur, juste derrière le placard.

– *Rivincita*, déchiffrai-je. Et on dirait la même écriture.

– Similaire, affirma Sidney Grice.

– Le « R » majuscule est aussi curieux que pour l'autre, fis-je remarquer.

– Très similaire.

Sidney Grice mit la main sur son œil.

– Nous devrions donc examiner la jeune fille de près.

– Vous ne pensez pas que nous allons la sortir de là, non ? s'écria l'inspecteur.

– Inutile, les côtés sont mobiles.

Sidney Grice fit glisser deux chevilles en bois et recula : le corps de la jeune fille dégringola à moitié sur le sol en brique. À présent, ses blessures étaient nettement visibles, et nous vîmes que son visage et son cou étaient émaillés d'entailles, de même que ses bras et ses mains. Sa chemise était déchirée de son épaule gauche jusqu'à sa poitrine, où il y avait une nouvelle entaille encore plus large et plus profonde.

– Cette lacération à elle seule serait fatale, commenta Sidney Grice.

Il récupéra sa sacoche et en sortit des lucifers pour allumer une chandelle qu'il promena au-dessus du corps en se penchant si près que son nez le touchait presque.

– Qu'avons-nous donc là ? Passez-moi ma sacoche, mademoiselle Middleton.

Je la lui tendis et il posa la chandelle, sortit un petit rouleau de tissu qu'il dénoua et qu'il déroula sur le sol pour faire apparaître toute une panoplie d'instruments de chirurgie.

– Que faites-vous, monsieur Grice ? demanda l'inspecteur Pound.

Sans répondre, mon tuteur prit de grosses pinces de chirurgien qu'il glissa dans la blessure principale avant de les bloquer.

– Vous ne devez pas modifier les indices comme cela ! insista l'inspecteur Pound.

Sidney Grice n'écoutait pas. Il appuyait sur les pinces et les faisait tourner dans la blessure comme s'il cherchait à saisir quelque chose.

– Et voilà ! s'exclama-t-il. Que dites-vous de ça ?

Il s'agissait d'un long triangle en acier. Sidney Grice le releva, le fit tourner devant nos yeux au bout de sa pince : c'était la pointe d'un couteau, de cinq à huit centimètres de longueur, qui brilla dans la flamme fragile et révéla sa lame ondulée.

– Elle a dû casser sur une côte, dit-il, mais la force du coup l'a enfoncée dans la blessure.

– Seigneur. Cela ressemble exactement à la dague qui a tué Sarah Ashby, celle que son époux a juré avoir vendu à l'Italien, dit l'inspecteur Pound. Tout concorde avec la lettre.

– Précisément, ce qui prouve indubitablement que les deux meurtres ont été commis par deux personnes différentes.

L'inspecteur Pound se redressa et, d'une voix sèche, il rétorqua :

– Je ne peux pas être de votre avis, monsieur Grice. Je vais appeler des renforts et faire emporter cette pauvre fille à la morgue. Ensuite, nous devons, vous et moi, avoir une longue conversation. Comme s'il ne suffisait pas de devoir enquêter sur les agissements d'un dément, je commence à croire que l'un de nous deux est en train de devenir complètement et incurablement fou.

– Peu importe pour le moment qui de vous deux a raison ou tort, intervins-je. Dans tous les cas, il y a un fou en liberté. Il pourrait assassiner une autre femme sans défense à tout moment, y compris à cette minute même pendant que vous vous chamaillez.

– Non, mais..., commença l'inspecteur Pound sans terminer sa phrase.

Sidney Grice recula et jeta un regard au corps de la jeune fille. Il fit claquer sa langue, se frotta la nuque et ne dit rien.

39

Les deniers de Judas

Dans le fiacre qui nous ramenait à Gower Street, mon tuteur semblait plongé dans ses réflexions, mais, au bout de quelques minutes, son visage s'éclaira, et il se mit à tapoter ses genoux de manière presque rythmique.

– Vous voici bien gai, observai-je.

– Je le suis, dit-il en souriant.

– Comment diable pouvez-vous être gai après ce que nous avons vu ?

– Cela m'offre l'occasion de faire taire les critiques une fois pour toutes, répondit-il.

Il se mit alors à fredonner. Je pris une profonde inspiration et déclarai aussi calmement que possible :

– C'est donc tout ce que cela signifie pour vous ? N'avez-vous aucune compassion pour cette pauvre enfant ?

– Elle n'éprouve plus rien, désormais, dit-il. Ni douleur ni crainte. Mes sentiments ne peuvent plus l'aider.

Il baissa les yeux un moment avant de regarder droit devant lui.

– Mais vous aviez raison au sujet d'une chose, March : celui qui a commis ce crime va certainement frapper à nouveau. Sauf si on l'arrête. Et, pour cela, il n'y a qu'un seul espoir : moi.

– Qu'allez-vous faire dans ce cas ?

– Je n'en ai pas la moindre idée.

Il sourit en faisant tourner sa canne entre ses mains.

– Mais soyez sûre que je le ferai.

Je commençais à penser que l'inspecteur Pound avait raison.

– N'avez-vous jamais tort ?

Il me regarda d'un air franchement stupéfait.

– Pour quelle raison pourrais-je avoir tort ?

Nous dépassâmes une vieille femme allongée de l'autre côté de la chaussée sans que personne n'intervienne.

– Puis-je vous poser une autre question ?

– Je vous en prie, March.

Il cessa de chantonner pour se mettre à polir le pommeau de sa canne avec son gant.

– Dégage ! hurla le cocher.

Je ne voyais pas à qui il parlait. Il fit claquer son fouet, et nous fîmes une embardée.

– Savez-vous d'où venait la bassine dans laquelle vous avez examiné le coutelas de William Ashby ?

– Sans doute de chez un médiocre faiseur de Stoke, la ville des poteries. Elle était asymétrique, et le glacis était de très mauvaise qualité, mais je n'ai pas regardé le sceau du dessous. Vous n'aurez pas manqué de remarquer que le récipient était plein d'eau.

Un pigeon se percha sur le bord de la fenêtre, et mon tuteur le repoussa d'un geste.

– Je voulais parler de l'endroit où l'agent de police est allé la chercher.

– Non, mais j'ai le sentiment que vous avez envie de me le dire.

– Drayton & Fils, dis-je.

La joue de Sidney Grice s'agita brièvement et il attrapa son œil.

– Maudite soit cette chose. Maudit soit ce charlatan de Goldman et son stupide gutta-percha et tous ses gourdiflots de souffleurs de verre.

Il glissa son œil dans sa poche de gousset.

– Vous voulez dire de chez le boucher voisin du poste de police ? demanda-t-il un peu légèrement à mon goût.

– Oui.

Mon tuteur prit un bandeau dans son sac et se tourna vers moi.

– Qu'êtes-vous en train d'insinuer ?

– Ne pensez-vous pas, dis-je après avoir inspiré un grand coup, que la bassine elle-même ait pu être contaminée par du sang, soit parce qu'elle avait servi à transporter de la viande fraîche, soit simplement parce qu'une main tachée de sang l'avait touchée ?

Il noua le bandeau autour de sa tête.

– Oui.

– Cela ne vous préoccupe pas ?

– Pas le moins du monde.

– Puis-je vous demander pourquoi ?

– Certainement.

Il ajusta son bandeau.

– Pourquoi ?

– Parce que, ma chère demoiselle, soupira-t-il, s'il y avait eu du sang dans le récipient, y compris la plus infime trace, les cristaux auraient changé de couleur dès que je les ai jetés dans l'eau. Or, comme vous vous en souviendrez, la solution n'a viré qu'après que j'ai plongé le coutelas dedans.

– Et que vous l'avez remué.

– Et que je l'ai remué.

Le fiacre fit une nouvelle embardée et nous entendîmes des hurlements aigus.

– Pas question ! aboyait le cocher tandis que le cheval se dirigeait vers le bord de la chaussée. La voiture s'arrêta, une roue sur le trottoir, et un claquement de fouet retentit, suivi d'un cri.

– Saleté de chien errant ! criait le cocher. Qui se met sous le sabot de mon canasson. J'les écraserai tous. Maudits soient-ils !

– Il y a des dames ! lança mon tuteur.

Le fiacre reprit sa route, non sans avoir trébuché sur un nid-de-poule.

– Vous souvenez-vous d'avoir remarqué que l'eau était glacée ? insistai-je.

– Ma mémoire est largement aussi bonne que la vôtre. Je m'en souviens parfaitement.

J'hésitai à nouveau.

– Pensez-vous qu'il soit possible que le sang qui aurait été présent dans la bassine ait pu se dissoudre dans l'eau uniquement après que vous l'avez remuée ?

– Pas du tout.

– Ou bien que les cristaux ne se soient dissous dans l'eau que lorsque vous l'avez remuée avec le couteau ?

– Non.

Sidney Grice donna un coup sur le plafond du fiacre avec le bout ferré de sa canne.

– Garez-vous, cocher ! Je vais continuer à pied.

Il ouvrit la portière en cuir.

– Je vous ai accueillie par pure bonté de cœur, mademoiselle Middleton, et j'estime que vous pourriez avoir au moins l'élégance de faire preuve d'un peu de gratitude à mon égard.

– Y compris au prix d'une erreur judiciaire ? dis-je en haussant la voix pour couvrir le bruit de la rue.

Sidney Grice me mit quelques pièces dans la main et descendit.

– Voilà qui devrait régler le prix de la course pour rentrer. Irez-vous jusqu'à réclamer vos trente derniers ?

Il claqua la porte en lançant :

– Allez, cocher !

Le fiacre repartit d'un coup si sec que je fus projetée en arrière.

Je me penchai par la fenêtre pour voir une tête s'agiter vers la droite, mais la foule se referma, et Sidney Grice disparut. Submergé, pour la première fois depuis que je le connaissais, par l'humanité.

40

Diogène

Je patientai pendant deux heures dans son bureau, mais mon tuteur ne revint pas.

– L'a dû aller à son club, me dit Molly en glissant une mèche de cheveux sous sa coiffe, tandis que deux autres s'en échappaient.

– De quel club s'agit-il ?

– Ben, le Diogène. Monsieur Grice m'a dit comment dire ça, dit-elle fièrement. Il reste souvent là-bas quand il est perplexifié. Y a pas de femmes et pas de parlottes. Il dit qu'il aime beaucoup ces règles.

– Je veux bien le croire, dis-je. Tournez-vous.

Je nouai les rubans de son tablier.

– Depuis combien de temps travaillez-vous pour monsieur Grice ?

– Deux ans et deux mois.

Elle commença à passer sans entrain le plumeau sur le portemanteau du vestibule.

– Et la cuisinière dit que cela fait deux ans et un mois plus longtemps que n'importe qui d'autre.

– Pourquoi restez-vous ?

Je l'aidai à se recoiffer.

– Ben, je sais qu'il crie souvent et qu'il dit des méchancetés, mais j'aime ça, dit Molly en fronçant le nez. J'aime pas les maîtres et les maîtresses qui disent qu'on est amis. Si je suis leur amie, pourquoi dois-je faire leur ménage et tout ? Monsieur Grice sait où est ma place, et moi aussi. Et, au fond de lui, il est très gentil.

– Gentil ?

– Très.

Je me rendis dans ma chambre pour mettre mon journal à jour. Je sortis les lettres et les tins un moment entre mes mains, mais, ce soir-là, je n'arrivai pas à les lire. Je posai la main sur l'or et rangeai le tout avant d'aller fumer une cigarette à la fenêtre. La ville était curieusement calme et des milliers d'étoiles brillaient dans le ciel. Vers minuit, la porte d'entrée claqua et de lourds pas agités grimpèrent l'escalier. Quelques minutes plus tard, j'entendis le tub se remplir et les canalisations trembler contre le mur. Une heure plus tard, le tub se vida et l'eau dégringola dans les conduites. Je m'approchai de ma porte et l'ouvris à la volée lorsque j'entendis la sienne.

– Oh ! fis-je. Je ne savais pas que vous étiez rentré.

Mon tuteur se tenait dans une longue robe d'intérieur rouge. Il était chaussé de mules assorties et coiffé d'une serviette éponge blanche nouée en turban. Il ne portait ni son œil ni de bandeau.

– Eh bien, à présent, vous le savez, dit-il en se dirigeant vers sa chambre.

– Pourquoi avez-vous accepté de m'accueillir ?

La main sur la poignée de la porte, Sidney Grice s'arrêta, mais il continua de me tourner le dos.

– Eh bien, comme je l'ai dit, par pure bonté de cœur.

– Non, vous me l'avez répété suffisamment de fois ! Je sais que vous n'avez aucune bonté et vraiment très peu de cœur.

Sans lâcher la poignée, il se tourna alors vers moi.

– Par vanité, dit-il.

Avec son couvre-chef branlant et son air de me faire un clin d'œil, il avait l'air comique, et je dus réprimer mon envie de rire.

– Comment ma présence flatte-t-elle votre vanité ?

Pendant un moment, je crus qu'il allait expliquer qu'il était tombé sur ma photographie et qu'il voulait être vu en compagnie d'une belle jeune fille, mais il haussa les épaules.

– On raconte et on écrit tant de mensonges éhontés à mon sujet. J'ai lu votre livre à propos de votre père. Il est plus que naïf et comporte nombre d'erreurs et d'omissions, mais...

– D'erreurs et d'omissions ?

– Oui, dit-il en essuyant une goutte qui avait coulé sur sa tempe, mais cela m'a fait regretter de ne pas l'avoir connu... mieux. Je pensais que vous pourriez faire la même chose pour moi. Je veux dire consigner mes affaires..., être mon Boswell personnel, et moi, je serais Samuel Johnson... Vos journaux intimes ne sont pas très flatteurs, mais ils décrivent mes méthodes et les protagonistes bien mieux que tout ce que j'ai...

– Vous avez lu mon journal intime ?

– Chaque jour.

Je m'approchai de lui et plongeai mes yeux dans les siens, mais il n'avait pas du tout l'air contrit.

– Comment avez-vous pu ? Je suppose que vous allez prétendre que cela fait partie de votre manière de me protéger ?

Il secoua la tête, et la serviette éponge commença à se dérouler.

– Certainement pas. Je n'avais aucun droit de le lire, mais j'ai toujours été extrêmement curieux. Ma chère, la curiosité est le fer de lance de ma profession.

– Mon journal intime est, comme le nom l'indique,

intime, articulai-je. Je lui confie des choses que je ne dévoilerais à personne, homme ou femme. Cette fois, monsieur Grice, vous êtes allé trop loin. Je ne resterai pas ici à me laisser espionner. Je partirai dès demain matin.

Sa mine s'allongea.

– Cela serait fort dommage.

– N'allez pas prétendre que je vais vous manquer.

– Je ne le prétendrai pas, dit-il, mais cela serait fort dommage pour vous aussi bien que pour moi. Je perdrais mon chroniqueur le plus honnête, et vous, qui au fait n'avez aucun autre endroit où aller, perdriez la chance de voir le meurtrier de cette pauvre enfant jugé pour ce qu'il a fait.

– Entendu, je resterai donc jusqu'à ce que l'affaire soit résolue, dis-je, mais vous feriez mieux de vous hâter.

La bouche de mon tuteur frémit.

– Je ferai de mon mieux.

– Quelles erreurs et omissions ?

Sidney Grice sourit.

– Bonne nuit, March, dit-il. À demain matin.

Sur ce, il fit tourner la poignée de la porte de sa chambre.

J'allai me coucher et je tentai de rester éveillée, mais, pour finir, le sommeil finit toujours par triompher.

Je te croise tous les jours, mais, la nuit, je peux te toucher. Nous nous tenons les mains en nous promenant et, sur notre tête nue, le soleil fait comme une morsure. La terre est dure, et l'herbe, fanée. Nous ne parlons jamais. Parfois, nous sommes heureux, même si nous ne rions jamais, et parfois nous sommes si tristes que c'en est intolérable. Pour finir, cela se termine toujours de la même manière : nous nous arrêtons et tu te tournes vers moi. Tout ce que je vois, et ce n'est que lorsque mon nom sonne creux entre ces lèvres déchiquetées, c'est un ensemble brouillé d'échardes d'os blancs et de cavités noires. C'est le seul mot que tu prononces, encore et encore, parce que c'est tout ce que tu peux dire. Ce dernier mot te vide de tout air et t'emplit de sang, de sang qui vient m'éclabousser le visage lorsque je me penche vers toi, qui se déverse dans ma main et que je ne peux essuyer.

Je me relève. L'air suinte de terreur.

Alors, j'ouvre les yeux et je comprends. Mais il n'y a aucun soulagement. La cruauté des rêves ne rivalisera jamais avec la sauvagerie de la vie réelle.

Je la berce à l'intérieur de moi comme un enfant mort : le poids de ma culpabilité.

41

Doute raisonnable

L'inspecteur Pound avait bu (je le sentais au whisky sur son haleine), mais il n'était pas ivre. En revanche, il était trempé, car il pleuvait à verse.

– Mademoiselle Middleton, dit-il en inclinant la tête, mais sans sourire.

– Quelle épouvantable soirée ! dit mon tuteur en lui serrant la main. Voulez-vous du thé, inspecteur ?

– Ne buvez-vous jamais rien de plus fort ?

– Lors d'occasions spéciales, je ne suis pas contre une bonne dose de café.

– Alors, je prendrai du thé.

Je nous servis tous trois.

– Merci. L'inspecteur s'éclaircit la gorge. Nous sommes dans de beaux draps, monsieur Grice.

– Que voulez-vous dire ?

– Tout ce que nous avons découvert hier vient étayer les protestations d'innocence de William Ashby.

– Au contraire, répondit Sidney Grice, je n'ai ni entendu ni vu quoi que ce soit qui soulève le moindre doute quant au fait que nous avons fait pendre un meurtrier lorsque nous avons mis la corde autour du cou de William Ashby.

– Comment pouvez-vous dire une chose pareille ? demandai-je.

Sidney Grice sourit.

– Laissez-moi vous résumer le dossier que nous avons contre Ashby, dit-il. Son histoire était absurde du début à la fin. Il s'attendait à...

– Nous avons déjà vu tout cela lors du procès, coupa l'inspecteur Pound, mais, comme vous avez dû le remarquer, il y a eu du nouveau depuis.

– C'est-à-dire ?

Sidney Grice remua son thé noir.

– Premièrement, commença l'inspecteur en plongeant sa cuiller dans le sucrier, William Ashby nous a dit qu'il avait vendu un couteau identique à l'arme du crime à un Italien vêtu de manière extravagante et aux cheveux roux. Vous, moi et l'accusation, nous avons ridiculisé cette version. Cette histoire paraissait si fantaisiste qu'elle a joué largement contre lui. Nous avons désormais découvert le corps de cet homme, qui n'était peut-être pas italien, mais qui gagnait sa vie en faisant mine d'en être un. De plus, ledit homme avait dans sa poche une lettre qu'il avait écrite lui-même et dans laquelle il...

– Comment savez-vous qu'il l'avait écrite ? demanda Sidney Grice.

– Qui d'autre aurait pu l'écrire ? demandai-je.

– Le meurtrier ou un complice, répondit Sidney Grice.

– J'y viens, reprit l'inspecteur. James Hoggart était bien le meurtrier.

– Que voilà une considérable manifestation de foi ! dit Sidney Grice. Si puissante que sa logique se brise au moment même où elle touche terre.

– Pourtant, dis-je, la lettre fournit des détails que seul le meurtrier pouvait connaître.

– Inexact, insista Sidney Grice. C'est l'auteur de

cette lettre qui connaissait des détails ayant pu provenir de quelqu'un qui connaissait toute l'histoire du crime.

– Le meurtrier !

L'inspecteur Pound sortit sa pipe. Sidney Grice leva la main.

– Je ne tolère pas la fumée de tabac dans cette maison. Cela tue le sens de l'odorat et du goût, assourdit l'ouïe et affaiblit la vue et le cerveau. Et j'ai l'intention de garder mes sens aussi aigus que possible et aussi longtemps que possible. Pour en revenir au sujet de l'identité de l'auteur de la lettre, voyons d'abord qui nous pouvons éliminer. L'homme qui savait le plus de choses au sujet du crime était le meurtrier lui-même. C'est évident. Vous n'avez pas oublié que j'ai reçu un message d'Ashby qui me demandait de l'aider ?

L'inspecteur dirigea le tuyau de sa pipe vers mon tuteur.

– Vous n'avez pas oublié que j'étais là lorsqu'il a écrit ce message ?

– Vous m'avez déclaré que vous l'aviez vu en train de l'écrire.

– Je suis entré au moment où il le terminait et je l'ai lu. Je lui ai même fait remarquer qu'il avait mal orthographié votre nom, mais il a répondu que cela n'avait pas d'importance et que vous ne dédaigneriez pas sa supplique. Seigneur, comme il a dû le regretter !

Il remit sa pipe dans sa poche de poitrine.

Sidney Grice souleva une petite chemise en carton qui était placée à côté de lui, sur la table de travail, et l'ouvrit.

– Est-ce bien le message ?

L'inspecteur y jeta un œil et répondit :

– Vous savez bien que oui.

– Qui a eu l'idée de l'écrire ?

Mon tuteur chaussa son pince-nez.

– Sa belle-mère. Elle a dit que, si quelqu'un pouvait l'aider, c'était bien vous, et qu'elle vous apporterait le message en main propre. Elle était si tendue, comme on pouvait s'y attendre, que, lorsqu'elle s'est levée pour prendre le message, elle s'est trouvée mal. Je crois que je vous en ai parlé, à l'époque.

– S'est-elle blessée ? demandai-je.

– Fort heureusement, non. Je vous rappelle qu'elle attend un enfant.

– Je demandais simplement parce que...

– Qui s'est porté à son secours ? coupa mon tuteur.

– Eh bien, moi...

L'inspecteur remua son thé.

– Pendant que l'agent surveillait Ashby et lui intimait de rester assis. Nous ne sommes pas des enfants de chœur, Grice. Je suis parfaitement conscient qu'il est toujours possible de feindre ce genre de choses afin de se procurer la chance de glisser des notes ou des armes ou de quoi déverrouiller les cadenas au prisonnier.

– A-t-elle mis longtemps à recouvrer ses esprits ? demandai-je.

Pound s'empara de sa tasse.

– Une ou deux minutes. Est-ce vraiment important ?

– Oui, déclara Sidney Grice. Je voulais m'assurer qu'il n'y avait pas de fraude et qu'Ashby avait bien écrit le message lui-même. À présent que je suis satisfait de ce côté, nous pouvons l'écarter parce qu'il n'est pas l'auteur de la lettre, qui se fait appeler Caligula, car les deux écritures sont très différentes. Celle d'Ashby est large et peu esthétique, alors que celle de Caligula est plus petite et nette.

– Un autre point en faveur d'Ashby, dit l'inspecteur Pound.

Sidney Grice but une gorgée de thé et répondit :

– Je vous demande un peu de patience, mais nous laisserons cela de côté pour le moment. Comment savons-nous que la lettre que nous avons trouvée sur Hoggart n'a pas été écrite après le procès ?

L'inspecteur Pound reposa sa tasse de thé sans y avoir posé ses lèvres et en renversa un peu dans sa soucoupe.

– En raison de l'état de décomposition du corps qui indique qu'il a séjourné dans l'eau depuis plus longtemps.

J'essuyai sa soucoupe et le dessous de sa tasse.

– Et si quelqu'un avait sorti le cadavre de l'eau, mis la lettre dans sa poche et replacé le corps ? dit Sidney Grice.

L'inspecteur cligna des yeux.

– Vous coupez les cheveux en quatre, monsieur Grice. Ce cadavre n'a pas été déplacé depuis des semaines puisque les mauvaises herbes ont poussé autour et par-dessus, et cela prend bien plus qu'une nuit. De plus, le vol d'une boîte d'allumettes Vesta de la vendeuse n'a jamais été mentionné lors du procès, mais l'auteur de la lettre était au courant.

– De même que je l'étais, ainsi que votre policier et mademoiselle Middleton, précisa Sidney Grice.

– Ne soyez pas absurde ! dit Sidney Grice en mettant la main sur son œil et en la gardant ainsi pendant un moment. J'essaie simplement de préciser deux points fondamentaux, inspecteur. Un, que le fait de découvrir une lettre dans la poche d'un homme ne prouve aucunement que c'est lui qui l'a écrite. Deux, que d'autres personnes que le meurtrier disposaient d'une connaissance précise des circonstances du crime. Mademoiselle Middleton, sonnez et demandez du thé. Celui-ci a trop infusé.

– Et le morceau de lame que vous avez trouvé dans le corps de cette jeune fille ?

J'allai jusqu'au cordon de la sonnette et le tirai deux fois.

– Il correspond exactement à celui qu'Ashby prétendait avoir vendu et à celui qui a tué sa femme ; or, vous affirmez que cela prouve que les meurtres ont été perpétrés par deux personnes différentes. Je ne vois pas la logique dans tout cela, insista l'inspecteur.

Sidney Grice tapota du bout des doigts le bras de son fauteuil.

– Tous les criminels possèdent un modus operandi, dit-il. Vous le savez aussi bien que moi. Une femme qui empoisonne autrui pour le profit utilisera toujours le même poison. C'est une méthode qu'elle a expérimentée et qui lui a réussi. L'étrangleur qui travaille avec une corde ne se met pas à tuer les gens à coups de matraque, de même que celui-ci qui étrangle sa proie à mains nues ne joue pas avec une hache.

– Mais ces deux femmes ont été tuées exactement de la même manière, rappela l'inspecteur Pound. Elles ont été poignardées à de nombreuses reprises, notamment au niveau du cœur, et égorgées avec la même lame ou des lames identiques.

– Sarah Ashby a été assassinée par un meurtrier expérimenté, dit Sidney Grice, parce qu'il a porté le coup fatal en premier. J'ai demandé à la morgue si le corps avait déjà lavé, mais non. Or, certaines des blessures les plus profondes ne présentaient que très peu de sang. Elle a été tuée rapidement et proprement, et son corps a ensuite été mutilé.

– William Ashby n'était qu'un boutiquier, intervins-je.

– Oui, mais il était aussi un soldat aguerri.

– Pourquoi êtes-vous si sûr qu'il s'agissait d'un meurtre professionnel ?

Molly entra et emporta la théière. Le nœud de son tablier était en train de se relâcher.

Sidney Grice se leva.

– Venez vous mettre debout en face de moi, March, dit-il, et prenez cette règle en ébène pour me poignarder dans la poitrine.

– Oh ! monsieur, je peux voir ça ? demanda Molly.

– Dégagez ! s'écria mon tuteur.

L'occasion était trop bonne. Je m'emparai de la règle et je fis un pas vers lui en le piquant aussi vite et aussi fort que je le pus.

– Aïe !

Mon tuteur grimaça et se frotta le bras tandis que je reprenais la pose pour un nouveau coup.

– Merci, mademoiselle Middleton. Je pense que cela suffit pour prouver mon argument.

Il me prit la règle et remonta sa manche pour évaluer les dégâts.

– Personne ayant l'habitude de se battre au couteau ne l'emploierait ainsi. Primo, vous avez brandi le couteau, ce qui a permis à la victime de le voir et de se préparer à fuir, à se défendre, voire à contre-attaquer. Deuzio, vous avez frappé en décrivant un arc de cercle. C'est trop lent. La victime voit le coup venir et, le plus souvent, lève le bras pour se protéger. Enfin, je suppose que vous connaissez suffisamment d'anatomie pour savoir que les côtes sont disposées comme des lames horizontales et qu'un coup de couteau qui viendrait d'en haut aurait plus de chance de glisser sur une côte que de pénétrer entre deux, ce qui est exactement ce qui s'est passé pour notre deuxième victime.

Il rabaissa sa manche et reboutonna le poignet.

– Le couteau a ripé sur la septième côte, s'est tordu et s'est brisé net. Un spécialiste frappe de bas en haut, parce que le couteau est alors plus facile à dissimuler – il peut, par exemple, le tenir sur le côté –, et en ligne droite, bien qu'il y ait une légèrement inclinaison qui part de l'alignement de l'épaule du tueur vers le milieu. Le coup est beaucoup plus rapide, plus difficile à anticiper et à repousser, et si contact il y a...

Sidney Grice fit une démonstration sur moi avec la règle.

– ... la lame se glisse aisément entre les côtes et se dirige droit sur le cœur. La mort est instantanée. La deuxième jeune fille sans nom...

– Elle avait un nom, coupai-je, même si nous ne le connaissions pas.

Il claqua les lèvres de dédain.

– La deuxième jeune fille avait plusieurs entailles sur les bras parce qu'elle les avait levés devant elle pour se protéger. Son meurtre est le travail bâclé d'un amateur incompétent qui, à en juger – comme il se doit – par l'angle des blessures, est gaucher.

– Comme l'était William Ashby, dis-je.

Mon tuteur renifla.

– C'est la seule similarité.

L'inspecteur Pound but son thé en un seul mouvement et je lui versai une nouvelle tasse. Il remua le sucre pensivement.

– J'ai le plus grand respect pour vous, monsieur Grice, dit-il, et je serais le premier à admettre que vous m'avez été d'une grande aide au fil des années, mais êtes-vous absolument convaincu que vous n'êtes pas en train d'expliquer tout cela parce que vous refusez d'admettre que nous avons commis une erreur ?

Sidney Grice sirota son thé. Dans sa main gracieuse, la tasse avait l'air énorme.

– J'admets, dit-il, que cela ne servirait guère notre réputation si nous nous étions fourvoyés. Cela gâcherait tous vos espoirs de promotion et cela fait déjà bien mauvaise publicité à mes affaires d'envoyer un client à la potence. Imaginez les dégâts si on apprenait qu'il était innocent ! Dois-je vous rappeler qu'il y a dans ma vie deux éléments qui me font avancer. Primo, l'amour de l'argent. Deuzio, la haine du mensonge, et je préférerais m'envoyer moi-même au gibet que de sacrifier la vérité. Vous souvenez-vous que nous avons laissé Samuel Wesley libre de ses mouvements alors que nous savions qu'il avait rompu le cou de sa propre mère ? Si j'avais été prêt à jurer que ce mouchoir avait été trouvé dans l'étable et non dans la cour, nous aurions pu le voir se balancer au bout d'une corde sans perdre une seconde de sommeil, et j'aurais empoché l'énorme récompense que sa sœur offrait pour sa condamnation.

– J'avoue avoir vainement essayé de vous convaincre de modifier votre témoignage, dit l'inspecteur Pound en regardant le tapis devant l'âtre.

– Deux meurtres, répéta Sidney Grice, deux meurtriers.

– Pourquoi Caligula avouerait-il le meurtre de madame Ashby ?

Molly vint changer nos tasses.

– Pour la même raison qui le pousse à avouer les assassinats de Slurry Street, expliqua Sidney Grice. Il cherche la notoriété. C'est ce que les Français appellent « crime de copie ». Tout a commencé avec Jack-les-Talons. Au moment où ils montaient à l'échafaud, tous les coupeurs de gorge d'Angleterre clamaient qu'ils étaient ce Jack. C'était leur seul espoir de marquer les mémoires. Comment savons-nous qu'il n'a pas poignardé la fille de la cave avant le meurtre de Sarah Ashby et qu'il a ajouté celle-ci à sa liste lorsqu'il en a entendu parler ? Attendez que son dernier meurtre arrive aux oreilles des pisseurs de copie et vous verrez combien d'aliénés ou d'idiots en quête d'attention se mettront à avouer ! Filez, Molly.

La jeune domestique traînait derrière lui. Elle inclina la tête sur le côté et sortit lentement en laissant la porte entrouverte derrière elle.

– J'espère que vous avez raison, dit l'inspecteur Pound. Dans le cas contraire, cela va être le chaos.

– J'ai raison et, si vous me laissez faire, je vous aiderai à trouver le meurtrier de cette pauvre enfant.

– Je lève mon verre à votre réussite, dit l'inspecteur Pound.

Je resservis du thé à tout le monde.

– Dégagez, Molly ! hurla mon tuteur.

La porte se referma sans bruit.

42

Des bottes et des bottines

Les yeux de l'inspecteur Pound étaient gonflés et cernés de noir. Lorsque nous entrâmes dans son bureau, il était en train de manger un pâté en croûte sur une serviette en vichy.

– Petit-déjeuner, dit-il simplement.

– De la chair de porc dans la gelée obtenue à partir des os bouillis dudit porc, commenta mon tuteur, enveloppée de graisse animale et de grains de blé.

– L'idée du blé me paraît peu ragoûtante, je vous l'accorde.

L'inspecteur s'essuya la bouche avec la serviette qu'il avait glissée dans son col.

– Cela a quand même bon goût.

Le pâté avait l'air appétissant et, après des semaines d'œufs et de légumes bouillis, j'aurais volontiers dévoré les restes que l'inspecteur Pound jeta dans la corbeille.

– Quelles sont les nouvelles ? demanda Sidney Grice.

L'inspecteur rangea sa serviette dans un tiroir.

– La fille de Chandler Street, dit-il, nous connaissons son nom : Alice Hawkins.

– Comment l'avez-vous découvert ?

L'inspecteur Pound réprima un sourire.

– Du travail de police de routine, monsieur Grice. Nous avons trouvé le propriétaire des lieux. Il vit dans la maison d'en face.

– A-t-il identifié le corps ?

– Oui. Il n'était pas enthousiaste, mais lorsque je lui ai dit qu'il ne pouvait pas partir avant que l'affaire soit résolue, il est devenu beaucoup plus coopératif.

– Vous a-t-il dit quoi que ce soit à son sujet ? demandai-je.

– Pas vraiment.

L'inspecteur rajusta ses moustaches entre le pouce et l'index.

– Elle vivait là depuis un an environ et il l'a vue trois jours avant le meurtre d'Ashby, quand elle est venue payer son loyer. Elle avait un accent irlandais et ne lui a jamais causé de problème.

– Monsieur Rawlings l'a-t-il déjà examinée ? demanda Sidney Grice.

– Je lui ai parlé hier soir. Aucune surprise : Alice Hawkins est décédée plusieurs semaines avant que nous ne la trouvions. Morte de ses blessures. Vingt-sept, pour être précis. À la poitrine, au ventre, aux mains et aux bras, au visage.

– Pas quarante alors ? dis-je, mais aucun des deux hommes ne réagit.

– Et toutes portées de haut en bas par un homme gaucher, dit Sidney Grice.

– Ou une femme, dis-je.

L'inspecteur Pound me regarda d'un air vif.

– Vous avez là une bien piètre opinion de votre sexe.

– Marat, le révolutionnaire français, a été poignardé par une femme, soulignai-je, et la Bible nous raconte que Judith a décapité Holopherne.

– C'était un homme, jeta Sidney Grice.

– Comment pouvez-vous en être si sûr ?

– Parce que, pendant que l'inspecteur était en train de remettre en cause ma santé d'esprit, j'examinais le sol. Le sang est l'encre de la nature et, comme nous l'avons remarqué à ce moment-là, il y avait plusieurs empreintes sur les dalles de pierre, dont l'une, claire et nette, d'une botte gauche. J'ai rarement vu une femme ayant des pieds plus larges que ceux de mademoiselle Middleton, mais ceux-là étaient encore plus grands que les vôtres, inspecteur. Et vous avez de très grands pieds !

– Je n'ai pas de grands pieds, dis-je.

– Ils le seraient si vous ne les comprimiez pas dans d'aussi ineptes bottines.

– Les miens ne sont pas particulièrement grands, dit l'inspecteur.

– La même remarque vaut pour vous, déclara Sidney Grice.

L'inspecteur Pound fronça les sourcils.

– Juste une idée, monsieur Grice, mais pensez-vous que William Ashby ait pu aussi assassiner Alice Hawkins ? Si je me souviens bien, il avait de grands pieds.

– Ce serait parfait si c'était le cas, mais, comme je vous l'ai déjà expliqué, les deux crimes ont été commis par deux personnes différentes. Hormis la méthode, l'empreinte la plus nette sur le sol du logis de mademoiselle Hawkins présentait un petit défaut en forme de clou de fer à cheval. Vous n'avez pas oublié que j'ai examiné les semelles des bottes d'Ashby lors de notre interrogatoire. Elles comportaient un certain nombre d'entailles et de traces d'usure, comme on s'y attendrait pour des chaussures qui ont été portées longtemps, mais il n'y avait rien qui rappelât cette forme.

Je peux ajouter que le défaut n'apparaissait pas plus sur les chaussures de James Hoggart.

Les lèvres pincées, l'inspecteur répondit :

– Hoggart aurait pu posséder plus d'une paire de chaussures !

Sidney Grice leva les yeux.

– J'y ai songé, mais Hoggart avait de petits pieds, comme les miens. Trouvez un individu avec de grands pieds et un creux sur la semelle gauche, et je parie que vous tiendrez votre homme !

– Je ne peux guère envoyer mes agents regarder les semelles de tous les hommes de la capitale, soupira l'inspecteur.

– Pourquoi pas ? interrogea mon tuteur. Ils seraient plus utiles qu'ils ne le sont en ce moment. Mais nous perdons notre temps. Venez, mademoiselle Middleton, nous avons du travail. En outre, il est clair que personne ne va nous offrir de thé ici et nous devons donc en chercher ailleurs.

43

Les gorges

La porte d'entrée pendait encore sur ses gonds lorsque nous retournâmes à Chandler Street. Sidney Grice était en train de franchir l'ouverture lorsqu'il se figea.

– Je suis accompagné par la police, et le fait de couper la gorge à un être humain est passible de la peine de mort, même dans ces lieux abandonnés de Dieu.

– Restez où vous êtes ! aboya une voix de femme. C'est pas moi qui zigouille les gens. Qui vous êtes ?

– Je m'appelle Sidney Grice.

– Ah ! je sais qui vous êtes. Celui qu'a mis la corde au cou du pauv' Ashby.

– Je n'en ai pas eu personnellement le plaisir, mais…

– Qu'est-ce vous voulez ?

Elle avait la voix rauque et cassée par la toux.

– Alice Hawkins.

– Elle est clamsée et vous l'savez bien.

– Justement, j'ai l'intention de trouver l'homme qui l'a tuée.

Après un silence, la femme dit :

– Entrez.

Sidney Grice se glissa à l'intérieur et je le suivis pour découvrir une jeune fille de quatorze ou quinze ans qui tenait un bébé dans son bras gauche tandis que, du droit, elle menaçait mon tuteur avec son long couteau à découper. Lorsqu'elle me vit, elle plissa les yeux et ajouta :

– C'est ça, votre police ?

– Je suis ici incognito, dis-je.

Elle éclata d'un rire éraillé qui dévoila sa bouche noire et elle abaissa le couteau.

– On n'est jamais trop prudent, dit-elle. Ce rital qu'a fait ça à Alice pourrait bien r'venir n'importe quand.

Sa tenue était un assemblage de pièces de différents matériaux, des loques déchirées grossièrement cousues avec de la ficelle, et ses pieds nus étaient noirs de crasse et couverts de cicatrices. Il lui manquait même deux orteils au pied gauche. Son bébé était emmailloté dans un tas de chiffons qui ne laissait apparaître que sa nuque couverte de croûtes.

– Comment savez-vous qu'il s'agissait d'un Italien ? demanda mon tuteur.

La jeune fille roula les yeux.

– Tout l'monde le sait.

– L'avez-vous vu ?

Elle se mit à tousser violemment et dut se pencher pour reprendre son souffle.

– Ch'rais pas là si j'l'avais vu.

– Avez-vous entendu ou vu quelque chose le jour où elle a été tuée ?

– C'était quand, déjà ?

Sidney Grice fit un pas en arrière et plissa les yeux.

– Quand avez-vous vu Alice pour la dernière fois ? demandai-je.

Elle glissa le couteau dans le morceau de cordelette

qui lui servait de ceinture et ramena ses cheveux en arrière, dévoilant un visage criblé par la maladie.

– Y a des semaines.

– Combien de semaines ?

– Qui compterait ? fit-elle en relevant la lèvre supérieure. Les s'maines sont toutes pareilles, pour moi. Ouais, j'me souviens juste qu'c'était quand est-ce qu'on a pris le thé avec l'impératrice de Chine.

Sidney Grice leva les yeux vers le plafond.

– Vous vivez à l'étage ? demandai-je.

– On peut dire ça.

– Connaissiez-vous bien Alice ?

Elle se gratta l'oreille.

– L'était trop chic pour moi. L'avait sa propre chambre et un boulot. Toujours en train d'raconter qu'elle mettait de l'oseille pour se carapater. Ben, elle est bien carapatée, là, hein ? La saleté de chienne.

Elle se pencha pour laisser passer un nouvel accès de toux caverneuse.

– Lorsque j'mangeais si peu que j'avais pas d'lait, elle m'aurait même pas donné un sou pour mon bébé. Saleté de grippe-sou.

Elle cracha par terre une giclée de vermicelles blancs sur un fond de sang rouge sombre.

– Quelle sorte d'emploi occupait-elle ? demandai-je.

– Vendeuse.

Sidney Grice dressa l'oreille.

– Où ? demanda-t-il.

La fille regarda son doigt et l'essuya sur ses cheveux. Elle fit une grimace de ses lèvres souillées et répondit :

– Ben, v'là un drôle de détective qui sait rien ! Chez Finnegan.

La joue de Sidney Grice frémit.

– La boutique de curiosités dans Mangle Street.

– Tout juste.

Elle cracha encore.

– Diable ! s'écria mon tuteur en tirant sur son oreille.

– Votre bébé est très calme, dis-je.

Elle me regarda d'un air vide, les yeux aussi morts que l'enfant qu'elle tenait.

44

La petite boutique de curiosités

Les portes et les fenêtres de l'échoppe d'Ashby avaient été condamnées et il n'y avait plus aucun agent qui montait la garde lorsque nous retournâmes dans Mangle Street. Nous entrâmes dans la boutique en face, et mon tuteur attrapa un singe empaillé en disant :

– Êtes-vous le propriétaire de la boutique ?

L'homme qui se tenait derrière le comptoir hocha joyeusement la tête.

– Childe Finnegan, à votre service, monsieur, dit-il en s'inclinant.

Sidney Grice reposa le singe.

– Alice Hawkins.

– Tiens, quelle coïncidence ! s'exclama Childe Finnegan en redressant la cheminée d'un bateau à vapeur en fer-blanc. J'avais une vendeuse qui s'appelait comme ça il y a peu de temps.

Sidney Grice leva un œil au ciel.

– Combien de temps Alice Hawkins a-t-elle travaillé pour vous ?

– De huit heures du matin à huit heures du soir.

– Le monde n'est-il fait que d'imbéciles ?

– C'est ce que je me suis souvent dit, monsieur.

La cheminée du bateau s'écroula.

– Depuis quand travaillait-elle ici ? demandai-je à mon tour.

– Depuis le mois d'octobre, si je me rappelle, dit Finnegan. La pièce que vous avez sélectionnée est une magnifique réduction de tête qui vient tout droit des îles cannibales des colonies les plus sombres du Portugal.

Je reposai l'objet en hâte.

– Quand est-elle partie ?

Sidney Grice prit une lance.

– Oh ! on ne peut pas dire qu'elle soit partie, mademoiselle.

Childe Finnegan repoussa le vapeur pour le remplacer par un pichet en barbotine représentant un homme assis.

– C'est juste qu'elle n'est jamais revenue. Voilà, monsieur, une lance de chasse en corne de rhinocéros tout droit importée de l'île turque d'Aghtamar.

– Que je vais vous plonger en plein cœur si vous ne devenez pas plus cohérent ! déclara Sidney Grice.

– Vous pouvez toujours essayer, monsieur, rit Finnegan, mais je dois vous avertir que je n'ai pas de cœur. Je n'en ai jamais eu parce que je suis né sans.

– Bien, vous avez donc une chose en commun, tous les deux, dis-je. Mais c'est certainement impossible.

– Pas du tout. Les médecins ont été aussi surpris que vous, mademoiselle. D'après eux, j'aurais dû être mort avant même d'être en vie, mais, comme vous pouvez le constater de vos yeux, ce n'est pas le cas.

J'ouvris le couvercle d'une boîte à musique, et une ballerine rouillée se mit à danser en grinçant.

– Quel jour avez-vous vu Alice pour la dernière fois ? demandai-je.

– Le cinq du mois dernier.

Childe Finnegan fronça les sourcils.

– Faites attention, monsieur, c'est un authentique club d'Hercule. Elle est venue comme d'habitude, a travaillé comme d'habitude et est partie comme d'habitude. Et j'ai été fort surpris qu'elle ne revienne pas comme d'habitude. Je me suis souvent demandé si elle n'avait pas eu un accident.

– N'avez-vous pas essayé de vous renseigner ? insistai-je.

– Non, parce que je me soucie comme d'une guigne de ce qui arrive aux autres. C'est parce que je n'ai pas de cœur, voyez-vous ?

– Connaissiez-vous monsieur et madame Ashby ?

– Tout dépend de ce que vous voulez dire par « connaître ». De temps à autre, nous nous faisions signe chacun de notre côté de la rue.

– Alice les connaissait-elle ?

Childe Finnegan fronça le nez et répondit :

– Là encore, tout dépend de ce que vous voulez dire par « connaître ». Elle traversait pour aller bavarder avec eux et je crois qu'elle a soupé quelques fois chez eux.

– Ils étaient donc bons amis ? demandai-je.

– Nous n'avons pas de temps à perdre en bavardages de salon, coupa Sidney Grice en scrutant un cobra qui marinait dans un bocal.

– Trois guinées, parce que c'est vous, monsieur, pour la guêpe qui a tué lady Godiva. Non, mademoiselle, je ne pourrais dire s'ils étaient bons amis ou non, s'il faut être exact. Je ne l'aimais pas.

– Qui ça ? Alice ?

– Madame Ashby. Mon Dieu ! s'écria Childe Finnegan en ouvrant si brusquement les bras qu'il renversa une corbeille de souris empaillées.

Elles se déversèrent dans un porte-parapluie en bambou.

– Elle avait une de ces langues ! Elle aurait pu raser un blaireau tellement elle était acérée ! Toujours en train de hurler après le pauvre monsieur Ashby.

Il attrapa par la queue un spécimen moisi et le brandit sous notre nez avant d'ajouter :

– Ce sont elles qui ont sauvé Rome.

– Quels étaient les sujets de leurs disputes ? demandai-je.

– L'argent.

Le boutiquier avait répondu si simplement que j'attendis la suite, mais rien ne vint.

– Partons, mademoiselle Middleton. Je pense que nous avons suffisamment souffert pour la journée.

– Avez-vous déjà vu des Italiens inconnus dans votre boutique ? lançai-je.

Childe Finnegan pianota sur le comptoir du bout des ongles tout en réfléchissant.

– Non, finit-il par dire, et je ne pense pas que ce soit utile.

Mon tuteur ouvrit la porte et, au moment où je la refermais, je posai une dernière question :

– Savez-vous ce qu'il est advenu de Tilly, la petite marchande d'allumettes ?

Le visage de Childe Finnegan s'éclaira :

– Morte, dit-il avec un sourire rêveur. Morte parce qu'elle était trop paresseuse pour s'habiller chaudement. Aussi raide qu'un poisson, qu'elle était, lorsqu'ils l'ont trouvée dehors, dans l'encoignure, un paquet d'allumettes dans la main.

– C'est horrible ! m'écriai-je.

– Affreux, commenta mon tuteur. Encore une dépense pour le conseil de la paroisse.

Je claquai la porte.

– Faites donc attention ! dit Sidney Grice. Vous avez failli me couper les doigts.

Je tournai les yeux vers l'autre côté de la rue et vis que le nom d'Ashby était resté accroché au-dessus de sa boutique.

– Il est dommage qu'il n'ait rien eu à nous apprendre, dit Sidney Grice.

– Mais...

– Avez-vous remarqué qu'il ne vendait pas d'appareil pour retirer les pépins des fraises ? Cela m'a donné une idée d'invention.

45

Où il n'est pas question de chiens

Pour une fois, mon tuteur ne se plaignit pas du thé qu'on nous servit (même si je le trouvai trop léger), ni de la nappe, qui n'avait visiblement pas été changée depuis un moment, et il oublia même de se montrer grossier avec la serveuse. Il semblait très soucieux d'aplanir le sucre en poudre.

– Grace Dillinger, dit-il en prononçant le nom comme si celui-ci possédait une signification secrète qu'il s'efforçait de décrypter. C'est notre seul lien vivant entre les Ashby et Alice Hawkins.

– C'est peut-être simplement une coïncidence si Alice travaillait en face de chez eux.

Il creusa un petit trou dans le sucre.

– Croyez-vous aux coïncidences ?

– Parfois, oui.

– Moi de même.

Il remplit le trou de sucre et lissa le dessus.

– Mais je ne pense pas qu'il s'agit d'une coïncidence dans ce cas précis.

– Moi non plus.

Je terminai ma tasse.

– Pensez-vous que Grace Dillinger pourrait savoir quelque chose au sujet d'Alice Hawkins ? demandai-je.

Il leva son pince-nez vers la lumière.

– C'est ce que j'ai besoin de découvrir.

Il sortit un petit mouchoir de sa poche intérieure de poitrine.

– Je ne peux imaginer qu'elle aura envie de vous parler à *vous* !

– Je suis d'accord avec vous.

Il souffla sur les lentilles et se mit à les faire briller.

– Voulez-vous une autre tasse de thé, March ?

– Non, merci.

Sidney Grice hocha la tête et écarta les rideaux de chintz pour regarder la rue sans but apparent.

– Très sage de votre part. Les savants ont découvert que le thé contenait une substance chimique qui perturbe le délicat système nerveux féminin.

Il souleva le couvercle du pot d'eau chaude et le laissa retomber bruyamment.

– Quel casse-tête !

Il arracha les pétales d'un bouquet de violettes qui flétrissaient dans un verre posé au milieu de la table.

– Si seulement je connaissais une jeune dame en bons termes avec Grace Dillinger et que ladite jeune dame soit assez intelligente pour poser quelques questions simples !

Il remit son pince-nez à la monture cerclée dans le seul but, semblait-il, de me scruter soigneusement.

– Je crois que je vais reprendre du thé, après tout, dis-je en faisant signe à la serveuse.

46

L'œil était dans la caisse

Debout devant son bureau, Sidney Grice était en train de soulever le couvercle d'une caisse en bois avec un petit levier.

– March, je vous attendais !

Il portait l'un de ses bandeaux noirs.

– Je crois que c'est aujourd'hui que vous voyez madame Dillinger ?

Le couvercle émit un craquement et Sidney Grice le posa sur le côté.

– Nous déjeunons ensemble à midi.

– Bien.

Il sortit quelques poignées de paille et les jeta sur la table.

– J'ai préparé une liste de questions que je souhaite vous voir lui poser.

– J'ai quelques idées, dis-je.

– Je n'en doute pas une minute, jeune dame.

Il éparpilla un peu de paille sur le sol.

– Mais vous ne pouvez sérieusement espérer que vos idées seront aussi judicieuses que les miennes. Par exemple, je ne tiens pas à connaître ses vues sur la disparition de la tournure des toilettes. Qu'aviez-vous envisagé de lui demander ?

– J'allais lui demander si elle avait entendu parler

d'Alice Hawkins, si elle l'avait rencontrée et, le cas échéant, si elle la connaissait bien et quand elle l'avait vue pour la dernière fois. Si elle connaissait une raison pour laquelle on aurait voulu tuer Alice. Alice avait-elle reçu des menaces ? Ou remarqué quoi que ce soit de louche ? Paraissait-elle effrayée ?

Sidney Grice soupira.

– Je suppose que ces questions suffiront pour l'heure. Ah ! voici.

Il sortit une boîte de la caisse, souleva un nouveau couvercle, puis écarta une épaisseur de coton cardé pour dévoiler un œil qui me fixait intensément.

– N'est-il pas magnifique ? dit-il en le levant pour que je puisse l'admirer.

– Ravissant, dis-je.

Il retira son bandeau et sembla avoir quelques difficultés à insérer son nouvel œil dans la cavité.

– Serait-il trop gros ?

– Bien sûr que non, grogna-t-il.

Il écarta davantage les paupières et exerça plus de pression.

– Comme vous ne l'ignorez pas, j'ai fabriqué le moule en personne. C'est sans doute que les tissus de la cavité ont gonflé parce qu'elle était vide. Sapristi !

Il se détourna et se pencha avant de ramener brusquement sa main sur son œil.

– Sapristi de saperlipopette de sapristi. Ah ! ça y est !

Il se redressa et me fit face.

– Vous voyez ?

– En effet, dis-je.

Ses paupières, qui avaient viré au violet, étaient largement écartées, et l'œil lui-même paraissait énorme.

– Vous ressemblez à un calmar géant.

– Sornettes !

Il alla se regarder dans le miroir placé au-dessus de la cheminée.

– Il faut un peu de temps pour qu'il trouve sa place.

– Je ferais mieux de partir. En souffrez-vous ?

– Pas le moins du monde.

Les larmes inondaient déjà ses joues.

– J'espère que vous ne comptez pas que je vous rembourse le déjeuner ?

– Je ne vois pas pourquoi vous ne le feriez pas. J'enquête pour votre bénéfice.

Grice sortit un mouchoir pour s'essuyer le visage.

– Selon moi, ce déjeuner concerne les liens potentiels entre le meurtre d'Alice Hawkins et l'affaire Ashby.

– Exactement.

– Or, je vous rappelle que vous êtes la cliente qui a proposé de prendre à sa charge le coût de mes investigations dans l'affaire Ashby. Vous pouvez parfaitement me demander de vous indemniser pour toutes les dépenses que vous engagerez et que je vous présenterai, sur facture justifiée, pour que vous me les régliez. Et si vous n'êtes pas satisfaite du montant de ces frais généraux, vous êtes en droit de consulter un avoué, voire de vous traduire vous-même devant la justice. Sur ce, je vous prie de m'excuser, March, mais j'ai à faire.

Il se précipita dans l'escalier, le mouchoir plaqué sur l'œil. Je décrochai ma cape du portemanteau et sortis. Il faisait frais et venteux, et le crachin tombait dru. Mais je n'en avais cure parce que j'étais en route pour ma première mission en solo.

47
Les côtelettes d'agneau

Grace Dillinger était déjà assise à notre table, dans une alcôve, lorsque j'entrai dans le grill de chez Brown. Elle se leva et posa un baiser sur ma joue.

– Comment allez-vous ?

– Je vais bien, répondit-elle.

Mais un simple coup d'œil à son visage où toute vie semblait s'être retirée suffisait pour comprendre que ce n'était pas le cas.

– Et votre bébé ?

– Il est calme.

– Dormez-vous suffisamment ?

Elle fit tourner son alliance.

– J'essaie de ne *pas* dormir. Dans mes rêves, les personnes que j'aimais sont encore en vie, mais elles sont encore assassinées. Je ne quitterai jamais ce deuil-là.

Un serveur nous jeta deux menus. Il avait les cheveux coupés court.

– Cette table est dégoûtante, dis-je.

Il détourna le nez.

– C'est vrai, dit-il avec un accent allemand avant de filer.

– Je dois vous demander quelque chose, dis-je.

Ses yeux palpitèrent.

– C'est lui qui vous envoie ?

– Il m'a effectivement demandé de venir, mais...

– Votre tuteur serait-il bourrelé par les remords au point de ne pas venir lui-même ? Ou est-ce un tel lâche ?

– Je ne pense pas qu'il soit lâche et je ne suis pas sûre qu'il soit capable de remords, dis-je, mais il pensait que vous n'auriez pas envie de lui parler.

– Il avait raison, dit-elle d'un air furieux. Qu'est-ce encore ? Il a laissé le meurtrier de ma fille en liberté et condamné mon gendre à la chaux vive de la fosse commune. Cela ne lui suffit donc pas ?

– C'est à propos de quelqu'un d'autre.

– Qui d'autre ? Ils sont tous morts, désormais.

Le serveur revint, étala la graisse sur la table avec un chiffon sale et lança d'une voix rauque :

– Contente ?

Il disparut.

– Alice Hawkins, dis-je.

Grace Dillinger leva le menu, mais sans un regard.

– Elle était censée être de leurs amis, dit-elle doucement, et j'ai presque cru qu'elle était des miens aussi, mais une fois... que tout... s'est passé, elle a disparu. C'est étrange de constater combien de gens disparaissent lorsqu'ils craignent que le scandale n'éclabousse leur nom. Que lui est-il arrivé ?

– On l'a trouvée morte.

Elle reposa très calmement le menu.

– Comment ?

– Assassinée.

Grace Dillinger pâlit encore plus, et ses mains se rejoignirent en prière devant sa bouche.

– Comme...

Je hochai la tête.

– La connaissiez-vous bien ?

Grace Dillinger ferma les yeux et posa le bout de ses doigts contre son front.

– Elle venait souvent à la boutique. Vous savez comment sont les Irlandais : une fois qu'ils commencent à parler, il n'y a pas moyen de les arrêter. C'était une brave fille quand même. Elle allait tricoter un châle pour mon...

Elle se tut et, lorsque le serveur se présenta, hautain et méprisant, pour prendre notre commande, elle ajouta :

– Je ne prendrai rien.

Il prit note de ma commande d'un air hostile et retira le couvert et la serviette de Grace d'un geste vif.

– Quand l'avez-vous vue pour la dernière fois ?

– Pardon ? Je ne m'en souviens pas. Quelques jours avant toute cette histoire. Cela ne m'a pas paru significatif, à l'époque.

– Allait-elle bien ?

Grace Dillinger rouvrit les yeux.

– Seigneur, on dirait votre tuteur !

– Nous voulons trouver qui l'a tuée, dis-je.

Elle secoua la tête.

– Non, la police et monsieur Grice veulent la gloire rattachée à la résolution de l'affaire. Ils ne se soucient pas de la solution. Trouvez l'Italien et vous détiendrez l'homme qui les a assassinées toutes les deux. Dieu seul sait pourquoi il l'a fait. Il a dû les voir à la boutique. Peut-être qu'il m'y a vue aussi et que je serai la suivante. Que m'importe, désormais !

Je pris une inspiration.

– Nous l'avons trouvé, oui.

Grace Dillinger se raidit.

– Où ? A-t-il été arrêté ? Que dit-il ?

– Il ne dit rien. Il a été trouvé dans un canal.

Grace Dillinger blêmit et agrippa si fort la nappe que je craignis qu'elle ne renverse les verres. Elle inspira profondément et expira en soupirant à plusieurs reprises, jusqu'à ce qu'elle reprenne le contrôle de ses mains. Elle se toucha les cheveux.

– Il a peut-être eu un éclair de lucidité qui l'a incité à commettre un suicide, dit-elle enfin.

– Le médecin légiste affirme qu'il a été assassiné.

J'avais envie d'une cigarette.

– Je l'espère. J'espère qu'il a souffert. J'espère qu'il était terrifié et qu'il est mort dans d'horribles souffrances.

Elle rabaissa les mains sur la table.

– Quelqu'un a peut-être découvert ce qu'il avait fait et a décidé de débarrasser le monde d'un monstre.

– Peut-être, dis-je, mais ne pouvez-vous rien me dire d'autre au sujet d'Alice Hawkins ?

– Rien, répondit-elle en lissant la nappe.

Elle avait les yeux creusés, et son esprit était loin, très loin. C'est d'une voix terne qu'elle ajouta :

– Espérons que ces terribles meurtres vont cesser !

– Comment pourraient-ils continuer si le meurtrier est mort ?

Grace Dillinger se redressa.

– C'est exactement ce que votre tuteur a déclaré lorsque le pauvre William…

Incapable de poursuivre, elle détourna le visage.

– Je suis désolée, dis-je.

Elle posa sa main sur la mienne.

– Je sais que vous l'êtes.

Ses yeux plongèrent brièvement dans les miens, mais elle les baissa aussitôt. Son sac était resté ouvert et je ne pus m'empêcher de remarquer une enveloppe adressée à *Geo. Woodminster, agent maritime, 14, Liver Lan...*

– Qu'est-ce que... ?

Elle suivit mon regard et se pencha pour fermer son sac d'un claquement sec.

– Il vous a bien formée, dit-elle sans lâcher son sac. Je m'inquiète à votre sujet, March, parce que vous vivez sous son toit. Mais vous n'aurez pas à vous soucier plus longtemps de moi. Je pars pour l'Australie. Là-bas, on sait au moins qui sont les criminels.

– Pourquoi ?

Elle leva son visage enflammé vers moi.

– Comment puis-je continuer à vivre dans le pays qui a massacré tous ceux auxquels je tenais ? Comment puis-je donner naissance à un enfant ici ? Le regarder traverser le pont où son grand-père fut tué ? Passer devant la maison où sa sœur et le mari de celle-ci ont vécu ? Les murs de la prison où... Imaginez que mon fils ou ma fille croise Sidney Grice. Si j'étais un homme, je jure devant Dieu que je lui infligerais une correction.

– Je vous prie de modérer vos paroles, lança un homme corpulent en veston rouge assis dans l'alcôve d'en face.

– Je vous prie d'aller au diable, répliqua-t-elle.

L'homme grommela quelque chose, mais retourna à ses rognons.

– Que ferez-vous en Australie ?

– Démarrer une nouvelle vie.

– Quand partez-vous ?

– Dans trois semaines... si j'arrive à réunir le reste de la somme. J'ai versé un acompte pour un passage sur l'*Aphrodite*, qui largue les amarres le vingt-quatre. Je vais vendre ma bague de rubis et mon alliance.

– Ne faites pas cela.

– Je n'ai pas le choix.

– Comment gagnerez-vous votre vie ?

Grace Dillinger ouvrit les mains.

– Je peux toujours donner des leçons. Ils doivent bien avoir des pianofortes là-bas, bien que je doute qu'ils aient envie d'apprendre le français.

– Je peux peut-être vous aider.

– Vous m'avez aidée une fois et nous savons toutes les deux ce que cela a donné.

Elle s'essuya les yeux avec un mouchoir.

– Je suis désolée, ce n'était pas juste de dire cela. Il faut que je parte.

Elle se leva.

– Mais nous nous reverrons ? dis-je.

– Vous savez où me trouver.

Elle tourna les talons et sortit rapidement. Je la regardai passer devant la vitrine, droite et fière, la tête haute. Le serveur m'apporta une pinte de porter avec des côtelettes d'agneau qu'il posa en claquant l'assiette devant moi. J'en avais rêvé toute la matinée, mais, à présent, j'étais incapable de les manger. Je demeurai assise longtemps à regarder ma bière, plus sombre et plus profonde que le verre qui la contenait.

48

Retour à Huntley Street

Avant de rentrer, je me dirigeai vers Huntley Street. Harriet Fitzpatrick était assise, seule, dans sa robe bleu clair.

– March, quel plaisir de vous voir !

Elle bondit sur ses pieds pour m'embrasser dès que j'entrai dans la pièce.

– C'est très tranquille aujourd'hui et j'allais partir. Je craignais que vous ne m'ayez complètement oubliée. Je dois vous paraître très provinciale à présent que vous évoluez dans les cercles chics.

Elle me versa un grand verre de gin et compléta le sien.

– Il n'y a rien de chic dans le cercle dans lequel j'évolue, lui dis-je. Et, bien sûr, je ne vous ai pas oubliée, mais j'ai été très prise.

– À aider monsieur Grice à attraper tous ces meurtriers, je suppose. Vous devez tellement vous amuser ! Venez vous asseoir à côté de moi et racontez-moi tout sans omettre aucun détail, aussi sordide soit-il. Je...

Elle s'interrompit avant de dire :

– Eh bien, March, que vous arrive-t-il ?

– Je suis désolée.

Je bus une grande rasade de gin.

– Je n'étais pas venue pour me plaindre, mais c'est

tellement, tellement triste. Oh ! Harriet, ces pauvres femmes qu'on a assassinées, l'homme dans le canal, puis la petite fille aux allumettes. Je suis désolée ! Vous ne savez même pas de quoi je parle.

Harriet me prit la main.

– J'ai manqué de sensibilité, dit-elle, mais on lit des romans affreux, et tout paraît toujours si excitant et amusant !

– J'ai besoin d'une amie, dis-je.

Harriet me serra la main en disant :

– C'est ce que je serai toujours pour vous, March.

Nous demeurâmes silencieuses pendant un moment en sirotant notre boisson.

– J'ai entendu dire que votre tuteur l'avait échappé belle avec l'émeute que cela a déclenchée, dit Harriet, mais il a fini par obtenir sa condamnation.

– Nous avons tué un innocent, Harriet, dis-je doucement.

– Nous ?

– Monsieur Grice n'aurait pas accepté l'affaire si je ne m'en étais pas mêlée.

– C'est le juge qui l'a condamné.

Harriet se leva pour nous verser un nouveau verre.

– J'ai vu la belle-mère de William Ashby aujourd'hui.

– Grace Dillinger ? C'est un drôle de numéro !

– Vous la connaissez ?

Harriet but une gorgée de gin.

– Un peu, oui. Elle vient très régulièrement ici.

Elle me tendit un mouchoir.

– Pourquoi ne me l'avez-vous pas dit ?

Elle posa son verre sur la table et fouilla dans son sac en quête de son porte-cigarette, en alluma une et me la tendit avant d'allumer la sienne.

– Parce que je n'avais pas compris que c'était elle, répondit Harriet, jusqu'à ce que je voie sa photographie dans le journal. On l'appelle Bouton d'or ici. Cela nous a donné un coup lorsque nous avons vu qui c'était, mais, évidemment, elle n'a plus mis les pieds chez nous.

J'inspirai profondément la fumée et la retins avant de demander :

– Pourquoi dites-vous qu'elle est drôle ?

– Eh bien, dit Harriet en vidant son verre.

Je me levai pour le lui remplir.

– Après la mort de son mari, elle a pris le deuil, ce qui était parfaitement correct, bien sûr, mais elle a continué à venir ! Cela a fait son petit scandale, d'ailleurs... Le fait de sortir si tôt après son veuvage. Et, un mois plus tard, elle est arrivée dans la robe jaune bouton d'or qu'elle mettait toujours et qui lui avait valu son nom. Comme ça, plus de deuil ! Elle a affirmé que la vie était trop courte pour la passer à honorer les morts et qu'elle allait recommencer à vivre la sienne. Ce n'est pas qu'elle ait changé du tout au tout, non, mais nous étions toutes outrées. Elle n'était cependant pas du genre à s'en faire pour ça. Pas Grace Dillinger. Et voilà qu'un mois plus tard, elle reprend le deuil en expliquant qu'elle a peut-être été un peu trop vite. Et si vous voulez mon avis, March – et je sais que vous le voulez –, elle était plutôt contente de jouer les veuves éplorées et tout cela. Cela attirait la compassion et l'attention des hommes, si vous voyez ce que je veux dire. Pour le décès de sa fille, cela ne s'est pas du tout passé de la même manière. Elle n'a pas dû être d'humeur à rencontrer des gens, après ça.

Je me mouchai avant de demander :

– N'aimait-elle pas son mari ?

– Autant qu'une femme peut aimer son propriétaire.

Harriet écrasa sa cigarette dans une coupe en onyx.

– Le mariage est-il une si mauvaise chose ?

– Pire que ça.

Harriet regarda son verre.

– Au lieu de s'occuper des esclaves, William Wilberforce aurait dû faire campagne contre le mariage.

– Vous insinuez que je devrais me réjouir de ne pas pouvoir trouver un mari ?

– Pauvre petite March.

Je terminai mon verre et embrassai Harriet. Je n'avais aucun droit de me montrer faible lorsqu'il y avait encore tant de choses à faire. C'est une chose que mon père m'avait apprise.

Ce fut une petite escarmouche, mais les bandits prirent nos hommes par surprise dans une gorge escarpée. Un homme fut tué sur le coup et quatre autres furent blessés avant que la compagnie ne parvienne à se dégager pour aller jusqu'à la plaine. Lorsqu'ils revinrent en hâte au camp, nous étions en train de dîner, mon père et moi.

Les blessés furent installés sur des lits de fortune en rang : un subalterne, un caporal et trois soldats. Dans la plupart des hôpitaux de campagne, on soigne d'abord l'officier sans tenir compte des considérations médicales, mais mon père était pour privilégier ceux qui en avaient le plus besoin. Le caporal saignait abondamment d'une blessure au cou, et mon père s'occupa immédiatement de lui en appliquant un pansement de compression sur sa balafre. Pour ma part, je dus me charger d'estimer l'urgence des autres.

Le subalterne avait été touché à bout portant, m'expliqua son sergent. Il avait la tête maladroitement bandée avec des linges déchirés dans une chemise. Il était inconscient, et son souffle était à peine perceptible.

Deux des soldats avaient des blessures légères et pouvaient attendre, mais le troisième avait une entaille au ventre, sans doute faite avec un sabre, et il saignait tant que la couverture roulée qu'il tenait plaquée contre lui en était toute rouge.

Mon père s'approcha :

– J'ai perdu le caporal, dit-il.

– L'officier n'a plus besoin de votre aide, dis-je. Je pense que vous devriez examiner ce soldat.

Deux hommes installèrent le soldat sur la table d'examen. De toute évidence, il souffrait énormément, et nous eûmes du mal à arracher ses mains de la couverture. Les hommes furent obligés de lui tenir les bras pendant que mon père la retirait. L'entaille transperçait toute la largeur de son estomac. Lorsque le soldat hurla, son estafilade s'écarta et ses intestins en jaillirent. Il poussa un nouveau cri, tandis que ses entrailles se répandaient sur lui et sur la table. Je tentai de les retenir et l'homme releva la tête pour regarder. Je n'ai jamais vu regard plus halluciné. Mais j'étais tout occupée à essayer d'empêcher ses tripes de déborder sous leur propre poids. Elles étaient chaudes et gluantes. Mon père tenta de venir à mon aide, mais, lorsque je le regardai à nouveau, l'homme avait un air stupéfait, puis détaché. Jusqu'à ce que sa tête retombe en arrière.

J'envoyai le sergent chercher un prêtre et je retournai les yeux vers le subalterne. Il ne devait pas être plus vieux qu'Edward, pensai-je, et je me pris à rendre grâce à Dieu qu'il soit si loin et en sécurité.

Mais l'ombre pèse toujours sur moi. Elle me suit partout. Parfois, je me dis que je ne verrai plus jamais le soleil briller.

49

Retour à l'école

Le drapeau était déjà haut lorsque je revins au 125, Gower Street.

– March, dit mon tuteur qui avait renvoyé son œil pour qu'il soit ajusté et qui portait son bandeau, vous arrivez juste à temps.

Je me retournai et vis un chauffeur de cab monter les marches derrière moi.

– Pour quoi ? dis-je alors que nous grimpions dans le fiacre.

– Une visite.

S'il voulait faire des mystères, je n'étais pas d'humeur.

– N'avez-vous pas envie de savoir comment s'est passé mon déjeuner ? demandai-je.

Il haussa les épaules.

– Madame Dillinger connaissait-elle mademoiselle Hawkins ?

– Un peu, parce qu'elle l'avait croisée chez les Ashby.

– Que savait-elle à son sujet ?

– Pas grand-chose.

Sidney Grice rajusta la boucle de sa sacoche.

– Alors, il n'y a rien à dire.

– Elle était très perturbée.

– Je n'en doute pas et je ne doute pas plus qu'elle croie que je suis responsable de son malheur et pas son gendre meurtrier.

Nous continuâmes en silence, mais je connaissais désormais suffisamment Londres pour savoir que nous nous dirigions vers les quartiers populaires de l'East End. Cet après-midi-là, la circulation était encore plus lente que d'habitude, mais nous arrivâmes enfin, et mon tuteur cogna contre le plafond alors que nous passions devant la boutique d'un prêteur sur gages.

Nous empruntâmes une rue secondaire, puis une autre. Brusquement, Sidney Grice franchit un porche bas et je le suivis dans une salle de classe.

– On dirait que l'école est finie, dit-il en montrant les rangées de petits bancs et de petits pupitres.

– Vous êtes un peu vieux pour les leçons, me semble-t-il ! lança une voix dans la pénombre.

Nous nous tournâmes pour découvrir une vieille femme qui essuyait la craie d'une ardoise posée sur un trépied.

– N'est-ce pas à vos élèves de se charger de cela ? dit mon tuteur. Mais vous n'avez peut-être pas envie qu'ils brisent un autre tableau, mademoiselle Brickett.

Elle s'avança vers nous.

– Comment savez-vous qu'ils ont cassé le précédent ?

– Je vois les éraflures fraîches de l'ardoise sur le mur et sur le sol et je vois aussi que le tableau est neuf.

Elle suspendit son chiffon à un clou.

– Vous avez l'esprit vif, monsieur Grice, mais comment connaissez-vous mon nom ?

– Il est indiqué au-dessus de la porte. Comment connaissez-vous le mien ?

– Il est dans tous les journaux.

Sidney Grice se jucha sur un pupitre.

– Alors, vous devez savoir de quoi je veux vous parler.

– Personne ne s'assied sur les bureaux, dit Mlle Brickett.

Il se releva aussitôt.

– La seule personne qui peut nous rapprocher à laquelle je pense est feu William Ashby et son exécution très controversée.

– Effectivement. Vous souvenez-vous de lui quand il était votre élève ?

– Je m'en souviens parfaitement.

Elle avait une voix sèche et puissante malgré son âge que j'estimais dans les quatre-vingts ans.

– Sa mère était une amie à moi.

– Et quand a-t-il quitté votre école ?

– Il avait sans doute douze ans. Je suis sûre que vous êtes capable de faire le calcul vous-même, monsieur Grice.

– L'avez-vous revu ensuite ?

Mlle Brickett redressa une pile de manuels rouges.

– Parfois. Il a travaillé dans l'ancienne fabrique de cirage de Straight Street avant de s'engager dans l'armée.

– Connaissiez-vous son épouse ? demandai-je.

Sidney me lança un regard acéré.

– Seulement de réputation, dit-elle. Une vraie mégère, d'après ce que j'en sais.

– Avez-vous été surprise qu'il l'assassine ? insistai-je.

– Quel rapport ? intervint Sidney Grice.

– Oui, dit Mlle Brickett en l'ignorant. J'ai toujours

pensé que c'était un garçon doux. Bien de mes anciens élèves se sont tournés vers des carrières criminelles. Un garçon, Owen Richards, a même été pendu avant qu'il ne quitte mon école.

– J'ai ce nom dans mes dossiers, dit Sidney Grice. Il a mis le feu à la maison d'un médecin.

– Le médecin avait refusé de venir soigner la mère d'Owen, qui était mourante, précisa Mlle Brickett en redressant la pile qu'elle venait déjà de redresser. L'arrière-cuisine fut légèrement endommagée, mais personne ne fut blessé.

– L'incompétence n'est pas un facteur atténuant. Si vous laissiez les pyromanes se venger et retourner dans la société, c'est tout le pays qui serait en feu, déclara Sidney Grice en haussant les épaules.

Mlle Brickett inspira et se redressa, mais elle ne dépassait toujours pas plus d'un mètre cinquante.

– Que me vaut l'honneur de votre visite ?

– Je veux comprendre quel genre d'élève était William Ashby.

Sidney Grice épousseta ses manches, mais je ne voyais pas pourquoi.

– C'était un bon garçon, dit Mlle Brickett en revissant le bouchon d'un flacon d'encre. Un garçon travailleur et qui ne manquait jamais les cours.

– Intelligent ou stupide ?

– L'un des meilleurs. S'il en avait eu la chance, il aurait pu se lancer dans n'importe quelle profession.

– Gamin des rues un jour, gamin des rues toujours. Épargnez-moi vos divagations socialistes, dit Sidney Grice.

Mlle Brickett prit une règle sur son bureau.

– Je ne sais pas quel établissement scolaire vous

avez fréquenté, dit-elle en agitant la règle dans la direction de mon tuteur, mais, de toute évidence, vous n'avez pas assisté aux leçons sur la courtoisie et l'humanité.

– Aïe ! s'écria Sidney Grice lorsque Mlle Brickett le frappa sèchement sur la tête.

50

L'homme dans la grotte

– Quel était l'intérêt de cette visite ? demandai-je à Sidney alors que nous retournions sur nos pas.

– Je me contente de recueillir des indices, pas par nécessité, mais afin de prouver ce que j'ai déjà prouvé.

Il s'écarta d'un bond pour éviter deux garçons qui montaient un vieux landau et fonçaient droit sur lui.

– Mais tout ce que nous avons appris, c'est que William Ashby était un élève modèle.

Je sautai par-dessus une flaque.

– Exactement.

Sidney Grice stoppa.

– Tiger Street... Je pense que nous pouvons couper par là. Savez-vous, March, ce que je trouve le plus terrifiant à propos de ce quartier ? Il n'y a pas de salon de thé à moins de cent mètres à la ronde.

– Où allons-nous ?

Sidney Grice repoussa une petite fille et continua à marcher d'un bon pas.

– Voir un vieil ami de l'armée ! lança-t-il par-dessus son épaule.

Je le rattrapai et dis :

– Je ne savais pas que vous aviez été dans l'armée !

– Je n'y étais pas, dit-il, et, si j'avais un ami, ce ne serait pas quelqu'un qui vit dans un pareil cloaque !

Il s'arrêta à nouveau et scruta une allée étroite.

– Aucun panneau indicateur. Holà !

Il attrapa le bras d'un jeune garçon et dit :

– Ce tas de ruines a-t-il un nom ?

– File-moi une pièce et je te le dis.

– Si tu ne me le dis pas, je te donnerai une claque.

Le garçon frappa Sidney au menton et se dégagea. Je me tournai vers une femme qui portait une corbeille de linge sur la tête.

– Chipper Street, dit-elle. T'as bien un sou, ma chérie ?

Je lui tendis trois pence.

– Je le savais, déclara Sidney Grice.

Je le suivis dans la venelle. Nous arrivâmes devant ce qui ressemblait à une énorme canalisation hors d'usage et, après un instant d'hésitation, mon tuteur se glissa dedans pour arriver dans une sorte de grotte grossièrement taillée dans les fondations de l'une des vieilles bâtisses qui bordaient le passage.

Au fond se tenait un homme, et il me fallut un moment dans la lumière grisâtre pour réaliser qu'il n'avait pas de jambes et qu'il était assis sur un chariot bas, avec des roues cerclées de fer.

– Caporal Lambeth ? demanda Grice.

L'homme leva les yeux.

– À votre service, patron.

Il était en train de tailler une baguette qu'il avait prélevée dans une pile située à côté de lui.

– Je m'appelle Sidney Grice.

– Le célèbre détective, dit le caporal Lambeth en gloussant. Qu'est-ce qui vous amène dans ma majestueuse demeure ? Avez-vous retrouvé mes jambes ?

En souriant, mon tuteur lui demanda :

– Quand les avez-vous vues pour la dernière fois ?

– Nous étions en Nouvelle-Écosse pour repousser les rebelles du territoire canadien, expliqua le caporal. Je les avais précisément dans ma ligne de mire et, une minute plus tard, après un éclair et un bang, je me retrouvai dans les airs. Suis retombé d'un bloc, et les saletés avaient disparu. Sans doute sont-elles allées voir leur créateur avant moi. Je suppose que je les rejoindrai bientôt.

– Balivernes, dit Sidney Grice doucement. Vous avez encore de belles années devant vous.

Le caporal Lambeth toussa.

– J'espère que vous êtes meilleur détective que docteur, monsieur Grice. Mais vous n'êtes pas venu pour une simple visite. Que puis-je faire pour vous ?

– Vous étiez dans le régiment du Loyal Lancashire Nord, je crois.

– Depuis mon plus jeune âge, acquiesça le vieil homme. C'était le 41e régiment de fantassins avant que nous nous joignions au 81e. J'ai fait le siège de Sébastopol, monsieur, sans une seule égratignure, et j'ai récupéré les médailles pour le prouver. Jusqu'à ce que je sois obligé de les mettre au clou. Elles sont installées dans la vitrine d'un richard, maintenant, et j'espère qu'il en est fier. J'ai eu un mois de perme lorsque c'est arrivé.

Il bougea sur son chariot.

– Lorsqu'il pleut, les roues s'enfoncent et je ne peux pas sortir sauf si une bonne âme me porte. Et y a pas beaucoup de bonnes âmes de ce côté-ci de la vieille Tamise, je peux vous le dire.

Il souffla sur un côté de sa baguette.

– Vous souvenez-vous d'un soldat du nom de William Ashby ? demanda mon tuteur.

– Le jeune Ashby ? Celui que vous avez pendu ?

– Lui-même. Il était dans votre bataillon, je crois.

Le caporal tira sur sa barbe en bataille.

– Cuisinier de la compagnie. Et salement bon avec ça, si je me rappelle. Savait transformer un os en délice, mais je ne le voyais pas comme un tueur de femmes.

– A-t-il participé aux combats ?

Le caporal renifla.

– Au combat ? Lui ? Il se carapatait à l'arrière et faisait du pain pendant qu'on se faisait démolir.

– Certains cuisiniers prennent part aux combats, dis-je.

Le vieil homme leva les yeux vers moi.

– Comment que vous le sauriez ?

– Mon père était chirurgien. Nous avons voyagé un peu, surtout en Inde.

– Calcutta, dit le caporal avec une pointe de nostalgie.

– J'y étais, dis-je, lors du déraillement de l'impératrice de Perse et, avec mon père, nous avons passé toute la nuit à panser les blessures.

– Eh ben, ça, c'est un truc que le jeune Ashby n'aurait jamais fait, dit le caporal. Il supportait pas la vue du sang, lui. Je me souviens qu'il s'est coupé pendant qu'il découpait un cochon rôti. L'est tombé dans les pommes. Vous pouvez imaginer comment on a rigolé.

– Mais...

– Merci, March, coupa Sidney. Je pense que nous

avons suffisamment dérangé monsieur pour la journée.

Il sortit la main de sa poche et ajouta :

– Je me demandais, monsieur, si je pouvais vous serrer la main.

Le caporal Lambeth tendit la sienne en disant :

– Vous ne m'en voudrez pas de ne pas me lever ?

De retour dans la ruelle, je commentai :

– Vous lui avez donné un billet de cinq livres !

– Qu'allez-vous imaginer, à présent ? s'exclama mon tuteur d'un air indigné.

– Je vous ai vu... Lorsque vous lui avez serré la main.

Sidney Grice parut plus embarrassé que ce que je l'aurais cru capable.

– Je lui devais cet argent.

– Pourquoi lui étiez-vous redevable ?

– Nous lui sommes tous redevables, dit-il. Lui et ses camarades ont forgé un empire qui portera la civilisation auprès des sauvages pendant les mille prochaines années. Et l'homme en est réduit à fabriquer des sifflets !

Nous marchâmes en silence pendant un moment.

– Puis-je faire une observation ? demandai-je lorsque nous débouchâmes dans la rue principale.

Sidney Grice repoussa un pigeon du bout de sa canne, et l'oiseau prit son envol.

– Si cela vous amuse.

– Je ne comprends pas comment tout ce que nous avons entendu aujourd'hui ne pourrait prouver autre chose qu'étayer la version de l'innocence de William Ashby.

Sidney Grice stoppa et me regarda. Il posa la main sur son bandeau et dit :

– Comment est-il possible que vous ne compreniez pas ? Au cours de cette après-midi, nous avons établi qu'Ashby était un élève modèle et qu'il avait horreur du sang. Ces deux faits m'auraient suffi pour obtenir sa condamnation.

51

Le confessionnal

J'attendis que la dernière femme soit sortie du confessionnal avant d'entrer à mon tour et de refermer le rideau derrière moi. Dans la lumière tamisée, je vis qu'une grille me séparait du prêtre et je m'agenouillai devant.

L'homme chuchotait en latin et je patientai.

– Combien de temps cela fait-il depuis votre dernière confession ? demanda-t-il.

– Êtes-vous le père Brewster ?

– Oui.

– Je suis March Middleton.

La trappe en bois glissa derrière la grille, et je le vis, assis de profil, en soutane noire et étole blanche autour du cou.

– Mademoiselle Middleton, comment allez-vous ?

– Je vais bien, mon père.

– Mais vous êtes troublée.

– Comment ne le serais-je pas ?

Il baissa la tête comme s'il priait, mais il leva ensuite les yeux vers moi.

– William Ashby est au-delà des tracas de ce monde, dit-il.

– Ce qui n'est pas le cas de madame Dillinger, dis-je. Je voudrais l'aider.

– Comment ?

– J'ai un peu d'argent et elle en manque. Pouvez-vous me dire où elle se trouve ?

Le père Brewster claqua sa langue.

– Je le peux, mais je ne vous le dirai pas, dit-il. En revanche, je lui demanderai si elle souhaite vous revoir. Pouvez-vous revenir à huit heures ?

– Absolument.

– Présentez-vous à la porte de la sacristie, sur le côté. Nous serons plus tranquilles. Comment va votre tuteur ?

Je déglutis.

– Je pense qu'il est en train de devenir fou.

– Pourquoi ?

– Il continue d'investiguer l'affaire Ashby parce qu'il est sous l'impression que son jugement est remis en cause.

– C'est une manière très charitable de présenter la chose, dit le père Brewster. Nombre de mes paroissiens clament que c'est lui qui aurait dû monter à la potence. Mais il n'y a rien de fou à vouloir avoir raison.

– C'est qu'il a l'air de tout considérer comme une preuve supplémentaire de la culpabilité d'Ashby, y compris lorsque les faits affirment le contraire.

– Je ne pense pas qu'il soit quelqu'un qui aime admettre qu'il a tort, dit le père Brewster. Il faudrait une grande humilité et, d'après ce que j'ai constaté, monsieur Grice n'est certainement pas pourvu de ce trait de caractère.

Cela me fit rire.

– Vous l'avez parfaitement jugé.

Le père Brewster retira son étole, la baisa et la replia sur ses genoux.

– Pourquoi demeurez-vous chez lui ?

– J'ai besoin de lui.

– Le père Brewster secoua la tête.

– Non, ma fille, c'est lui qui a besoin de vous.

Je plissai les yeux pour mieux le voir à travers la grille.

– En tout cas, il ne le montre pas.

Le père Brewster hocha la tête.

– C'est parce qu'il ne le sait pas encore.

– Je suis désolée, mais je ne comprends pas ce que vous voulez dire.

Je ramassai mon sac à main sur le sol poussiéreux, tandis qu'il déclarait doucement :

– Vous souffrez grandement, mon enfant.

Je regardai le rembourrage qui sortait du prie-Dieu en cuir et affirmai :

– Je vais très bien, merci.

Le père Brewster posa son missel.

– La boisson vous aide-t-elle ?

– Je ne vois pas ce que vous voulez dire !

Je me levai pour partir, mais le père Brewster leva la main.

– Me laisserez-vous vous bénir ?

Je m'agenouillai à nouveau et il fit le signe de croix tout en disant :

– *In nomine Patris et Filii et Spiritus Sancti...*

Je fermai les yeux et laissai les mots m'imprégner en espérant éprouver quelque chose, mais il n'y avait rien d'autre que la douleur.

52

Des images et des carpettes

– Ceci, déclara Sidney Grice alors que nous franchissions une porte ouverte, est l'endroit où Sarah Ashby fut élevée.

Nous pénétrâmes dans une succession de pièces basses de plafond qui, à en juger par les barres et les mangeoires rouillées, avait dû être une écurie, autrefois. Le premier box était vide, hormis quelques rats qui erraient paresseusement entre des tas d'excréments humains. Deux familles étaient installées dans des coins opposés du box suivant, un espace de cinq mètres carrés dans lequel se tassaient une dizaine de personnes.

Au-delà, on entendait des gémissements.

– J'ai un florin, annonça Sidney Grice, pour celui ou celle qui connaissait Sarah Ashby enfant ou qui peut me conduire à quelqu'un qui la connaissait.

Une fillette appela :

– J'la connaissais, moi, m'sieur. Donnez-moi le fric.

– Vous êtes trop jeune.

– J'la connaissais pour sûr, moi, dit une femme à la poitrine creuse.

Elle était assise contre le mur, la respiration sifflante.

– Quand elle était une Dillinger. Je faisais des trucs pour eux. C'est vrai.

Ses vêtements étaient si fins que je devinai les contours de ses cuisses maigres qui tremblaient comme les pattes d'un chien en train de rêver.

– Des « trucs » ?

La femme essaya de bouger, et je vis que sous son espèce de châle composé de chiffons se tenait un bébé au visage jaune.

– Le ménage et la cuisine, ce genre de choses.

– Ils avaient des domestiques ? m'écriai-je.

– Ils avaient moi.

Elle toussota péniblement.

– C'était comme un palais quand ils étaient ici. Crystal Court Mansion, qu'ils l'appelaient. Des chaises et des tables et des lits bien hauts. Des chandelles et des carpettes. Y avait même des images au mur, des peintures, quoi.

Si un endroit avait jamais été mal nommé, c'était bien Crystal Court. Nous avions traversé la place en évitant les déchets et les amas de bouses avant d'entrer dans le bâtiment.

– D'où venait leur argent ?

Sidney Grice piqua une araignée avec sa canne et l'écrasa sur le mur.

– Madame Dillinger, dit-elle en s'essuyant la bouche avec le dos de sa main, était d'une famille d'argent ou c'est ce qu'elle nous a fait croire. Avec ses airs. Mais elle devait se taper des gosses et leur apprendre à baragouiner étranger pour se débrouiller. Je pense que l'argent, c'était celui de monsieur Dillinger. Il était bien plus vieux que sa femme et aussi maigre qu'un coucou. Drôle de coco, ce Jeremiah. Des sourires et toujours un mot gentil, mais je ne lui ai jamais fait confiance.

– Et pourquoi pas ? demandai-je.

Elle se gratta l'aisselle au point de la faire saigner.

– S'occupait d'un tripot. Poker et tout. Y avait plein de gars qui venaient la nuit, mais je n'ai jamais vu personne partir avec les poches pleines.

– Astucieux, c'est ça ?

Sidney Grice piétina quelque animal qui s'approchait de lui.

– Malin comme un singe.

La femme s'interrompit pour s'éclaircir la gorge.

– Personne ne s'est plaint ?

– Queq-z-uns, mais madame gardait un surin sous sa chaise et elle savait s'en servir, ça, oui !

– Comment était Sarah ? ajoutai-je, tandis que Sidney Grice grognait d'impatience.

– Une petite vipère prétentieuse !

La femme se gratta le ventre en passant la main dans une déchirure de sa poche.

– Bon Dieu, son père la gâtait comme une pomme pourrie. Rien de trop beau pour la donzelle ni jamais de dérangement, j'vous dis. Comme sa princesse et, bon Dieu, qu'elle se prenait pour une. Elle...

– Pourquoi les dalles sont-elles brisées ? coupa Sidney.

Je baissai les yeux vers le sol.

– De nombreuses dalles sont cassées.

– Oui, mais, dit-il en esquissant un mouvement en arc de cercle, pourquoi celles-là ?

– Je n'en sais rien et cela ne m'intéresse pas, répliquai-je. Connaissiez-vous William ?

La femme cracha sur elle.

– Rien que quand l'est venu faire sa cour. Que Dieu

le garde. Elle était mignonne, je le reconnais, mais l'avait pas de cœur. Nous avons tous été surpris qu'elle parte avec un homme qu'avait pas de monnaie. Son père l'avait élevée comme une duchesse. Il était vert, mais elle n'écoutait rien. Moi, j'crois qu'elle l'a fait rien que pour le fâcher.

– N'aimait-elle pas son père ?

Sidney Grice se mit à chantonner d'un air peu mélodieux.

– Personne l'aimait. L'aurait fallu me payer.

Mon tuteur examinait ses ongles.

– William jouait-il au poker ? demandai-je.

– Pas lui.

La femme avait trouvé quelque chose sous sa robe qu'elle frappa à plusieurs reprises pour le tuer.

– Le vrai gentilhomme qu'il était.

– Croyez-vous qu'il a tué Sarah ? insistai-je.

– Je n'avais pas compris qu'elle était un témoin digne de confiance, grommela Sidney Grice.

– J'l'espère.

Le bébé se mit à pleurer, et sa mère lécha son pouce et le glissa dans sa bouche.

– Ou alors i l'ont pendu pour rien.

– Avez-vous été surprise ? dcmandai-je.

– Pas surprise qu'on la liquide, elle. Surprise que ce soit le Willy. L'était doux comme un agneau. Bon, j'ai droit à mon florin ?

Sidney Grice lui jeta une pièce qu'elle vérifia entre ses dents sans cesser de haleter.

– Si vous m'en donnez une autre, vous pouvez faire ce que vous voulez de mon corps, m'sieur. N'importe quoi si j'ai pas besoin de me lever. J'peux pas me lever, mais j'ai pas d'maladie.

Mon tuteur lui jeta un regard écœuré.

– Pour l'amour de Dieu, madame, pensez à votre enfant !

– Les bébés s'en fichent. Mais la gamine peut s'en charger si vous êtes timide.

– Des bêtes, voilà ce que vous êtes !

– Votre bébé a la jaunisse, lui dis-je. Vous pouvez l'emmener à l'hôpital de Londres, où il sera soigné gratuitement.

– Une bouche de moins à nourrir, dit-elle, le visage blême de souffrance.

53
Dans la sacristie

C'est une Grace Dillinger au visage exsangue qui m'ouvrit la porte. Elle scruta les environs avant de la refermer.

– Vous n'avez pas dit à votre tuteur que vous veniez ?

– Non, mais je ne vois pas quel mal...

– Qui sait le mal que cet homme peut me causer, à moi ou à mon bébé.

Elle fit glisser le verrou en métal, et nous nous assîmes entre deux portemanteaux qui retenaient des surplis d'enfants de chœur.

– Avez-vous découvert autre chose au sujet du meurtre d'Alice Hawkins ? demanda-t-elle.

– Pas grand-chose, dis-je. Mon tuteur semble toujours se consacrer à découvrir davantage d'indices contre William.

– Il ne trouvera rien parce qu'il n'y a rien à trouver.

Grace renversa la tête en arrière.

– Oh ! mais pourquoi ne peut-il pas laisser le pauvre William reposer en paix ? Même monsieur Grice ne peut pas le tuer deux fois !

– Avez-vous toujours l'intention d'émigrer ? demandai-je.

Elle se mordit la lèvre inférieure.

– Plus que jamais, mais mes moyens n'ont jamais été aussi faibles. Je suis légataire de William et je dois honorer ses dettes et ses dépenses légales. Je ne peux partir avant d'avoir réglé tout cela. J'ai dû vendre mes bagues.

Elle leva ses mains dénudées.

– Je ne suis pas plus riche que vous, mais, dis-je en lui tendant une enveloppe, cela suffira-t-il ?

– Dieu du ciel, s'exclama-t-elle en comptant les billets, il doit y avoir au moins deux cents livres !

– Deux cent vingt livres, dis-je. Je pense que cela devrait payer votre voyage et vous aider un peu jusqu'à ce que vous retombiez sur vos pieds.

– Je ne peux pas accepter !

Elle rajusta ses cheveux pour calmer son agitation.

– Vous le devez. C'est mon argent qui vous a entraînée dans cette... situation. Je sais que rien ne peut changer ce qui s'est passé, mais, au moins, mon argent peut faire le bien, cette fois.

Grace Dillinger me prit la main.

– Vous êtes si bonne.

Elle m'embrassa.

– Trop bonne... Je vais me rendre à l'agence pour prendre mon billet dès demain matin. Il ne me reste qu'une semaine.

Elle me regarda dans les yeux en fronçant les sourcils.

– Vous ne parlerez pas de tout ceci à votre tuteur, n'est-ce pas ? De notre rencontre ou de votre présent ?

– Bien sûr que non.

Grace Dillinger sourit avant de demander :

– Qu'est-ce qui ne va pas ?

– Je suis désolée que les choses se terminent ainsi. Puis-je vous raccompagner ?

– Il vaut mieux nous dire adieu maintenant.

Nous nous levâmes.

– Vous reverrai-je ?

Grace Dillinger m'étreignit.

– Que Dieu vous garde, mademoiselle Middleton, chuchota-t-elle.

Elle ouvrit la porte de l'église et disparut.

54

Le détective de mariage et le tigre

L'homme qui était affalé dans le cabinet de travail de mon tuteur avait un visage blanc de craie et des touffes de poils éparses sur ses bajoues.

– March ! lança Grice depuis son fauteuil placé près du feu, j'aimerais vous présenter quelqu'un. Mademoiselle Middleton, voici monsieur Froume.

– Enchanté, dit le petit homme sans lever les yeux ni montrer aucune intention de se lever ou de me serrer la main.

– Monsieur Froume est un détective de mariage, poursuivit mon tuteur.

– C'est ainsi que l'on me nomme, marmonna monsieur Froume d'une voix nasale.

– Qu'est-ce donc exactement qu'un détective de mariage ? demandai-je.

Ses lèvres se recourbèrent comme un ver sur un hameçon.

– Votre ignorance est excusable, déclara-t-il en croisant les jambes, car nous ne sommes que quatre ou cinq dans le pays. Trois à Londres, un à Édimbourg et un à Cambridge qui, soit dit en passant, a disparu. Mort, sans doute.

Il enroula davantage ses jambes.

– Certes, mais cela ne me dit pas ce que vous faites,

insistai-je en prenant place dans le fauteuil en face de mon tuteur

– Eh bien, articula-t-il comme s'il s'adressait à un enfant plutôt lent, j'enquête sur les mariages.

Ses jambes formaient maintenant un nœud.

– Vous êtes donc de ces gens qui épient les époux pour découvrir s'ils ont des rendez-vous ?

– Quelle drôle d'idée ! s'écria M. Froume en agitant ses doigts osseux. Non, mademoiselle Middleton, je serais plutôt un historien moderne. J'examine les documents des bureaux d'état civil et les registres des paroisses afin de vérifier la validité des mariages. Vous serez surprise de voir combien de certificats sont invalidés pour vice de forme. Vous seriez également épouvantée de constater combien de mariages sont bigames, soit volontairement, soit par négligence. Loin de moi l'envie de vous choquer, jeune dame, avec une conversation aussi grossière, mais c'est le monde dans lequel j'évolue.

– Il vous faudra davantage pour faire rougir mademoiselle Middleton, intervint Sidney Grice avant de se tourner vers moi. Monsieur Froume possède des informations qui pourraient vous intéresser, March.

– Vraiment ?

– Vraiment, confirma monsieur Froume en déroulant ses jambes. J'ai fait des recherches quant au statut marital d'un William Ashby et de feu son épouse Sarah Ashby, née Dillinger.

– Et qu'avez-vous trouvé ?

– Absolument rien, soupira M. Froume.

Sidney Grice applaudit de satisfaction.

– Primordial. Excellent. Cet homme a obtenu en l'espace de six semaines ce que toutes les forces de police auraient cherché en vain pendant six mois.

– Je suis allé dans des pays où l'on parlait une langue dont je ne connaissais pas le moindre mot, dis-je, mais je comprenais les indigènes mieux que je peux comprendre vos remarques. Je ne vois pas ce qu'il y a de remarquable au fait de ne rien trouver en six semaines ! J'aurais pu ne rien trouver en six minutes sans attendre d'être acclamée ou payée pour mon labeur.

– Non, non, mademoiselle ! s'exclama M. Froume en se tapotant furieusement le nez. Vous dévalorisez l'ampleur de ma réussite. Moi-même et les hommes que j'ai envoyés à travers tout le pays, nous avons réussi en six semaines à prouver qu'il n'y avait rien à trouver.

Je n'arrivais pas à me décider à poser les yeux sur cet homme qui était incapable de me regarder en face.

– La dernière fois que j'ai hurlé, c'est lorsqu'un tigre du Bengale a bondi sur mon lit, dis-je. Ce fut un hurlement si puissant, si prolongé et si perçant que le tigre a pris peur et a sauté par la fenêtre. Si vous ne cessez pas ces jacasseries inintelligibles, je vous en ferai la démonstration.

Mon tuteur se toucha l'œil.

– Après des recherches approfondies dans tous les registres d'état civil de ce pays, monsieur Froume a réussi à établir que William Ashby et Sarah Dillinger n'était pas mariés et ne l'ont jamais été.

– Et alors ?

– N'êtes-vous pas scandalisée ? demanda Sidney Grice.

– Pas le moins du monde, dis-je. J'ai connu toutes sortes de gens qui vivaient comme mari et femme sans être passés par une cérémonie officielle. Généralement, c'est parce qu'ils ne pouvaient se permettre la dépense. Il n'y a rien d'immoral là-dedans.

Sidney Grice leva les mains comme s'il allait lancer un énorme ballon.

– La pauvreté est immorale en elle-même, dit-il, mais j'espère que je ne vous ai jamais donné l'impression d'être soucieux de moralité. Ne comprenez-vous donc pas, March ? Voilà l'une des maudites preuves que nous n'avions pas encore découvertes.

M. Froume leva les yeux et il battit des paupières comme si j'étais le tigre, pour aussitôt détourner le regard. Je regardai les deux hommes tour à tour sans rien dire. La vie était plus simple lorsque j'avais affaire à des tigres.

Ce n'est qu'après avoir soigné les soldats que nous nous tournâmes vers le sous-officier. Ses bandages étaient trempés de sang. Ils avaient tellement durci entre-temps qu'ils lui collaient à la peau. Lorsque je tentai de les lui enlever, il poussa des cris abominables. Je pris une cruche pour verser de l'eau sur les pansements et ainsi les décoller plus aisément, mais l'homme ne cessa pas une seule seconde de gémir pendant que je découpais l'étoffe.

Il me faisait pitié, bien sûr, mais tout ce que je pensais était : Dieu merci, ce n'est pas toi qui es là.

Oh ! Edward, si seulement tu avais vu ce que j'ai vu... Je sais que tu comprendrais. C'est ce que je me répète mille fois par jour.

55

Des lacets de chaussure

– Ces lacets de chaussure sont absolument délicieux, déclara mon tuteur au déjeuner.

– Succulents, dis-je.

Sidney Grice grommela :

– Comment trouvez-vous le livre ?

– Succulent.

Il posa son couteau.

– Cela fait désormais vingt minutes que vous contemplez le sommaire.

– Cela ne fait pas si longtemps, quand même.

Il tira sa montre et ouvrit le couvercle d'un coup sec.

– Vingt-quatre minutes sans tourner une seule page ni prononcer un seul mot.

– Je suis un peu lasse et, d'ailleurs, il vous arrive souvent de ne pas me parler.

– Uniquement lorsque je suis en train de lire ou de réfléchir à une affaire, ou lorsque je suis fâché contre vous, dit-il. Vous n'êtes pas en train de lire et vous n'avez pas l'air fâché. Lorsque vous l'êtes, vos sourcils se rapprochent au-dessus de votre nez. Qu'est-ce qui vous préoccupe, dans ce cas ?

– J'ai revu madame Dillinger il y a quelques jours.

Sidney Grice claqua le couvercle de sa montre pour la refermer.

– Pourquoi ne m'en avez-vous pas parlé plus tôt ?

– Je ne pensais pas que c'était important.

Il remit soigneusement sa montre dans son gousset et déclara :

– Vous avez eu rendez-vous avec la belle-mère d'un homme que j'ai contribué à faire condamner pour le meurtre de sa fille, une femme qui a juré en public de me détruire et qui, avec l'aide de sa grenouille de bénitier de laquais, a ameuté les foules pour détruire ma propriété, voire s'attaquer à ma personne au point de me faire frôler la mort. J'ai été cloué au pilori par la presse et insulté en public à cause d'elle. Ma réputation a été ternie, mon intégrité, remise en cause, et mon expertise professionnelle, ridiculisée à son instigation… Et vous n'avez pas *pensé* qu'il valait la peine de mentionner que vous étiez en train de vous lier avec elle ?

– Je n'ai pas vu…

– Je suis surpris que vous ne l'ayez pas invitée à dîner ou que vous ne lui ayez pas offert de la loger. C'est déjà une chose que vous ayez dépensé tout votre argent pour elle.

Il se toucha l'œil.

– Vous avez bien dépensé tout votre argent, n'est-ce pas ?

– Pratiquement, dis-je après une hésitation.

– Combien vous restait-il ?

– Deux cent vingt livres, mais…

– Combien lui avez-vous donné ? Laissez-moi deviner ! Deux cent vingt…

– … livres sterling, coupai-je. Mais je lui en aurais donné mille si je les avais eues.

– Il est heureux que vous n'ayez pas eu cette somme, dans ce cas.

Il s'empara de son crayon et le pointa vers moi avant d'ajouter :

– Expliquez-vous !

– Voulez-vous savoir pourquoi je l'ai revue ou pourquoi je ne vous l'ai pas révélé ou pourquoi je lui ai donné l'argent ?

– Les trois.

– Primo, parce que j'étais désolée pour elle. Deuzio, parce que je savais que vous m'en empêcheriez avant que j'aille la voir et que vous me le reprocheriez ensuite. Tertio, parce qu'elle me fait de la peine, dis-je en repoussant mon assiette.

Sidney Grice retira son pince-nez et en nettoya les lentilles avec sa serviette.

– March, je veux que vous me promettiez une chose, dit-il enfin. Que vous ne rencontrerez plus ni n'aurez plus aucune relation avec madame Dillinger.

– Je n'ai pas prévu de la revoir.

– Promettez-le-moi.

Son visage était plus grave que je l'avais vu jusqu'ici.

– Pourquoi ?

– Parce que, dit-il, c'est la femme la plus dangereuse de toutes celles que j'ai rencontrées.

56

Des douleurs si profondes

Je demeurai assise à fixer mon tuteur pendant un long moment. Était-ce encore une expression macabre de son humour ? Il n'avait pas l'air de plaisanter et me rendait mon regard sans ciller.

– Comment pouvez-vous dire une chose pareille ? finis-je par demander.

Il baissa les yeux.

– J'en suis réduit, bien à contrecœur, à cette conclusion.

Il ressortit sa montre, mais ne la regarda pas, se contentant de jouer distraitement avec la chaîne.

– Pourquoi ? Comment ?

Il enroula la chaîne autour de l'auriculaire de sa main gauche.

– J'ai fouillé dans mes archives.

Il déroula la chaîne et reposa la montre.

– Vous n'allez pas prétendre que parce que vous avez découvert un cas similaire…

Il leva la main.

– Soyez patiente, March. Il y avait une affaire, à Birmingham, il y a vingt-trois ans, que je ne connaissais pas. Un homme du nom de Brian Gulph s'est querellé avec son épouse au sujet de couverts onéreux qu'elle avait achetés. Il tenta de les lui arracher et, dans la bagarre, elle fut poignardée mortellement à la gorge. Sa sœur entra alors dans la pièce et proposa qu'ils fassent comme si la mort était le travail d'un cambrioleur qui avait été surpris. Ils se mirent donc à vider les placards et dissimulèrent des bijoux. La douleur de Gulph était authentique, et leur histoire aurait parfaitement pu tenir si la sœur n'avait pas eu l'avidité de conserver certains des bijoux. Elle alla jusqu'à paraître en public avec les perles de sa belle-sœur et apporta une broche à un prêteur sur gages. Gulph fut arrêté et condamné pour meurtre tandis que sa sœur se conduisit avec une telle candeur qu'elle parvint à convaincre les jurés qu'elle pensait que les bijoux n'étaient que des cadeaux innocents. Lui fut condamné à la peine capitale. À la dernière minute, il avoua la vérité, c'est-à-dire que la mort était un accident, mais qu'il avait paniqué. Comme sa sœur nia férocement ses aveux, personne ne le crut. Elle craignait d'être accusée de complicité par la suite et d'être pendue elle aussi. C'est ainsi que Gulph se rendit seul à la potence en protestant de son innocence jusqu'à ce que la trappe s'ouvre.

Sidney Grice regarda à nouveau sa montre.

– Cela vous paraît-il familier ?

– Êtes-vous en train d'insinuer que William Ashby a tué Sarah par accident comme il l'a proclamé ?

Mon tuteur secoua la tête et leva les yeux. Ses cheveux étaient retombés en boucles sur son front et il avait le visage blême.

– Non, March, dit-il. J'insinue que William Ashby n'a pas du tout assassiné sa femme.

57

Le pudding aux pruneaux

– Vous êtes encore en train de me dévisager, dit Sidney. Ce n'est ni poli ni digne d'une dame.

– Je ne peux pas croire que vous ayez dit une chose pareille.

– Les bonnes manières sont peut-être démodées, rétorqua-t-il, mais elles sont toujours importantes si l'on veut être accepté dans la bonne société.

– Je vous parle de votre déclaration nonchalante quant au fait que William n'aurait pas tué Sarah.

Il glissa deux fois la chaîne de sa montre autour de son pouce.

– Pourquoi ne serais-je pas nonchalant ? La maison n'est pas en train de s'écrouler et il n'y a pas de meute de lions dans le salon.

– William Ashby est mort !

Sidney Grice releva son sourcil gauche et déroula sa chaîne.

– Par conséquent, il est inutile de paniquer.

– Il a été pendu par votre faute !

Il tendit la main vers le mur pour tirer sur la corde de la sonnette.

– C'est ce que j'aime à croire, dit-il sans dissimuler son sourire. Oh ! j'espère que ce soir nous aurons du cake à la crème, car c'est le genre de dessert que je prise énormément. Je ne peux...

Je me levai et jetai mon livre à terre.

– Taisez-vous ! m'écriai-je.

Mon tuteur cligna des yeux.

– Je vous demande pardon ?

Je m'emparai d'une fourchette que je pointai vers lui.

– Vous vous souciez du dessert tout en admettant dans le même souffle que vous avez aidé à faire pendre un innocent !

Sidney Grice secoua la tête.

– Vous vous dépassez, March. Trois erreurs dans une seule phrase. Primo, je ne me *soucie* pas du dessert. J'étais simplement en train de faire la conversation, chose que je fais si peu souvent que vous êtes incapable de le reconnaître. Deuzio, je pense que j'ai respiré au moins deux fois au cours de ma dernière série de remarques. Tertio, William Ashby était certainement plusieurs choses – un écolier, un ouvrier, un cuisinier dans l'armée, un boutiquier et un mari –, mais, une chose est certaine, c'est qu'il n'était pas innocent.

Le monte-plats fit entendre un cliquetis, et Molly entra pour débarrasser nos assiettes, ouvrir le monte-plats et nous servir deux grandes coupes de dessert.

La mine de Sidney Grice tomba.

– Oh non ! Du pudding aux pruneaux.

58
L'angle de la cuiller

Le pudding était indigeste, mais tout aurait été préférable à la bouillie de légumes réchauffés que Molly avait emportée. Je baissai les yeux sur mon assiette.

– Mangez, March, dit mon tuteur.

– Comment pouvez-vous rester assis là après ce que vous m'avez dit ?

– J'ai simplement constaté qu'il s'agissait de pudding aux pruneaux, remarqua-t-il en ouvrant innocemment les mains.

– Vous aussi, vous vous dépassez, dis-je. Vous venez de me dire trois choses qui n'ont ni queue ni tête. Primo, que Grace Dillinger est la femme la plus dangereuse que vous connaissez. Deuzio, que William Ashby n'a pas tué Sarah. Tertio, qu'il n'est pas innocent.

Sidney Grice déglutit et but une gorgée d'eau.

– Ce ne sont là que des affirmations simples.

– Dans ce cas, vous serez assez aimable pour les expliquer.

– Parfait.

Mon tuteur plongea sa cuiller dans son pudding, mais la laissa inclinée à quarante-cinq degrés sans la retirer. Il avait une miette sur le menton.

– Commençons par madame Dillinger. Voir son époux poignardé peut être considéré comme un accident malencontreux ; voir sa fille poignardée ressemble à de l'inconscience ; voir un ami poignardé révèle une négligence extrême ; ajoutez à cette succession d'accidents l'assassinat probable de deux femmes et l'affaire commence à avoir l'air tout à fait suspecte.

Il retira sa cuiller, l'essuya soigneusement et la fit pivoter lentement.

– Est-ce là tout ? Le fait que cette pauvre femme ait vu autant de proches assassinés fait d'elle une suspecte ? Êtes-vous en train de me dire que Grace Dillinger a tué toutes ces personnes elle-même ?

– Bien sûr que non.

– Alors, qu'êtes-vous en train de me dire ?

– Trois découvertes récentes ont modifié mon point de vue, dit Grice. Le fait qu'Ashby ait été un bon élève, un soldat médiocre et ne fût pas marié. Tous ces éléments auraient dû jouer en sa faveur : son bon caractère, son horreur du sang et le fait que Sarah, qui était censée être un ange, fût, aux yeux de la société, une femme sans aucune morale.

– Pourquoi tout cela n'a-t-il pas été mentionné pour sa défense lors de son procès ? demandai-je.

Sidney Grice hocha vigoureusement la tête.

– Précisément.

Il remua sa cuiller.

– C'est parce qu'il savait que ces faits lui nuiraient encore plus... Mais que fait donc Molly ?

Comme pour répondre à sa question, Molly se fit entendre dans l'escalier et entra dans la salle à manger.

– L'inspecteur Pound souhaite vous parler,

monsieur, annonça-t-elle, hors d'haleine. Doux Jésus, ces marches sont de plus en plus raides.

L'inspecteur Pound était en train d'attendre dans le vestibule, son chapeau à la main.

– Je serai bref. Je dois interroger un homme qui affirme que sa famille a été tuée par un chien fantôme.

– Cela ressemble plutôt à la mission du directeur d'un asile, dit Sidney Grice.

– Ou d'un exorciste, dis-je.

L'inspecteur cligna lentement des yeux.

– Mes supérieurs pensent le contraire, dit-il, mais j'ai pensé que j'avais le temps de passer en chemin pour vous annoncer la nouvelle..., bien que cela n'ait plus guère d'importance. J'ai eu un message ce matin qui m'informait que sir Randolph Cosmo Napier avait été retrouvé.

– Où ? demanda mon tuteur.

– Dans sa maison de famille, dit l'inspecteur. Ce n'est pas dans ma juridiction et c'est la police locale qui s'en charge, mais je me suis dit que vous aimeriez jeter un œil.

– Affirme-t-il toujours... ? commençai-je, mais l'inspecteur Pound leva la main.

– Il n'affirme plus rien, dit-il. Sir Randolph Cosmo Napier est décédé.

59

Le tombeau familial

La chapelle se dressait dans une clairière au bord du parc, et l'on apercevait à peine la demeure à travers la masse de sycomores qui nous entourait. Un homme plutôt jovial se présenta comme le sergent Crabbe et nous conduisit à l'endroit voulu.

C'était le jardinier en chef, expliqua-t-il, qui avait trouvé le corps. Il avait travaillé depuis son enfance pour la famille et il continuait d'entretenir les lieux par respect.

Sidney Grice s'arrêta pour examiner un buisson de rhododendron.

– Vous avez trouvé un indice ? demanda le sergent.

– Non, sauf si vous êtes le meurtrier.

Sidney Grice laissa la branche reprendre sa place.

– De la manière dont la sève s'écoule, cette branche a été cassée il y a moins de cinq minutes et il y a une tache sur votre épaule droite.

Nous suivîmes le sergent Crabbe jusqu'à la petite chapelle. Le sol était parsemé de mousse et de lichen. Les deux murs latéraux étaient garnis de tombeaux surélevés en marbre avec, pour la plupart, des gisants de chevaliers et de dames.

L'une d'entre elles avait un chien roulé à ses pieds. D'autres tombeaux étaient nus. Sur le tombeau situé dans le coin du fond gisait le corps de sir Randolph, les bras croisés sur sa poitrine. Il avait le visage gris et une profonde entaille au cou.

Sidney Grice jeta un regard au corps.

– C'est notre homme, dit-il.

– Il n'y a pas souvent des meurtres ici, dit le sergent. Qu'en pensez-vous, monsieur Grice ?

Mon tuteur gonfla les joues et expira.

– Pas grand-chose, dit-il, puisque ce n'est pas mon affaire.

– Vous pouvez quand même faire quelques observations, dis-je.

Grice eut une moue de mépris.

– La seule chose qui m'intéresse est de savoir que sir Randolph est mort et, partant, tout ce qu'il aurait pu dire ou ne pas dire à ce gênant prêtre n'est plus que rumeurs inadmissibles au tribunal. Je peux donc me lancer dans une procédure pour diffamation puisque je sais que ma réputation demeure intacte. Venez, mademoiselle Middleton, ou nous serons en retard pour le thé.

Le sergent Crabbe ouvrit la bouche, mais Sidney Grice le repoussa d'un geste de la main et se dirigea vers la porte.

– Puis-je jeter un œil ? demandai-je.

Mon tuteur grogna.

Sir Randolph portait encore le costume qu'il avait au procès. Mis à part le fait que le vêtement était trempé de sang, il n'avait pas l'air endommagé.

– L'entaille est si profonde qu'elle a coupé sa trachée.

Je rassemblai mon courage pour renverser la tête de sir Randolph, et l'entaille s'ouvrit.

– Et presque jusqu'à l'épine dorsale, ajoutai-je. Mais il n'y a pas de sang sur le rebord ni sur le sol. Il n'a pas été tué ici.

– De toute évidence, marmonna Sidney Grice. Maintenant, si vous avez fini de vous amuser à ...

– Il est difficile d'estimer depuis combien de temps il est mort par l'état de décomposition, dans la mesure où le froid qui règne ici aura préservé le corps.

– Ma mère aurait pu le deviner, se moqua le sergent, mais ma mère a les manières d'une dame.

Sidney Grice mit la main sur son œil.

– Il n'y a pas d'autres blessures évidentes ou de meurtrissures... Tiens, il y a une trace de gras sur son front, dis-je.

Nous savions tous que je tergiversais.

Soudain, j'eus une idée. Je retournai vers la porte et m'agenouillai pour regarder derrière.

– Il a été amené ici il y a six semaines, dis-je.

– Comment pouvez-vous dire une chose pareille ?

Le sergent Crabbe rit, mais Sidney Grice dit :

– Continuez.

Je montrai le sol.

– Regardez ça.

– De la mousse, dit le sergent.

– De l'hépatique de Middleton, précisai-je. Elle a été nommée d'après feu mon oncle qui était botaniste à Kew Gardens. Il faut au moins six semaines pour qu'elle atteigne sa taille définitive de cinq centimètres. Lorsque la porte s'ouvre, elle frotte contre le sol et arrache la mousse. Il y a deux tas de mousse derrière. La première est encore vivante et a été dérangée lorsque le jardinier est entré hier. La seconde est plus ancienne et a été arrachée lorsqu'on a ouvert la porte pour mettre le corps ici.

– Vous avez dit « au moins six semaines », me rappela le sergent Crabbe. Alors, elle pourrait pousser depuis plus longtemps que ça.

– Nous savons que sir Randolph était en vie il y a six semaines et demie, lorsqu'il a vu le père Brewster, le curé catholique, dis-je.

Le sergent battit des mains.

– Eh bien, monsieur Grice, on dirait que vous avez une rivale. Le bon Dieu ne vous a peut-être pas donné la beauté, mademoiselle, mais il vous a certainement donné une cervelle.

J'avais souvent réussi à maîtriser ma colère devant les commentaires des hommes, mais j'en avais assez d'écouter leurs insultes sans réagir.

– Quel dommage qu'il ne vous ait donné ni l'une ni l'autre, sergent ! dis-je. Si Edward était là, il...

Sidney Grice combla le silence soudain.

– Mademoiselle Middleton est la bienvenue si elle souhaite se charger de l'affaire, d'autant qu'il n'y a pas de rétribution.

Je regardai les deux hommes, puis le corps. Ce type avait été un enfant et il était désormais un spécimen scientifique.

– Bonne journée, sergent, dis-je.

– Pourquoi irait-on se donner le mal d'amener sir Randolph jusqu'ici et de déposer son corps ainsi ? demandai-je sur le chemin du retour.

– Quelqu'un joue au chat et à la souris avec moi, March.

Il prit une grande inspiration et souffla entre ses dents.

– Mais il découvrira assez tôt qui de nous est le chat.

Nous continuâmes sans parler, chacun plongé dans ses pensées.

Lorsque nous retrouvâmes des rues plus familières, mon tuteur déclara :

– Je regardais des vieux numéros de la *Gazette des armées*, hier soir.

– Et ?

– Je me souviens d'avoir lu quelque chose au sujet de votre père, il y a plusieurs années.

– Il était souvent cité.

– Je suis tombé sur votre nom dans les articles. Il...

– Je vous en prie, dis-je.

Sidney Grice hocha la tête et tendit la main. Pendant un instant, je crus qu'il allait me tapoter l'épaule, mais il posa délicatement sa main sur la mienne et la laissa jusqu'à ce que nous rentrions à la maison.

Il y a des gens qui rêvent de posséder un cottage avec des roses. Tous les sergents-majors que je rencontrais rêvaient d'ouvrir une petite taverne au bord de la mer lorsqu'ils prendraient leur retraite. La plupart des officiers étaient des fils aînés qui retrouveraient leur domaine familial. Certains iraient exploiter des plantations de caoutchouc ou de sucre.

Nous, nous resterions ici. Nous ouvririons une école pour les enfants de la région avec un petit dispensaire pour les traitements médicaux simples. Les gens riaient lorsque nous le leur disions. Je me souviens du colonel Rees-James, qui demandait quel intérêt il y avait à enseigner aux sauvages ignorants, et tu as rétorqué qu'ils n'étaient pas sauvages et que, lorsque nous en aurions fini avec eux, ils ne seraient plus ignorants.

Tu savais garder ton sang-froid, mais je sentais parfaitement ce que tu ressentais. Tu n'étais jamais en colère, mais j'étais fière de te voir furieux à ce sujet.

60

La suie

Mon tuteur était assis en train de me regarder servir le thé.

– Pourquoi avez-vous montré si peu d'intérêt pour la mort de sir Randolph ? demandai-je. Cela aurait pu nous donner des indices au sujet du meurtre.

– Quatre raisons.

Sidney Grice fit glisser du bout du doigt son œil vers l'extérieur.

– Primo, je n'ai aucun intérêt financier à enquêter sur sa mort. Deuzio, nous ne savons pas s'il a été assassiné par le même homme. Tertio, je devrais me placer sur la liste des suspects, car j'avais tout à gagner à sa mort. D'ailleurs, j'ai même exprimé l'espoir qu'on lui coupe la gorge et...

– Oui, mais vous ne le pensiez pas.

– Je ne dis jamais rien que je ne pense pas.

Il fit tourner sa chevalière avec son pouce.

– Et, quarto, toute l'affaire me détourne de mon véritable objectif : prouver encore et toujours que William Ashby était un meurtrier.

– Mais vous..., commençai-je.

Sidney Grice leva la main pour me faire taire.

– J'exige le calme lorsque je réfléchis.

Il se leva et se mit à faire les cent pas à travers la pièce, de sa table de travail à la fenêtre, faisant une brève pause pour regarder dehors avant de se retourner et de continuer ses allées et venues. Pendant près d'une heure, il alla ainsi et, comme je n'avais pas grand-chose d'autre à faire en cette soirée humide de lundi, je m'installai dans un fauteuil près du feu pour me réchauffer les pieds en feuilletant le *Times* et en lisant un article sur une série de suicides depuis le pont de Waterloo.

– Il y a encore une chose qui me manque, dit-il enfin.

– Votre thé ? dis-je.

Il était désormais imbuvable, mais Sidney Grice m'adressa un regard furieux et précisa :

– Il y a quelque chose qui ne va pas au sujet de cette lettre.

– Pourquoi est-ce si important ? Et qu'est-ce qui ne vous convient pas ? L'inspecteur Pound s'est porté garant que William Ashby l'a bien écrite en sa présence.

– Je savais qu'il y avait quelque chose qui n'allait pas avant même de la lire.

Il s'approcha de son bureau et prit l'enveloppe.

– Mais quoi ?

Il sortit la lettre de l'enveloppe.

– Vous souvenez-vous de m'avoir entendu déclarer que c'était là la clef du mystère ? Eh bien, j'en suis toujours convaincu.

Il déplia le feuillet et lut la lettre à voix haute, en dépit du fait que nous étions tous deux capables de la réciter de mémoire.

CHER MR GRISE
AIDÉ MOI SI VOUS PLÉ
PASSEQUE JE SUI INOSSENT

– Pour quelqu'un de ses origines sociales, Ashby était un homme instruit, dit mon tuteur. Son ancienne institutrice se souvient d'un élève exemplaire et, pourtant, il écrit une lettre bourrée de fautes et sans aucun sens alors qu'il tente de sauver sa vie. Comment cette lettre pourrait-elle l'aider ?

Il alla jusqu'à la fenêtre et agita le feuillet en l'air.

– Du papier bon marché, fourni par la police. Pas d'en-tête ni de filigrane. Pas de...

Il s'interrompit et approcha la lettre plus près de ses yeux en chaussant son pince-nez.

– De la suie ! s'écria-t-il.

– Vous n'avez pas trouvé de suie sur la lettre ?

– Non, nous avons besoin de suie.

Il se précipita vers le feu et, sans se soucier de la chaleur, passa la main dans le foyer pour la retirer noire de suie, sans parler de sa manchette qui était gâchée.

– Tenez la lettre à plat sur le tapis, March.

Je maintins le feuillet par les coins, et Sidney Grice s'agenouilla à côté de moi pour saupoudrer la suie partout, y compris sur la manche de ma robe.

– Molly ne va pas aimer l'état dans lequel vous avez mis cette carpette, dis-je.

– Molly peut aller s'entraîner à faire la révérence au fond de la Tamise. Lâchez la lettre.

Sidney Grice la ramassa délicatement, secoua la suie au-dessus du foyer et souffla sur le papier, envoyant par là même un nuage noir sur son visage et sa chemise. Il se redressa d'un bond, au point de manquer renverser la table, et courut à la fenêtre.

– Augmentez la lampe à gaz, dit-il.

Je fis tourner la valve, et la flamme gonfla pour faire virer le manchon à l'orange, puis au rouge et enfin au blanc sur le mur. Mon tuteur se précipita vers l'applique et releva la lettre.

– Vous voyez ?

Il avait haussé la voix sous le coup de l'excitation.

– Regardez l'empreinte de l'autre lettre.

Je me mis à côté de lui pour regarder ce qu'il me montrait. L'ensemble était taché et un peu brouillé, mais les mots ne prêtaient aucunement à confusion :

... quarante fois en tout. J'ai compté chaque coup. Elle ne m'a jamais causé de tort sauf une fois. Je l'avais vue marcher dans la rue. Elle avait une si belle bouche que je lui ai souri, mais elle m'a dépassé sans m'accorder un seul regard. Je n'aime pas qu'on m'ignore. C'est pourquoi j'ai décidé qu'elle se souviendrait de moi POUR LE RESTANT DE SES JOURS.

Je n'eus pas besoin d'en lire davantage pour reconnaître la lettre.

– C'est l'enveloppe qui n'allait pas, dit mon tuteur. J'aurais dû le comprendre sur-le-champ. Elle était légèrement trop grande pour la lettre. Elle avait dû être agrandie par un autre feuillet.

– Que l'on a retiré avant de vous la remettre, dis-je.

– Précisément, dit-il. Regardez, March, les lettres parfaitement formées et la ponctuation. Il s'agit d'une main instruite. C'est la main d'un meurtrier, l'homme qui se faisait appeler Caligula, mais dont le nom véritable était William Ashby.

61

Les fenêtres de l'âme

Je réfléchis aux mots que mon tuteur venait de prononcer et dis :

– Je croyais que vous m'aviez dit que William Ashby était innocent.

– Eh bien, vous avez mal cru. J'ai dit qu'il n'avait pas tué sa femme.

– Mais...

– La vérité a toujours été là.

Sidney Grice vint se rasseoir dans son fauteuil.

– Il suffisait de regarder dans ses yeux.

– Mais je...

– Oubliez toutes ces sornettes au sujet des yeux qui sont la fenêtre de l'âme.

Il tapa sa main.

– L'œil est un organe sensoriel. Vous pouvez aussi bien dire que quelqu'un a des oreilles innocentes ou un nez coupable si vous y allez par là. Et mon œil de verre ? Est-il plus ou moins innocent que l'autre ?

– Non, mais il est plus vert.

– Non, c'est faux.

Il se regarda dans le miroir de la cheminée.

– Dans la lumière du jour, si.

– C'est faux. Dans tous les cas, que vous ou l'inspecteur affirmiez que William Ashby avait des yeux innocents n'était que balivernes.

– Je comprends la logique de cela, dis-je, mais...

– Nous nous occuperons de ces « mais » une autre fois, coupa mon tuteur, lorsque nous nous ennuierons et que nous n'aurons rien de plus utile à nous dire. En revanche, nous pouvons faire un certain nombre de déductions en regardant les yeux d'un individu tout comme nous le pouvons en observant sa bouche – s'il sourit ou fait la moue, par exemple – ou ce que font ses mains, ses pieds, quelle posture il adopte, etc.

– Je ne vois pas où vous voulez en venir.

– J'ai observé les yeux d'Ashby, déclama mon tuteur en agitant le doigt vers rien, lorsque je l'ai interrogé et chaque instant de son procès. J'ai vu qui il regardait et comment il les regardait. Par exemple, il vous regardait avec bienveillance alors qu'il me regardait avec une certaine haine.

– Comment lui en vouloir ?

– J'aurais été surpris si cela n'avait pas été le cas.

Sidney Grice sortit son crayon avec le geste ample d'un magicien.

– J'ai également observé les yeux de madame Dillinger lorsque nous nous sommes rencontrés et pendant le procès. J'ai remarqué qu'elle échangeait de nombreux regards avec Ashby, mais je me trompais sur leur signification.

– Il devait la regarder pour chercher un peu de soutien et elle faisait de son mieux pour le lui offrir.

– Il y avait de cela, bien sûr, mais il y avait davantage et, une fois que je compris pourquoi, presque tout le reste se mit en place. À présent, c'est d'une telle évidence que je suis furieux de ne pas avoir compris tout de suite, mais William Ashby et Grace Dillinger s'aimaient.

De minuscules volutes de fumée flottaient au-dessus des braises.

– C'était sa belle-mère.

– Comme nous l'a prouvé monsieur Froume, c'est faux, mais, même si c'était le cas, elle était plus proche en âge de lui que sa fille. En dépit de toutes les plaisanteries que l'on entend au sujet des belles-mères, il n'est pas rare qu'elles aient une affection platonique pour leur gendre. Parfois, cela vient simplement de leur affection mutuelle pour la jeune femme. Dans ce cas, leur attirance se fondait sur leur ressentiment commun. Nous avons appris que monsieur Dillinger était fou de sa fille. D'après mon expérience, lorsqu'une fille est la prunelle des yeux de son père, c'est parce que son épouse ne l'est pas.

Il me fallut un moment pour réfléchir à cette vision des choses.

– Comment pourriez-vous le prouver ?

Sidney Grice se tapota les dents avec le crayon.

– Je ne le peux pas encore, mais, si nous partons de cette hypothèse, pratiquement tout le reste s'explique clairement.

Molly entra pour apporter une nouvelle théière qu'elle posa sur le plateau devant nous. Son employeur toucha le pot.

– Voici que vous avez enfin réussi à nous servir une boisson à la température requise, dit-il.

– Désolée, monsieur.

Pendant qu'elle ressortait, Sidney Grice secoua la tête en signe manifeste de désespoir.

– Servez le thé, March. J'ai soif et j'ai encore un fier problème à démêler.

62

Le clou de l'histoire

– Imaginez la situation...

Mon tuteur frémit, tandis que je versais une goutte de lait dans ma tasse.

– ... William Ashby fait la connaissance de Sarah. C'est une jolie fille, comme nous l'avons vu, et il est sans nul doute très épris. Le père de Sarah adore sa fille et lui passe tous ses caprices, mais elle n'a aucune affection pour lui. Elle considère William, qui a quinze ans de plus qu'elle, comme l'homme qui prendra la place de son père. La relation est un désastre. William a besoin d'une épouse travailleuse et économe, et le voilà affublé d'une compagne paresseuse et dépensière. Ils se querellent, et la mère de Sarah prend le parti de William. Elle aussi est plus que lassée du comportement de sa fille.

Sidney Grice fit une pause pour savourer une gorgée de thé.

– William devient très attaché à Grace. Après tout, elle est beaucoup plus belle que sa fille et elle n'a que cinq ans de plus que son gendre. D'ailleurs, elle fait plus jeune que son âge. Son mari est vieux et peu ragoûtant, alors que William est bel homme, vigoureux et gentil. Ils entament ce que les romans modernes appellent, je crois, une « liaison ». La difficulté, c'est que William est aussi un homme honorable et qu'il sait qu'il est immoral d'avoir des échanges avec quelqu'un qu'il considère comme la mère de son épouse. Peut-être que Sarah a des soupçons. Dans tous...

– Si William était si honorable, pourquoi n'a-t-il pas épousé Sarah ? coupai-je.

– Parce que son père n'avait pas donné son consentement, répondit mon tuteur. Il avait de meilleurs projets pour sa fille qu'un boutiquier de quatre sous et, jusqu'à ce que Sarah atteigne sa majorité de vingt et un ans, il pouvait parfaitement refuser son consentement et ils n'y pouvaient rien.

– Alors, elle a bien dû aimer William à un moment ?

– Qu'est-ce, l'amour ? dit Sidney Grice en reniflant. Ce n'est rien qu'un sentiment.

Il renifla encore avant de continuer :

– Bref, William essaie de rompre sa relation avec Grace, laquelle refuse d'être repoussée. Pourquoi Sarah devrait-elle toujours avoir tout ce qu'elle veut ?

– Comme il n'y a aucun lien légal entre Grace et William, rien ne peut les empêcher de se marier. Sauf l'honneur de William, dis-je en mettant deux sucres dans mon thé.

Mon tuteur hocha la tête.

– Il veut faire les choses correctement, mais, soudain, ce qui est correct change de manière spectaculaire. Grace Dillinger annonce à William qu'elle porte un enfant et, comme elle n'a pas partagé la couche de son époux depuis des années, William ne peut qu'en être le père.

Sidney Grice tenta de chasser un grain de suie, ne réussissant qu'à l'étaler sur sa chemise.

– Son mari est mort récemment et il n'y a plus rien

qui l'empêche d'épouser William. Plus rien non plus qui empêche William d'épouser Sarah. Mais Grace va avoir un enfant. William veut agir honorablement, mais il est déchiré devant ce dilemme.

Sidney Grice sortit deux pièces de sa poche de gousset.

– Il accepte peut-être ce que Grace veut ou, plus probablement, il diffère et esquive, mais les événements prennent un nouveau tour. Alice Hawkins voit ou entend William et Grace ensemble. Je suppose que c'était l'intention de Grace. Ce n'est pas une femme qui laisse le moindre détail de côté.

– Et Alice est la meilleure amie de Sarah ; elle lui raconte tout, dis-je.

La pendule sonna la demie.

La jambe de mon tuteur tambourinait le sol sans aucun rythme.

– Le dimanche soir, Sarah affronte sa mère. Les deux femmes se disputent à cor et à cri. William, faible comme toujours, déclare qu'il ne peut abandonner Sarah et sort du salon. Comme nous l'avons appris, il ne supporte pas la violence.

– Malgré tous les défauts de Sarah, il l'aimait, dis-je en remuant mon thé. Je l'ai vu dans ses yeux.

– Aussi absurdes que soient vos observations oculaires, oui, c'est exact.

Il fit sauter les pièces l'une sur l'autre dans sa main gauche.

– La querelle prend des proportions insensées. Sarah retire son alliance, qui n'a plus de sens pour elle, et la jette dans le feu. Ou bien, Grace la lui arrache. Dans l'empoignade, Sarah donne un coup de pied à sa mère, d'où son ongle meurtri. Elle déchire la robe de Grace, ce qui explique le fil jaune que nous avons trouvé sous son ongle, bien que je n'aie pas encore prouvé que madame Dillinger possédât une toilette de cette couleur.

– Bouton d'or, dis-je. Sa robe était jaune bouton d'or avant qu'elle ne la teigne en noir.

Sidney Grice me dévisagea.

– Depuis combien de temps savez-vous cela ?

– Quelques semaines. C'est une dame que j'ai rencontrée dans le train qui me l'a dit. Je n'ai pas pensé que cela pouvait être important.

– Vous n'avez pensé à rien.

Il rougit violemment.

– Si j'avais été en possession de ce fait...

Il se passa la main sur le front.

– Nous y reviendrons plus tard.

– Je suis navrée.

– Peu me chaut que vous vous sentiez coupable ou non.

Il secoua la tête de désespoir.

– Poursuivons. Madame Dillinger comprend qu'elle risque de perdre William, notamment s'il découvre qu'elle lui a menti.

– Menti ?

– Eh bien, elle ne porte pas plus d'enfant que moi !

Il claqua des doigts.

– Je n'ai jamais été vraiment convaincu par le poids qu'elle semblait avoir pris. Alors que je faisais mine d'aider cette grosse dame ordinaire dans le salon de thé, je lui ai emprunté une épingle à chapeau et je l'ai plantée dans le ventre de madame Dillinger lorsque je l'ai poussée à m'attaquer. Une aiguille de dix centimètres sur toute sa longueur et elle n'a pas cillé.

– William l'aurait su tôt ou tard !

Mon tuteur remplit sa tasse.

– Comment puis-je exprimer cela avec délicatesse ? dit-il en reposant la théière. Impossible. Grace Dillinger n'aurait pas laissé William s'approcher d'elle tant qu'elle était censée porter l'enfant, sans aucun doute en prétendant que c'est ce que le médecin lui avait recommandé. Une fois qu'ils auraient été mariés, elle aurait pu affirmer qu'elle avait fait une fausse couche. Il n'y avait aucun empêchement légal à leur union. Juste une fille gênante. J'ai d'ailleurs vérifié les registres auprès du célèbre détective des naissances de Bath, et Grace Dillinger était bien la mère de Sarah.

– Pourquoi continue-t-elle alors de prétendre porter un enfant ?

– Il est fortement possible qu'elle fasse chanter d'autres hommes avec lesquels elle a eu des relations. Imaginez combien ils doivent être prêts à payer quand ils réalisent qu'à travers elle, ils risquent d'être liés à un tel scandale !

Il recommença à jouer avec les pièces.

– Où en étais-je ?

– Elle risquait de perdre William.

– Exact. Madame Dillinger n'est pas femme à aimer perdre. Par conséquent, elle passe dans la boutique, choisit un couteau dans la vitrine, un modèle assez court pour qu'elle puisse le dissimuler dans sa manche, mais assez long pour faire l'affaire, et retourne dans le salon où se trouve Sarah.

Les pièces cliquetaient maintenant furieusement.

– Sa fille lui tourne le dos, ce qui lui convient parfaitement. Quand vous poignardez quelqu'un de dos, il ne voit pas le coup venir, mais madame Dillinger a trop d'expérience pour savoir que les vertèbres et les côtes risquent de la gêner.

– Trop d'expérience ?

– Nul doute qu'elle a aussi assassiné son mari. C'est une trop grande coïncidence qu'il ait été poignardé par un tiers. Elle a peut-être tué d'autres personnes auparavant, sans doute Matilda Tassel et ses deux filles. Je n'en suis pas encore sûr, mais cela viendra.

Il fit pivoter sa tasse pour que l'anse soit parallèle à la cuiller.

– Donc, elle plante le couteau dans sa fille, de bas en haut et sous les côtes. La mort est instantanée et elle ne craint pas d'être éclaboussée de sang. Mais il y aura, comme nous l'avons constaté sur les murs et le sol, beaucoup de sang projeté lors du dernier spasme de ce cœur poignardé.

Je fis tourner une boucle de mes cheveux autour de mon index.

– Vous dites que Grace Dillinger a délibérément et précisément assassiné sa propre fille ?

– Dans son esprit, elle a assassiné la fille qui lui avait dérobé l'affection de monsieur Dillinger et qui avait l'intention de lui ravir William Ashby.

Je pris ma tasse, mais ma main tremblait si fort que je la reposai sur le plateau en renversant du thé dans la soucoupe.

– C'est contre-nature.

Les morceaux de charbon glissèrent sur la grille du foyer.

– Je dirais plutôt que c'est rare, mais pas impossible.

Il remit les pièces dans sa poche.

– Dans la mythologie grecque, Médée a assassiné ses propres enfants afin de punir Jason, et je pourrais vous donner une demi-douzaine d'exemples récents extraits de mes dossiers.

– Pour autant que cela soit vrai, William a dû être choqué lorsqu'il l'a découvert ?

– Bien entendu.

Il leva les mains dans un signe d'innocence.

– C'est là que madame Dillinger révèle toute sa force de caractère. Elle hurle et William accourt. Il a horreur du sang et il n'a probablement jamais touché le cadavre de sa femme. Madame Dillinger paraît en proie au chagrin. Elle explique à William que sa fille l'a menacée avec le couteau et que, lorsqu'elle a tenté de le lui retirer, Sarah a été accidentellement poignardée.

– « Vous savez que c'était un accident », citai-je.

– Précisément.

Il écarta encore les mains.

– D'où l'étrange insistance de William à jurer cela jusqu'au bout. Il croyait réellement que c'était le cas. Sa belle-mère sait que la police ne va pas être aussi crédule, toutefois, surtout lorsqu'on découvrira sa relation avec William. Et elle sait qu'on la découvrira. C'est pourquoi elle explique à William que cela doit paraître comme l'agression d'un dément. Ainsi, il faut qu'ils imitent de leur mieux les meurtres de Slurry Street. D'où les coups multiples.

– Et l'inscription *Rivincita* sur le mur.

– Exact.

Mon tuteur toucha la cicatrice de son oreille.

– Rappelez-vous que j'ai demandé à Parker si le corps avait été lavé et il m'a affirmé que non. La faible quantité de sang au niveau des autres entailles et l'absence de gouttelettes autour indiquaient que les blessures avaient été faites peu après la mort et non avant.

Je me débattais avec mes pensées.

– Mais, lorsque vous avez inséré votre instrument

dans la blessure, vous nous avez déclaré que le tueur était gaucher alors que Grace Dillinger est droitière.

– C'est parce que je n'avais pas envisagé la possibilité d'une attaque par-derrière, expliqua Sidney Grice, puisque toutes les autres entailles étaient clairement portées par-devant.

– Alors, elle s'en va et William crie au meurtre ?

Sidney Grice secoua la tête.

– Si c'était aussi simple… Grace Dillinger sait parfaitement qu'Alice Hawkins est au courant de trop de choses pour les faire pendre tous les deux, et elle ne peut être sûre que William ne va pas avouer la vérité ou que l'on va le croire. Vous l'avez rencontré : c'était un homme si authentiquement sincère qu'il était difficile de croire qu'il mentait. Ainsi, elle faisait d'une pierre deux coups. Alice doit y passer et William doit s'en charger. Il est en état de choc, et un homme en état de choc est comme un somnambule.

– Je l'ai vu après les batailles, dis-je. Des hommes qui erraient, l'air hagard. Certains ne s'apercevaient pas qu'ils avaient été blessés.

– J'ai entendu dire que c'était le cas après Waterloo.

Sidney Grice se leva.

– Tout paraît irréel, et William sait que, quoi qu'il fasse, il va se réveiller et réaliser que ce n'est qu'un rêve. Grace Dillinger est une femme très persuasive. Il ne veut pas qu'elle soit pendue pour un terrible incident.

– D'autant plus si elle porte son enfant, dis-je. Il savait qu'il pouvait être condamné comme complice. Il a donc accepté de monter au gibet parce qu'il savait qu'ils attendraient qu'elle ait mis son enfant au monde avant de l'exécuter, elle.

Je me retrouvai en train de tirer sur mes cheveux si fort que j'en eus mal.

– Et alors, leur enfant serait prisonnier d'un orphelinat et traité comme l'enfant de monstres et comme un monstre lui aussi.

– Exact.

Il se mit à aller et venir à nouveau dans la pièce.

– À ce moment-là, il ne peut plus revenir en arrière et il doit s'enfoncer dans le mensonge jusqu'à sa conclusion cauchemardesque. Grace le convainc qu'elle n'est qu'une faible femme et qu'il doit se charger de tout. Pour eux deux et pour le bébé. Comme il ne peut pas se résoudre à toucher le couteau qui a tué sa femme, il prend la seconde dague et sort de la maison par la cour pour suivre la ruelle jusqu'à Chandler Street et se glisser par la porte arrière du logement d'Alice Hawkins. Mais où se cache-t-il ?

– Dans l'ancien garde-manger, où elle rangeait ses vêtements, dis-je. Seigneur, je ne peux pas imaginer ce qui lui est passé par l'esprit pendant qu'il patientait. Le moindre craquement du bâtiment devait le terrifier.

– Néanmoins, il patiente.

Sidney Grice prit la règle en ébène posée sur sa table.

– Il patiente pendant une heure, peut-être davantage, jusqu'à ce qu'il entende la porte s'ouvrir et Alice rentrer après avoir emmené son chien en promenade. Il fait nuit. Elle s'avance vers l'étagère pour allumer une chandelle, et Ashby sort comme un diable du garde-manger.

Sidney Grice tenait la règle comme s'il s'était agi d'une dague et l'agitait furieusement en l'air tout en parlant.

– Ce sera un travail bâclé. Dans la panique qui l'aveugle, il agite le couteau. Il est effrayé au point de ne pas regarder ce qu'il fait à cette innocente jeune fille qui était de ses amies. Il veut seulement faire taire ses hurlements.

– Elle se débat.

Je fermai les yeux.

– La pauvre Alice a tenté de se défendre : toutes ces estafilades sur ses bras et ses mains…

– C'est pour cette raison que ses blessures ont tellement saigné. Elle est encore en vie jusqu'à ce qu'elle succombe enfin sous ce dernier coup désespéré qui a fait que la lame s'est brisée dans son corps lacéré.

– Son petit chien, fis-je. Il a dû essayer de la protéger.

– Il suffisait d'un coup de pied pour l'envoyer ad patres.

Je n'avais jamais vu Sidney Grice si agité. Il mimait le moindre mouvement qu'il décrivait.

– Ashby sort en vacillant de la pièce. Il étouffe. Il se met à courir et il est pratiquement arrivé au portail quand il se souvient qu'il a oublié quelque chose. Mais quoi ? Il a bien laissé l'arme, non ?

– *Rivincita*, dis-je.

Mon tuteur claqua des doigts.

– Bien sûr ! Ashby se rappelle qu'il a oublié d'inscrire le mot et il retourne dans la pièce. Le diable seul sait quels démons il appelle à son aide pour retourner dans cette pièce et constater ce qu'il a fait, pour tremper le doigt dans le sang qui s'écoule et qui lui fait si peur, et pour inscrire le mot sur le mur avant de repartir précipitamment. Il pleut et la ruelle est inondée par le flot de détritus dus à la canalisation brisée. Ashby prend la fuite et sort sans se soucier de la boue qui coule dans la ruelle. Il se glisse dans la venelle et retourne dans la cour de sa boutique, par l'arrière.

– Ce qui explique le sang sur la poignée du portail.

Sidney Grice plaça soigneusement la règle sur le manteau de la cheminée et prit une profonde inspiration.

– Ashby retire ses chaussures et rince la boue dans l'évier avant de rentrer chez lui. Pendant ce temps, Grace a élaboré un raffinement de son cru. Les meurtres de Slurry Street ayant été commis par un Italien, pourquoi ne pas fournir un tel suspect ?

– James Hoggart.

– Lui-même.

Il pointa son index vers moi.

– Grace le connaît par l'intermédiaire du cercle de jeu de son époux. Elle sait qu'il est comédien et qu'il joue le rôle d'un Italien. Voilà où Hoggart manque de chance. Pour cent livres, elle le persuade d'endosser son costume et d'aller au poste de police – en se rendant aussi visible que possible – donner une lettre adressée à l'inspecteur Pound dans laquelle il avoue les meurtres en fournissant une preuve que seul l'assassin connaît. Ensuite, tout ce qu'il a à faire est de repartir, de récupérer son argent auprès de madame Dillinger et de disparaître.

– Mais Hoggart ne savait pas lire ! C'est pour cette raison qu'il réclamait qu'on lui lise ses textes.

– Et il ne pouvait même pas écrire une reconnaissance de dette à l'école de poker de monsieur Dillinger.

Les pièces refirent leur apparition et cliquetèrent rapidement dans sa main.

– Grace ne peut pas rédiger la lettre parce que son écriture est trop féminine, mais William s'en charge.

Il m'envoie un message dont le seul objectif est de me faire croire qu'il n'est pas instruit.

– Le feu, dis-je. Ils ont brûlé tous les papiers où il risquait d'y avoir l'écriture de William dessus. Ce n'était donc pas ce qui était écrit, mais *comment* c'était écrit qu'ils voulaient cacher.

Mon tuteur se pinça le nez tout en réfléchissant.

– Madame Dillinger part et, en partant, elle prend une boîte d'allumettes dans la corbeille de Tilly. Peut-être par simple méchanceté. Mais il est plus probable qu'elle avait déjà prévu de donner à William ce détail supplémentaire dans la lettre. De toute façon, elle se rend à l'église comme à son habitude, et William est sans nul doute en train d'écrire la lettre de Caligula dès que la porte de la boutique se referme.

– Et la petite Tilly qui vient rendre sa tasse.

– C'est ce que nous savons, mais Ashby panique et file dans la boutique en hurlant au meurtre avant d'avoir eu le temps d'écrire la lettre. Rien n'est perdu, cependant. Il écrit la lettre de Caligula dans sa cellule, sur du papier aimablement fourni par la police, puis rédige le faux message à mon intention devant témoins. Il glisse les deux lettres dans la même enveloppe, au moment où Grace Dillinger fait diversion en prétendant s'évanouir.

– Ce qui explique pourquoi il a mis deux « l » à Caligula, commentai-je. Il n'en avait sans doute jamais entendu parler.

– Précisément, et il commet délibérément une faute dans son propre nom, « Ashbay », pour nous orienter vers une fausse piste.

L'image de Grace Dillinger jaillit dans mon esprit, et je revis son désespoir authentique lorsque l'aube s'était levée après la veillée.

– Comment pouvait-elle l'obliger à commettre un meurtre si elle l'aimait ?

– Qu'est-ce qui vous fait croire cela ?

– Vous avez dit vous-même qu'ils s'aimaient.

– C'était le cas, dit mon tuteur en claquant la langue. Il l'aimait et elle aimait son argent. Grace Dillinger n'a jamais aimé personne sauf peut-être elle-même, et c'est ce qui en fait une femme si dangereuse.

– Tout cela pour une boutique délabrée et cent livres d'assurance…

– Qu'elle a dû lui suggérer de contracter.

Sidney Grice secoua son doigt dans ma direction.

– Madame Dillinger avait des vues sur plus gros gibier que cela. Souvenez-vous que William Ashby nous a expliqué qu'il devait hériter du reste des biens de son oncle au bout de cinq ans. C'est dans à peine un an. Bien, j'ai fait quelques recherches dans les affaires d'Edwin Silas Ashby et je peux vous dire que la boutique était loin d'être son bien le plus précieux. Il possédait des propriétés à Bristol et à Birmingham pour une valeur estimée à plus de huit mille livres, une jolie petite somme.

Il me vint une idée.

– Vous avez dit que le meurtrier d'Alice Hawkins avait une marque sur ses semelles et que William Ashby n'en avait pas.

– Un clou de fer à cheval, dit Sidney Grice. William Ashby vendait des clous. Il y en avait qui traînaient dans sa cour et l'un d'entre eux a dû se coincer dans sa semelle. Il a laissé une trace dans les empreintes ensanglantées et, sur le chemin du retour, le clou est retombé.

– Je ne comprends quand même pas pourquoi l'inspecteur Pound n'a pas reçu la lettre.

– James Hoggart a perdu son sang-froid. Il craignait d'être reconnu ou d'être détenu pendant la lecture de la lettre. Alors, quelle aurait été sa défense ? Il est donc allé rencontrer Grace Dillinger près du canal comme il était prévu et lui a dit qu'il avait remis la lettre en espérant recevoir sa récompense et filer à l'étranger avant qu'elle ne s'aperçoive qu'il ne l'avait pas fait.

– Et Grace Dillinger n'avait pas d'argent à lui donner, dis-je.

Sidney Grice ferma la main sur ses pièces.

– D'autant que, pour quelle raison aurait-elle laissé vivre un homme qui pouvait témoigner contre elle alors qu'elle pouvait le faire taire à tout jamais ? Une fois qu'elle fut convaincue qu'il avait mené sa mission à bien, Grace Dillinger poignarda James Hoggart dans le dos et le poussa, avec sa lettre, dans le canal.

– Où les rats l'auraient dévoré entièrement si sa perruque n'était pas remontée à la surface pour attirer l'attention du jeune Albert qui a essayé de la revendre.

Sidney Grice ouvrit son poing.

– Imaginez un peu le dilemme de William Ashby. Pas de lettre. Il n'a aucune ligne de défense et il ne peut pas avouer la vérité sauf en se condamnant davantage, lui et la mère de son enfant. Je suppose qu'ils ne pensaient pas que j'allais accepter cette affaire. Tout le monde sait à quel point je suis cupide et snob.

– Comment auraient-ils pu songer que j'allais régler vos honoraires ?

Il lança les pièces en l'air et les rattrapa vivement.

– Une fois que vous l'avez proposé, tout ce qu'ils pouvaient espérer était que je tomberais sous leur charme et que je soutiendrais sa défense. C'était un fol espoir, mais ils se seraient accrochés à n'importe quel fétu de paille.

– Grace Dillinger a soutenu William Ashby pendant tout le procès, dis-je, et elle a aussi cherché à lui trouver des partisans après. Elle aurait certainement mieux fait de le laisser mourir sans toutes ces histoires dans la mesure où elle savait qu'il risquait de s'effondrer et d'avouer ce qui s'était réellement passé. Elle a dû quand même éprouver quelque chose pour lui.

Mon tuteur eut une moue de dégoût.

– Voilà : vous êtes encore en train de lui attribuer des sentiments humains. Si Ashby pensait une seule minute qu'elle allait l'abandonner, il aurait été bien plus enclin à l'impliquer dans l'accusation. De plus, il y avait encore une chance qu'il soit acquitté et qu'il touche son héritage. Sans nul doute aurait-il été victime d'un accident malheureux dès que la possibilité se serait présentée après leur mariage, lorsqu'il ne lui aurait plus été d'aucun usage. Je suis seulement surpris qu'elle n'ait pas saisi la chance de quitter le pays après l'exécution. Elle ne figurait pas parmi les suspects, mais elle savait que je continuais à fouiner.

Il s'interrompit et me regarda.

– Quoi, March ? Que se passe-t-il ?

– Nous sommes bien le vingt-sept, n'est-ce pas ?

– Absolument.

– Grace Dillinger a réservé une place pour l'Australie sur l'*Aphrodite* pour la première marée du matin.

J'inspirai profondément, avant de préciser :

– C'est moi qui ai réglé son billet.

63

Les violettes de Parme

Ce fut au tour de mon tuteur de me foudroyer du regard.

– Vous saviez qu'elle quittait le pays et vous l'avez aidée ?

– Je croyais qu'elle souhaitait simplement redémarrer à zéro avec son bébé.

Il leva brusquement la main.

– Il n'y a pas de bébé.

– Je l'ignorais, dis-je. Et vous le saviez, mais vous ne me l'avez pas dit. Vous étiez trop occupé à vous montrer intelligent.

– Si vous étiez un homme, je vous frapperais pour cela, dit-il.

– Il y a une autre chose. Si l'inspecteur Pound avait répondu à ma question quand j'ai demandé comment elle était tombée, j'aurais pu vous expliquer qu'elle avait feint son évanouissement dès le départ. Les gens qui font semblant ont tendance à flotter gracieusement vers un endroit sûr. Les vrais évanouissements vous font tomber directement à l'endroit où vous êtes et, en général, vous vous blessez. Mais vous et vos amis, vous êtes tellement soucieux de vous montrer comme des hommes supérieurs que vous ne vous...

– Taisez-vous, ma fille ! Vous avez aidé et encouragé la fuite d'un monstre qui a assassiné plusieurs personnes et, tout ce que vous trouvez à faire, c'est de pérorer...

– Je ne suis pas votre fille ! m'écriai-je. Si vous m'aviez tenue au courant...

– C'est donc ma faute ?

Il plaqua son calepin sur la table.

– Vous, qui vous glissez dans mon dos pour rencontrer toutes sortes d'ignobles femmes anormales. Ne croyez pas que j'ignore ce qui se passe dans cette maison de Huntley Street.

– Il ne s'y passe rien, dis-je. C'est un refuge contre des hommes comme vous, et Dieu sait que nous en avons besoin.

– Où vous fumez et buvez. Croyez-vous que je suis à ce point dénué d'odorat ou que le parfum de ces violettes de Parme sont capables de masquer la puanteur de vos vices ?

J'agitai la main et je renversai ma tasse par mégarde. Elle ne se brisa pas, mais je la laissai avec le thé qui coulait sur la nappe en lin.

– Tout le monde ne peut être aussi vertueux que vous.

– Pourquoi pas ?

Il pointa son crayon vers moi.

– Pourquoi tout le monde ne peut-il être aussi vertueux que moi ? Est-ce parce que vous êtes tous faibles et indulgents avec vous-mêmes ou bêtes à manger du foin ?

Il se leva d'un bond et se précipita vers le cordon de la sonnette.

– Tout n'est peut-être pas perdu... J'espère que cette fichue créature se souvient du code.

Il alla à sa table de travail et griffonna quelque

chose sur son papier à en-tête, plia le feuillet et le glissa dans une enveloppe.

– Allez, ne restez pas assise comme un écureuil empaillé, femme ! Allez chercher votre manteau !

Je me levai et le suivis dans le vestibule.

– Où allons-nous ?

– *Nous* n'allons nulle part. Moi, je vais sur les quais pour tenter d'empêcher Grace Dillinger de monter à bord, si elle ne l'a pas encore fait. Vous, vous allez jusqu'au poste de police de Marylebone pour remettre ce message en personne à l'inspecteur Pound. J'espère que je peux vous faire confiance pour une mission si facile !

– Et s'il n'est pas là ?

– Dans ce cas, vous devrez utiliser vos charmes sérieusement limités pour insister qu'on aille le chercher sur-le-champ. Informez-les que j'ai dit qu'il s'agissait de la plus haute urgence.

Il fila dans le vestibule et hissa le drapeau.

– Ouvrez la porte pour donner de la lumière. Ils risquent de ne pas voir le drapeau à cette heure de la nuit. Tenez-vous sur le seuil et agitez votre stupide petite main pour héler tous les fiacres jusqu'à ce que vous en arrêtiez deux. Vous prendrez le premier. Je devrai peut-être patienter encore un peu.

– Pourquoi ?

Je m'approchai de la porte.

Un cab était déjà en train de se garer.

– Parce que Molly n'a pas encore répondu à mes instructions urgentes, dit-il. Ah ! la voici.

Hors d'haleine, Molly se précipita dans le corridor avec son flacon à rétention de chaleur.

64

Le pouvoir du nom

– Le poste de police de Marylebone, aussi vite que vous le pouvez ! lançai-je au cocher.

– Z'avez pas été sage, hein ? répliqua l'homme.

Encore moins sage que vous ne l'imaginez, pensai-je en grimpant à bord.

Il n'y avait pas beaucoup de circulation et nous arrivâmes à bon port rapidement. Je payai le cocher, ajoutant un bon pourboire, et je me précipitai à l'intérieur du poste en me frayant un chemin dans la racaille habituelle jusqu'au comptoir.

– Mademoiselle Middleton, salua le sergent en levant les yeux de sa paperasse. Vous n'avez pas été arrêtée pour ivresse ou pour trouble à l'ordre public, n'est-ce pas ?

– Pas encore, dis-je. J'ai un message urgent pour l'inspecteur Pound.

Le sergent leva la main.

– Je m'assurerai qu'il l'aura dès demain matin.

Je ne lâchai pas la lettre.

– Je dois la lui remettre en mains propres, dis-je. Tout de suite.

Le sergent gloussa.

– Je ne vais pas perdre mon boulot en le dérangeant à cette heure de la nuit.

– Vous perdrez davantage que votre *boulot* si vous laissez filer un assassin responsable de plusieurs meurtres parce que vous ne faites rien.

Le sergent eut un air hésitant qui se transforma vite en terreur.

– Pour l'amour de Moïse ! dit-il.

Je me retournai pour découvrir une vieille femme en train de vomir copieusement sur l'extrémité de son bureau.

– Foster, dégage-moi ça d'ici et nettoie ce bazar. Elle a dégueulé sur tous les formulaires.

Un vieil homme fit mine de tomber en s'accrochant au comptoir.

– Si je gerbe, je peux m'en aller, moi aussi ?

– Dégage !

Le sergent les fit taire d'un geste de la main.

– Dégagez tous autant que vous êtes. Je jure devant Dieu que je ne vais pas recommencer à remplir ces formulaires.

– Merci, chef, v'zêtes un prince.

Le vieil homme chancela jusqu'à la porte.

– Et moi donc ? lança une femme maquillée de couleurs criardes de l'endroit où elle se tenait. J'm'en suis prise à un de vos jolis garçons. J'ai au moins droit à une bonne nuit en cellule.

– Dégage !

– Ce s'ra de vot' faute si j'attaque un aut' agent, officier, déclara-t-elle en rassemblant ses affaires dans un ballot de chiffons et en se dirigeant vers la sortie.

– Bien, dit le sergent en se tournant à nouveau vers moi. Vous disiez ?

– Cette lettre vient de monsieur Grice.

– Ah ! il n'ose pas montrer son nez ?

J'ignorai la question.

– Écoutez-moi, sergent, une dangereuse meurtrière court les rues.

Il roula les yeux.

– Nous sommes à Londres, mademoiselle Middleton. Il y a un million de personnes autour de ce bâtiment et probablement cent meurtriers en train de faire leur affaire ce soir même. Mais personne ne sera aussi dangereux que l'inspecteur Pound si on le sort du lit.

Un agent arriva muni d'un seau et d'un balai, un mouchoir sur la bouche et le nez, pour nettoyer le comptoir.

– Ils n'ont plus de tripes, les jeunes d'aujourd'hui, dit le sergent.

Je me souvins d'une chose que mon père m'avait dite : pour diriger les hommes, il faut connaître leur nom.

– Sergent Horwich, c'est ça ?

– Oui, c'est moi.

– Dieu merci ! Monsieur Grice m'a dit que vous étiez le seul homme de ce commissariat capable d'évaluer l'importance de cette affaire et de prendre l'initiative de s'en occuper !

– Il a dit ça ?

Le sergent lissa ses moustaches et gonfla le torse.

– Je crois me souvenir qu'il a dit exactement : « Le sergent Horwich vaut tous les autres réunis. Faites-lui confiance ! Il saura ce qu'il faut faire. »

Le sergent rajusta ses moustaches en forme de côtelettes de mouton.

– Beacon ! cria-t-il en frappant sur la sonnette du comptoir.

Un agent sortit de la pièce du fond en se reboutonnant le col.

– File jusque chez l'inspecteur Pound, Beacon, et dis-lui qu'il y a un message urgent pour lui de la part de monsieur Sidney Grice au sujet d'un meurtrier fou en liberté et qu'il doit venir au poste immédiatement.

– Quoi ? Moi ?

Le sergent agita la main.

– Exécution ! Et si tu ne reviens pas avec lui dans cinq minutes, je te mets à nettoyer le vomi avec Foster pour le restant de ta courte carrière.

Sur un banc, un chien noir et brun ronflait et, lorsque l'agent le bouscula avec sa matraque, il grogna avant de se rendormir.

– Merci, sergent Horwich, dis-je. Je vais patienter dans le bureau de l'inspecteur Pound.

– Mais personne n'a le droit d'y entrer, mademoiselle.

– Parfait, dis-je, je ne serai donc pas dérangée.

65

Une question de conscience

Il se passa près d'un quart d'heure, et la pendule sonnait minuit lorsque l'inspecteur Pound apparut. Légèrement ébouriffé, les cheveux et les moustaches peignés à la va-vite, il avait l'air plus qu'agacé d'avoir été dérangé chez lui.

– Mademoiselle Middleton, dit-il en rajustant ses manchettes. Si j'avais su qu'il s'agissait de vous, je serais venu plus vite.

Je lui tendis le message qu'il lut attentivement.

– Je vois, dit-il en s'asseyant sur le bord de son bureau. Il n'y a aucun doute à ce sujet ?

– Aucun, dis-je.

L'inspecteur replia le feuillet et le remit dans l'enveloppe.

– Je ne comprends pas pourquoi monsieur Grice souhaite que je le rejoigne.

– Afin d'attraper le meurtrier de Sarah Ashby.

– Mais monsieur Grice m'a dit et répété que nous l'avions déjà attrapé et pendu, dit l'inspecteur Pound, et il n'y a aucun intérêt à jeter des doutes sur la sentence. Cela risque de troubler la population quant à sa foi en la justice. En revanche, si monsieur Grice est en mesure de prouver que William Ashby a assassiné Alice Hawkins, je lui serais très reconnaissant de résoudre l'affaire. La mort de sir Randolph n'entre pas dans ma juridiction et, en ce qui concerne James Hoggart, sa mort n'a pas même fait les journaux du soir. Ainsi, si madame Dillinger quitte le pays, tout est pour le mieux. Sa présence ici ne peut que provoquer de la gêne, et nous serons heureux d'être débarrassés de cette femme.

– Gêne ? répétai-je. C'est tout ce qu'elle représente pour vous ? Cette femme a assassiné son mari et sa propre fille, ainsi que James Hoggart, et elle a incité Ashby à tuer Alice Hawkins. C'est un véritable monstre. Qui sait qui elle tuera en Australie ?

L'inspecteur rougit légèrement, mais se contenta de dire :

– Ce sera leur problème. Avec un peu de chance, ils la prendront et l'exécuteront, et vous n'aurez plus à vous soucier d'elle.

– Alors, vous allez vous asseoir là et la laisser s'enfuir ?

– Non, bien sûr que non, dit l'inspecteur en secouant la tête. Je vais retourner me coucher et la laisser s'enfuir.

– Je pensais que vous étiez du côté du bien.

– Cela serait agréable, dit-il en souriant, mais mon travail ne consiste qu'à maintenir l'ordre et la loi dans la métropole, et mon opinion est que, en l'occurrence, je réussirai mieux en laissant le criminel s'éloigner définitivement du pays et ne pas ébranler la confiance des personnes que nous sommes censés protéger. Imaginez ce que son avocat pourrait penser : nous avons eu tort au sujet de William Ashby, comment pouvons-nous être si sûrs à propos de Grace Dillinger ? De plus, les jurés montrent toujours beaucoup de réticence à briser le cou d'une belle femme.

Je ramassai mon sac sur le sol.

– Bien, il n'y a donc rien de plus à dire.

– Laissez-moi vous appeler un fiacre, dit-il en se levant. En fait, nous pouvons en partager un, car Gower Street se trouve sur mon chemin.

– Je ne vais pas à Gower Street.

– Où donc, alors ?

– Eh bien, jusqu'aux docks, bien sûr. Si je ne peux rien faire d'autre, il faut au moins que j'informe monsieur Grice de votre indifférence.

L'inspecteur glissa l'enveloppe dans sa poche intérieure et dit :

– Vous n'irez pas seule dans le quartier des docks. Ce n'est pas sûr même en plein jour. Je peux faire porter un message à monsieur Grice.

Je me levai à mon tour.

– Je ne laisserai pas cette femme embarquer, pas tant que j'ai un souffle de vie.

– Je ne peux pas vous laisser aller sur les quais.

– Quoi, vous m'enfermeriez ? Moi, une innocente jeune fille, alors que vous refusez de mettre sous clef la meurtrière de tant d'innocents ?

L'inspecteur Pound fit une grimace et pinça l'arête de son nez. Il alla jusqu'à la porte et appela dans le couloir.

– Sergent Horwich, demandez à l'un des hommes d'apporter le panier à salade. Nous allons sur les quais. Et trouvez-moi une couverture pour mademoiselle Middleton. Elle va geler à mort à cette heure de la nuit.

Il se tourna vers moi et ajouta :

– Et c'est une chose que je refuse d'avoir sur la conscience.

66

L'Aphrodite

Les chevaux avançaient prudemment, les narines humant l'air épais de puanteur.

– Nous avons de la chance qu'il y ait eu un véhicule de police libre, m'informa l'inspecteur Pound lorsque nous nous installâmes à l'avant à côté du chauffeur. Vous ne trouveriez jamais de cab au beau milieu de la nuit.

– Est-ce vraiment un quartier si dangereux ? demandai-je.

– Très. Vous ne devriez même pas être ici.

– Y a-t-il beaucoup d'étrangers ?

La rue était si étroite que nous frottions les murs tandis que le fourgon avançait cahin-caha.

– Il y a pire que les étrangers, ici.

– Comment est-ce possible ?

L'inspecteur grogna.

– Je pense que vous vous moquez de moi, mademoiselle Middleton, mais il y a souvent des disparitions par ici et nous retrouvons, près de l'île aux Chiens, les corps sans portefeuille et un sourire taillé sur la gorge.

Les parois de la rue firent place à des murs de brouillard, et j'eus l'impression que nous étions arrivés dans un espace plus vaste. Le chauffeur tira sur les rênes pour stopper les chevaux et nous adressa la parole pour la première fois depuis que nous avions quitté le poste de Marylebone.

– Nous y v'là, m'sieur.

L'inspecteur plissa les yeux pour observer les alentours.

– En êtes-vous sûr ?

– Oui, m'sieur. Mon frère travaille ici, de même que tous mes oncles.

L'inspecteur Pound descendit et je distinguai à peine la main qu'il me tendit pour m'aider à atterrir dans une profonde flaque.

– C'est une bonne chose que vous ne soyez pas élégante, dit-il pendant que je glissais derrière lui.

Le chauffeur nous donna une lanterne qui ne produisait qu'un faible halo et éclairait le visage de l'inspecteur d'une lueur jaune macabre.

– C'est tout droit, m'sieur. Quand vous commencerez à nager, c'est que vous serez allé trop loin sur la gauche.

– Surveillez un peu vos paroles et attendez-nous ici, dit l'inspecteur Pound. Mademoiselle Middleton, vous feriez mieux de me donner le bras. Ainsi, nous pourrons tomber à l'eau ensemble.

– Cela ne peut pas être plus humide, dis-je en passant mon bras sous le sien.

– Voilà sans doute l'*Aphrodite*, indiqua l'inspecteur.

Un pas après l'autre, nous nous dirigeâmes à tâtons vers la petite lueur rouge, les pieds glissant dans la boue, tandis que je suivais l'inspecteur qui avançait en agitant le bout de sa canne. J'entendais les vagues qui claquaient contre une paroi, mais aussi des voix, dont certaines hurlaient, et les craquements et les coups du navire contre les quais. Je sentis que je mettais le pied dans une nouvelle flaque gluante, et notre lampe s'éteignit.

– Maudit soit cet homme !

L'inspecteur secoua la lanterne.

– Il n'y a plus d'huile. Je me demande parfois si je ne travaille pas dans un institut pour les déficients mentaux. Mais ne vous avisez pas de raconter à monsieur Grice que j'ai dit ça !

En riant, je proposai :

– Je pense que nous devons aller plus vers la gauche.

– Pourquoi donc ?

– Parce que je vois la lumière verte de tribord, maintenant, et que ces lueurs jaunes doivent marquer l'extrémité de l'embarcadère.

– Si vous le dites.

Nous changeâmes de direction et, alors que je commençais à distinguer la silhouette du navire au-dessus de nous, je perçus une voix familière tout à côté.

– Je me contrefiche que vous soyez l'amiral de la flotte avec le roi de Siam à bord ! Vous ne larguerez pas les amarres avant que je ne vous en donne le droit !

Un grognement plus faible répondit :

– Vous n'avez aucune autorité ni sur terre ni sur mer, monsieur Grice, et, comme mon second vous l'a déjà dit, si vous posez un seul pied sur ma passerelle, je vous ferai mettre aux fers pour mutinerie.

Sous une lampe, Sidney Grice était entouré d'un petit groupe d'hommes.

– Auriez-vous des ennuis ? lança l'inspecteur Pound.

Mon tuteur plissa les yeux sous le large bord de son chapeau en feutre souple.

– Pourquoi l'avez-vous amenée ?
– Quel accueil charmant ! m'écriai-je.
– Elle a insisté, dit l'inspecteur Pound.
– Alors, ne restez pas au milieu, me dit Sidney Grice. Inspecteur, soyez aimable d'informer cette tête de pioche maritime que, s'il ne nous laisse pas monter à bord, vous lui enverrez les douaniers fouiller son bateau de fond en comble. Cela devrait prendre au moins une semaine.
– Toujours diplomate, murmura l'inspecteur.
Il tendit la main.
– Bonsoir ou devrais-je dire bonjour ? Capitaine, je suis l'inspecteur Pound de la police métropolitaine de Londres.
Le capitaine lui serra la main d'un air suspicieux.
– C'est un ami à vous, ce type ?
– Monsieur Grice n'a pas d'amis.
– Vous m'étonnez ! Ce gars s'imagine qu'il a le droit de monter dans mon bateau et de farfouiller alors que nous devons encore charger la moitié du stock avant de hisser les voiles.
– Vous n'avez qu'à retarder votre départ, insista Sidney Grice.
Ses manchettes étaient couvertes de suie et il avait des taches sur le visage, mais cela ne semblait pas être le moment idéal pour le lui dire.
Le capitaine leva les bras vers les étoiles invisibles.
– Avez-vous une petite idée du coût que cela représente ? Déjà que je dois payer les gages d'un équipage de quarante-huit hommes, sans parler du reste.
Sidney Grice pointa du doigt la poitrine du capitaine.
– Vous savez mieux que moi que pas un seul

homme ne reçoit la moindre pièce tant que vous n'avez pas levé l'ancre.

– Oui, mais je dois payer des pénalités sur le mouillage si nous ne dégageons pas à temps.

– Qui ne seront que peccadilles par rapport aux pénalités que vous aurez à payer pour avoir dissimulé un criminel à la police, intervint l'inspecteur Pound.

– Je ne peux pas être responsable si un criminel choisit de se cacher sur mon bateau !

– Il s'agit d'une passagère, une dame qui voyage seule, dis-je.

– Nous n'avons pas de dame seule sur le manifeste.

– En êtes-vous sûr ?

– Je vérifie toujours moi-même. Il y a très peu de femmes. Une nonne et...

– La nonne..., dis-je.

– Est-ce que votre criminelle aurait soixante-dix ans, serait aveugle et sans jambes ? demanda le capitaine. Parce que c'est le cas de ma nonne. Je l'ai personnellement aidée à monter cet après-midi même. Une vieille dame charmante, mais comment tue-t-elle les gens ? Elle les bénit jusqu'à ce qu'ils en meurent ?

– Qui sont les autres femmes ? demanda mon tuteur.

– Deux couples mariés. Non, c'est faux, un couple marié, les Malmonsdley, qui voyagent régulièrement avec nous, et l'autre a annulé à la dernière minute.

– Comment s'appelaient-ils ? demanda l'inspecteur Pound.

– Comment le saurais-je ?

Le capitaine boutonna son manteau.

– Les noms avaient été raturés.

Sidney Grice me regarda avant de reporter son œil vers le capitaine.

– Vous êtes donc absolument sûr qu'ils ne sont plus prévus sur ce voyage ?

– Vaudrait mieux, dit le capitaine, parce que j'ai donné leur cabine à un Chinois avec ses chats et je ne crois pas qu'ils seraient d'accord pour la partager.

– À quelle heure partez-vous ? demandai-je.

Le capitaine regarda sa montre à guichet et dit :

– Dans six heures à peu près, pourvu que vous ne vous mettiez pas en travers de mon chemin et que ce brouillard se lève.

– Huit heures ?

– Environ.

– Savez-vous à quelle heure ouvre le bureau de la compagnie ? interrogeai-je.

– Pratiquement en même temps, je suppose. Comment le saurais-je ?

Sidney Grice le fixa longuement avant de déclarer :

– La dissimulation d'un meurtrier est toujours passible de la peine capitale, capitaine. Même si c'est involontaire. Au mieux, vous perdrez votre licence et, si je découvre que vous me mentez, je peux obtenir un mandat d'arrêt contre vous bien avant que vous ne quittiez les eaux territoriales.

Le capitaine lui jeta un regard froid.

– Je donnerais ma pension pour vous avoir sous mes ordres.

– Je préférerais voguer jusqu'au bord de la terre, rétorqua mon tuteur.

– J’aimerais assez qu’il fasse cela, moi aussi, chuchota l’inspecteur.

Sidney Grice se tourna vivement vers lui.

– Restez tranquille une minute, dis-je.

Je sortis un mouchoir pour essuyer la suie qui marbrait son visage.

67

La compagnie de billetterie

À huit heures moins dix, lorsque nous revînmes, la billetterie était encore fermée. Elle se trouvait dans une allée pavée qui descendait vers la jetée, et Sidney Grice passa plusieurs fois devant la porte pendant une demi-minute avant de se mettre à la frapper du poing.

– Ouvrez donc !

À travers la fenêtre en verre gravé, la pièce demeurait dans la pénombre.

L'*Aphrodite* avait levé l'ancre plus tôt, à sept heures, mais mon tuteur lui avait jeté à peine un regard, tandis que le voilier glissait à travers le brouillard en train de se lever sur le fleuve. Désormais, il ne présentait pas plus d'intérêt que la petite fille qui lui réclama une pièce pour elle et sa petite sœur qu'elle transportait dans un sac en tapisserie.

Le voyage jusqu'en Inde fut très pénible. Ni mon père ni moi n'avions le pied marin, et la mer fut agitée dès le départ. Nous voyagions avec les troupes. Le Jenny Brown *était bondé et il y eut une épidémie de choléra. Avant que nous n'atteignions Le Cap, quarante hommes avaient trouvé la mort. Nous débarquâmes les malades et continuâmes en faisant le tour de l'Afrique, où la nature jaillissait telle une furie contre nous, avec ses vents rugissants et des murailles vertigineuses d'eau grise. Le capitaine fit haler les voiles et, pendant quatre jours et quatre nuits (en dépit du fait que nous ne pouvions faire aucune différence) notre navire fut ballotté comme un fétu de paille dans la tempête. Mon père m'attacha à ma couchette, et je demeurai là à écouter les hurlements et les chocs des paquets d'océan féroces contre la coque, l'Atlantique qui nous rejetait et l'océan Indien qui nous refoulait. Les bois de notre vaisseau mugissaient sous les coups, alors que l'écume noire de l'eau cherchait à les écarter.*

On nous dit plus tard que trois hommes d'équipage avaient basculé par-dessus bord.

– Les marins n'apprennent jamais à nager, m'expliqua mon père. Pourquoi éviter la mort pendant des heures alors qu'on peut en finir en quelques minutes ? La mort peut être douce si on la laisse faire… Quelquefois.

– Ouvrez, que diable ! continuait de hurler Sidney Grice en frappant la porte.

Le verre trembla, mais les lumières ne s'allumèrent pas.

– Alors, comme ça, vous êtes pressé ?

Nous n'avions pas vu arriver la petite dame élégamment vêtue qui s'approchait.

– Effectivement, acquiesça mon tuteur, mais l'imbécile d'agent ne veut pas nous ouvrir.

– C'est peut-être que vous empêchez l'imbécile d'agent d'atteindre cette porte, insinua la dame en s'approchant pour glisser la clef dans la serrure.

– Nous ne sommes pas censés ouvrir avant

cinq minutes, mais je suppose que vous feriez mieux d'entrer avant d'écailler toute la peinture.

Nous pénétrâmes dans une vaste pièce meublée de plusieurs bureaux inoccupés, chacun doté d'une lampe à pétrole montée d'une cheminée de verre verte. La dame en alluma une et nous invita à nous asseoir en face de sa table de travail.

– À quelle heure votre employeur arrive-t-il ? dit Sidney Grice en tapotant sa canne sur le sol d'impatience.

– Mon employeur ne vient jamais.

La dame fit pivoter sa chaise.

– Parce que je n'ai pas d'employeur. Le nom inscrit au-dessus de la porte est celui de mon époux, puisque, en tant que simple femme, je n'ai pas vraiment le droit d'avoir mon affaire à moi, mais ce n'est qu'un associé passif et, croyez-moi, mon époux excelle dans ce rôle. On pourrait l'exposer au zoo de Crystal Palace pour que la foule l'admire toute la journée sans le déranger le moins du monde.

– Vous êtes par conséquent... ? demandai-je.

– Madame Woodminster. Quelle affaire urgente vous amène ?

– Je suis sur la piste d'une meurtrière, expliqua mon tuteur.

Mme Woodminster cligna des yeux qu'elle avait petits, vifs et alertes, comme ceux d'un mulot.

– J'espère que vous ne me soupçonnez pas.

Elle retira ses gants et les laissa tomber sur le bureau.

– Nous cherchons une madame Grace Dillinger, dis-je.

Mme Woodminster secoua la tête.

– Le nom ne me dit rien.

– Nous avons des raisons de croire qu'elle a réservé un voyage par l'intermédiaire de votre agence. Peut-être que les autres employés...

Mme Woodminster balaya la pièce du regard.

– Comme vous le voyez, il n'y a personne d'autre qui travaille ici. Et depuis longtemps. Les petites billetteries sont rares en ces jours de gigantisme commercial, monsieur...

– Grice.

– Pas le Sidney Grice ?

– Mais si.

– Je suis enchantée de faire votre connaissance. Je suis impatiente de raconter à mes amies que je vous ai assisté lors d'une enquête.

– Oh ! dit mon tuteur. Jusqu'à présent, vous ne m'avez pas assisté du tout.

Le visage de Mme Woodminster se figea.

– Vous m'avez demandé si une madame Dillinger avait réservé un voyage par notre entremise et je vous ai informé que ce n'était pas le cas. Je m'en souviendrais si une femme seule était venue en personne. Je n'ai jamais vu de femme agir ainsi. Lorsqu'il s'agit de couples mariés, c'est le mari qui se charge généralement de ce genre de choses.

– Les couples viennent-ils vous rendre visite ensemble ?

Sidney Grice me lança un regard de reproche.

– Nous ne recherchons pas un couple.

– Il y a eu un couple récemment.

Mme Woodminster ouvrit un tiroir et en sortit un ouvrage de broderie.

– Et je dirais qu'il était tout à fait singulier.

– Je n'en doute pas une minute, dit Sidney Grice.

– De quelle manière ? demandai-je.

Mon tuteur s'agita.

– De nombreuses manières.

Mme Woodminster prit une grosse aiguille.

– D'abord, le fait qu'ils viennent tous les deux. D'habitude, l'homme vient seul. Ensuite, c'est la femme qui a parlé.

– Pour moi, c'est ce que font toutes les femmes, dit Sidney Grice.

– Pas lorsqu'il s'agit d'affaires.

Elle sélectionna une bobine de fil jaune.

– Enfin...

– Peu importe, coupa mon tuteur. Nous sommes pressés et nous ne sommes pas là pour bavarder autour d'une tasse de thé.

– Vous souvenez-vous de leur nom ? demandai-je.

– Monsieur et madame Brewster, dit la dame, et ils ont réservé sur le navire dont vous parliez, l'*Aphrodite*... Enfin...

– Brewster, coupai-je. Mais c'est le nom de...

– Du prêtre méphitique, cracha Sidney Grice. De toute évidence, son intérêt pour madame Dillinger n'était pas uniquement dévot. Bien, nous avons découvert leur masque et ils ne nous ont pas encore échappé. Il suffit d'envoyer la police sur le fleuve avant que le vaisseau n'atteigne la haute mer. Venez, March, il n'y a pas une minute à perdre.

Sidney Grice commença à se lever, mais je demeurai assise.

– Et quel était le « enfin » ?

– Pour l'amour du ciel ! dit mon tuteur en s'emparant de son chapeau qu'il avait posé sur la table.

– Ils sont venus annuler leur voyage la semaine dernière, dit Mme Woodminster.

– Quoi ? s'exclama Sidney Grice en se retournant vers elle.

– C'est ce qui m'a frappé, dit-elle. L'*Aphrodite* est sans doute un peu démodé, mais c'est un navire très confortable et ils avaient réservé une belle cabine avec deux hublots. Mais, la semaine dernière, lorsqu'ils sont venus pour modifier leur réservation, je leur ai expliqué qu'ils ne pouvaient pas récupérer leur argent à si peu de temps du départ. Ils n'ont rien voulu savoir. C'était vraiment étrange. Le *Framlingham Castle* est beaucoup plus vieux et, si je peux me permettre, un bateau insalubre. En outre, il accostera à Sydney au moins quatre semaines après l'arrivée prévue de l'*Aphrodite*.

– Quand lève-t-il l'ancre ? demanda Sidney Grice en se laissant retomber sur sa chaise.

– Eh bien, il l'a fait le lendemain : jeudi dernier, déclara Mme Woodminster en choisissant une autre aiguille.

La joue de mon tuteur frémit.

– Étaient-ils à bord ?

– Pour autant que je le sache, dit Mme Woodminster en laissant échapper un petit sourire. Je ne vais pas jusqu'à saluer mes clients au moment de leur départ, monsieur Grice, mais je ne les ai pas revus.

– Sacrebleu !

Sidney Grice se leva de nouveau si violemment que sa chaise se renversa à terre.

– Sacrebleu et saperlipopette !

Il écarta la chaise du pied et jeta sa canne à travers la pièce. Elle rebondit sur le mur pour atterrir sur un classeur.

– Que Dieu damne cette vipère sauvage à l'enfer éternel.

Sous la fureur, son visage était vidé de toute couleur.

– Il doit y avoir quelque chose que nous pouvons faire, dis-je.

– Rien, dit Mme Woodminster en posant sa broderie. Ils doivent être bien au-delà des eaux territoriales.

Sidney Grice serra les poings, et la rage sembla décupler en lui.

J'entendis un petit choc et je vis que l'œil de mon tuteur était tombé à terre. Il mit sa main tendue comme des serres sur son visage dans un accès de haine indicible et de frustration et, levant le pied droit, il l'abattit sur le sol, réduisant le verre en miettes. Il fit même pivoter son talon pour écraser les échardes en poudre colorée.

– On dirait que votre meurtrière s'est montrée plus maligne que vous et a réussi à s'échapper, monsieur Grice.

Mme Woodminster battit des mains.

– Je suis impatiente de le raconter à mes amies du club de couture.

Dans la lueur de la lampe, on voyait qu'elle avait les yeux étincelants de bonheur.

En sortant, je tombai. Le sol était glissant et j'avais fait un faux pas.

68

Le médecin érudit

– C'est une méchante entorse, déclara le médecin d'une voix rassurante au léger accent écossais. Vous avez de la chance de ne pas avoir de fracture, mademoiselle Middleton. Mettez-vous à l'aise et je vais vous le bander.

Le médecin ouvrit un tiroir de son bureau et en sortit un rouleau de bandage et une paire de longs ciseaux à lames lisses et aux extrémités en spatule.

– Vous serez un peu serrée, dit-il, mais nous devons être reconnaissants qu'il ne s'agisse pas de votre main droite. Je ne voudrais pas entraver votre carrière d'écrivain.

– Comment savez-vous que j'écris ?

Il enroula la bande autour de mon poignet en formant une série de figures de huit.

– J'ai lu la biographie de votre père et je l'ai trouvée excellente, notamment la scène de bataille. Cela m'a presque donné l'impression d'y être.

– Je vous remercie, mais j'ai vendu bien peu d'exemplaires.

Le médecin termina d'enrouler la bande autour de mon pouce pour revenir sur mon poignet.

– L'ennui est que le marché du livre est envahi par tellement de niaiseries romantiques, de nos jours, que la littérature de qualité comme la nôtre est souvent négligée.

– Vous écrivez ? demandai-je.

Il haussa modestement les épaules.

– J'essaie et je dois dire que votre œuvre m'a laissé penser qu'un ancien médecin militaire pouvait composer un bon personnage dans l'histoire que je suis en train d'écrire.

– De quel genre de récit s'agit-il ?

Il coupa le bandage et déchira l'extrémité en deux.

– Je ne saurais dire, fit-il en nouant les deux pans, mais votre tuteur constitue un sujet fascinant.

– Je pense qu'on a suffisamment écrit à son sujet, dis-je.

Il haussa de nouveau les épaules.

– Peut-être... Vous avez certainement raison.

Je me levai et réglai ses honoraires.

– Vous êtes mon premier patient de la journée, me dit-il, et je ne serais pas surpris que vous soyez le dernier. Il est si difficile de démarrer une pratique médicale à partir de rien.

– En tout cas, je vous recommanderai certainement, dis-je. Je vous remercie, docteur Conan Doyle.

Tu étais un si mauvais danseur. Pour ta défense, je peux dire que tu ne m'as jamais marché sur les pieds, mais tu n'avais aucun sens du rythme et tu es le seul homme que j'ai rencontré qui voulait valser à quatre temps. Tu étais également incapable de chanter. Tu avais une agréable voix de baryton, mais tu n'étais pas plus capable de chanter juste que de remplir d'eau une passoire.

Un jour, après quelques verres et sans aucun doute encouragé par tes camarades, tu as essayé de me jouer la sérénade dans le jardin sous ma fenêtre. Une ballade romantique, je crois, mais je ne pus m'empêcher de rire. Au départ, tu as paru blessé, mais tu t'es mis à glousser et, bientôt, nous riions à nous rouler à terre, le souffle court. Lorsque père est venu voir ce qui se passait, tu t'es enfui, mais tu es tombé dans un buisson de mûres.

Chante pour moi maintenant, mon amour, et je ne rirai pas. Je te le promets.

69

Des nouvelles

Pendant toute une semaine, Sidney Grice ne se montra pas. Il s'enfermait dans sa pièce et, bien que Molly laissât du thé devant la porte, il n'y touchait que rarement, de même que les bols de légumes bouillis qu'elle remplaçait de temps à autre.

– Je ne sais pas de quoi il se nourrit, me dit-elle.

Je ne savais pas non plus quand il dormait parce que je l'entendais marcher dans sa chambre toute la journée et chaque fois que je me réveillais en pleine nuit.

– Je ne l'ai pas vu comme ça depuis...

Mais Molly ne termina pas sa phrase. Puis, elle dit :

– Oh ! j'espère qu'il ne s'adonne pas à son vice secret.

L'idée que mon tuteur puisse avoir un vice était plus attrayante.

– De quel vice s'agit-il ?

– Je ne peux pas dire ce que je sais, mademoiselle, dit-elle en froissant son tablier, parce que c'est un secret.

Les yeux brillants, elle fila sans demander son reste.

Quelques visiteurs se présentèrent à la porte, mais Molly les renvoya tous. Le huitième jour, lorsque je descendis pour le petit-déjeuner, je fus surprise de voir, réfugié derrière le *Times*, mon tuteur assis à table en train de grignoter une pile de toasts carbonisés. Il m'accueillit avec un grognement joyeux, mais n'abaissa pas son journal. Il continua à faire bruire les pages tout en fredonnant.

– Excellent, excellent, disait-il en sirotant gaiement son thé. Cent vingt-quatre morts.

– Pourquoi ? Que s'est-il passé ?

Mon œuf dur était froid et je me résolus à sauter le petit-déjeuner pour aller le prendre dans un salon de thé.

– De merveilleuses nouvelles dans le grand *Times*, dit-il en baissant enfin le journal.

Il avait le visage plus heureux que ce que je l'aurais cru possible.

– Une tempête dans le golfe de Gascogne. La plupart des navires sont parvenus à la traverser, mais l'un des plus vétustes a sombré avec tous ses passagers et son équipage. Et devinez un peu le nom de ce rafiot, March.

– Le *Framlingham Castle*.

– Lui-même.

– Oh ! m'exclamai-je. Mais toutes ces pauvres âmes !

Je me souvins de Grace Dillinger, de son élégance, de sa beauté et de son air légèrement agité lorsque je lui avais ouvert la porte le premier jour. Je me souvins du père Brewster, de son visage honnête et de l'intensité de ses prières pour l'homme qu'il sacrifiait. Que savait-il ? Avait-il tenté de la sauver lorsque le bateau avait sombré ? S'étaient-ils accrochés l'un à l'autre dans la mer déchaînée, ballottés par les vagues, étouffés par l'eau qui déferlait, aspirés par l'océan ?

– Eh bien, March, dit Sidney Grice, je pense que cela mérite un toast.

Il tendit la main et sonna deux fois pour réclamer du thé frais.

70
La dernière lettre

J'ouvris le compartiment secret, sortis le paquet et dénouai le ruban. Le papier était sec, un peu jauni et fragile à se briser.

La dernière lettre se terminait sur les mêmes mots que les autres, mais, cette fois, je pris la peine de les lire.

N'oubliez jamais...

Je vous ai menti une fois. Je pensais qu'il s'agissait d'un mensonge inoffensif, un seul mensonge, mais certains mensonges ont tendance à croître pour devenir mauvais jusqu'à devenir éternels. Me pardonneriez-vous si vous saviez ? J'aimerais le croire.

Je touchai l'or et je dénouai le ruban noir qui traversait l'anneau.

N'oubliez jamais..., écriviez-vous.

Je regardai l'homme tourmenté et, dans mon cœur, je dis une petite prière pour rendre grâce. Pourriez-vous me le pardonner ? Je n'en suis pas si sûre.

Je fixai la pierre ébréchée de la bague. Elle avait trahi son peu de valeur, mais, à présent, elle la rendait plus réelle.

N'oubliez jamais, écriviez-vous, *que vous êtes belle.*

Je glissai la bague à mon doigt, et mes mains tremblèrent tout comme les vôtres avaient tremblé il y a quelques années. Il y a si longtemps.

71
Les cornes du taureau

– Je ne comprends toujours pas, dis-je le lendemain après-midi, pourquoi Grace Dillinger a tué sir Randolph. C'était certainement l'homme qu'il lui fallait pour aider William.

Nous étions en train de déguster des muffins chauds avec du beurre auprès du feu.

Mon tuteur secoua la tête.

– Au contraire, il n'aurait rien fait de la sorte. Sir Randolph n'a jamais dit qu'il avait menti et c'est ce refus qui a scellé son destin. S'il ne voulait pas témoigner pour elle, elle pouvait au moins affirmer qu'il témoignerait en sa faveur et elle aurait semé d'autres graines de doute.

– Pourquoi placer son corps dans le tombeau familial ?

– Quels que soient ses péchés, dit Sidney Grice en se léchant les doigts, le père Brewster n'en était pas moins prêtre, et sir Randolph était l'un de ses paroissiens, bien qu'irrégulier. Il a déposé le corps et a administré les derniers sacrements.

– La graisse sur son front !

– Précisément.

Sidney Grice se servit un autre muffin. Je ne l'avais jamais vu de si bonne humeur et il semblait peu probable que je le trouve dans un esprit aussi indulgent à nouveau. Alors, je décidai de prendre le taureau par les cornes et d'avouer.

– Je vous dois des excuses, commençai-je en espérant que ma voix ne trahirait pas ma nervosité.

Il reposa son couteau et tourna les yeux vers moi.

– Parce que vous avez douté de mon jugement ?

Il s'essuya le menton.

– Non, je continue de douter, dis-je, mais je dois vous demander de m'excuser pour vous avoir abusé.

Il retira son pince-nez et plissa les yeux comme s'il regardait un indice.

– Expliquez-vous.

– Ces parts dans la Compagnie minière du lac Bleu de Colombie-Britannique que je vous ai données pour accepter l'affaire William Ashby...

Je déglutis avant de poursuivre :

– Je crois me souvenir de vous avoir dit qu'elles valaient une somme considérable.

– Cent vingt-cinq livres, dit-il. Soit les gages de Molly pendant cinq ans.

– Eh bien, dis-je en reprenant mon souffle, je me sens le devoir de vous informer que l'une des raisons pour lesquelles mon père a eu des difficultés de trésorerie est qu'il a lourdement investi dans la Compagnie du lac Bleu pour les fouilles et qu'on n'a pas trouvé d'or du tout.

Sidney Grice reposa son pince-nez sur l'arête fine de son nez et me regarda à travers les lentilles étincelantes.

– Ma chère enfant, dit-il, vous devriez passer moins de temps à lire les potins mondains pour leur préférer les pages financières. Sachez que la Compagnie minière du lac Bleu est tombée sur un filon d'or qui a fait grimper leurs parts à crever le plafond de la Bourse jusqu'au firmament. Si vous pensiez faire preuve de subtilité en affirmant qu'elles valaient une demi-couronne chacune, vous avez été abusée, en effet. Elles valaient plus de quatre shillings à ce moment-là et elles ont plus que triplé depuis. Ces mille parts que vous m'avez si gentiment données valent désormais au moins six cents livres sur le marché ouvert.

– De quand date ce miracle ?

– D'après mes souvenirs, de la fin février.

– C'est-à-dire juste avant que vous m'écriviez ?

Mon tuteur s'étira paresseusement et sélectionna un autre muffin sur le serviteur à trois étages placé entre nous.

– Savez-vous ? Je crois bien que c'était le cas.

Le beurre coula entre ses doigts.

Je reposai délicatement ma tasse.

– Est-ce la raison pour laquelle vous avez proposé de m'héberger ?

Sidney Grice ouvrit la bouche et la referma sans proférer un seul son. Il leva les mains et les laissa retomber.

– March, dit-il, je suis blessé.

– Sans aucun doute, dis-je.

Dieu merci, songeai-je, *j'ai encore quarante mille parts.*

– Prenez un autre muffin, dit-il en me tendant le serviteur.

– Pourquoi pas ?

Le feu craqua. Une longue flamme monta et disparut. Dans le reflet terne de la théière, je pus presque nous voir sourire.

Post-scriptum

Un mois après le naufrage du *Framlingham Castle*, il y eut un nouveau rebondissement dans la triste histoire de Sarah Ashby. Gertrude, la sœur de Jeremiah Dillinger, dévorée par la consomption, fit une confession sur son lit de mort. Elle était présente, mais elle jurait qu'elle n'avait pas participé, lorsque la véritable mère de Sarah avait été poignardée à mort par la femme qui se faisait appeler Grace Dillinger. Sarah avait trois ans, à l'époque, et elle grandit en pensant que cette femme était sa mère. Le véritable nom de l'imposteur était Eleanor Quarrel.

Eleanor Quarrel avait quatre ans de plus que la femme dont elle avait pris l'identité pour le restant de ses jours. Elle avait une excellente raison de le faire. Elle confia à Gertrude qu'elle avait tué son propre père après qu'il l'eut prise de force lorsqu'elle n'avait que treize ans. On peut certes oublier toute compassion lorsqu'on sait qu'elle avait déjà tué sa jeune sœur afin de devenir la favorite de son père. À l'âge de quinze ans, elle passa un temps en prison pour avoir poignardé un policier en plein visage. Elle avait affirmé que l'homme lui avait fait des avances, mais ces allégations avaient été rejetées par la cour qui l'avait jugée.

Après sa sortie de prison, Eleanor avait quitté sa ville natale de Birmingham et voyagé à travers le pays. On ne sait pas précisément où elle se rendit, mais on pourrait sans doute retrouver sa trace à partir des meurtres non résolus, toujours des hommes et pour de l'argent, et toujours des meurtres au couteau. En 1862, alors qu'Eleanor avait vingt-deux ans, elle avait été surprise en train d'assassiner un veuf de Portsmouth, mais, la veille du procès, elle s'était évadée par une fenêtre, sans doute avec l'aide d'un gardien.

C'est alors qu'elle se rendit à Londres, fit la connaissance de Jeremiah et se débarrassa de la malheureuse Grace le jour même où les Dillinger déménageaient pour Crystal Court. Matilda Tassel et ses deux filles, qui vivaient dans Mangle Street, avaient également été voisines des Dillinger à leur ancienne adresse et elles connaissaient Grace. Il fallait donc les tuer.

Après cette confession, on souleva les dalles du sol des anciennes écuries et on y découvrit le squelette d'une jeune femme, la lame rouillée d'un couteau encore fichée dans son cou. Lorsqu'on informa Sidney Grice de cela, il ne fit qu'un commentaire :

– J'ai dit que les dalles étaient brisées.

Il apparut donc que Grace Dillinger n'était que l'innocente victime d'une meurtrière multirécidiviste. Eleanor Quarrel était seule responsable de cette série d'assassinats, tout comme de l'affaire des meurtres de Mangle Street, désormais devenue célèbre.

Achevé d'imprimer par GGP Media GmbH, Pößneck
en avril 2017
pour le compte de France Loisirs,
Paris

N° d'éditeur : 88833
Dépôt légal : avril 2017

Imprimé en Allemagne